中國語言文字研究輯刊

十五編

許錟輝 主編

第2冊

《大明同文集舉要》分部綜合研究

謝念驊 著

花木蘭文化事業有限公司

國家圖書館出版品預行編目資料

《大明同文集舉要》分部綜合研究／謝念驊 著 -- 初版 -- 新北市：花木蘭文化事業有限公司，2018〔民107〕

序2+目4+174面；21×29.7公分

（中國語言文字研究輯刊 十五編；第2冊）

ISBN 978-986-485-449-3（精裝）

1. 大明同文集舉要 2. 字書 3. 研究考訂

802.08 107011323

中國語言文字研究輯刊

十五編 第二冊 ISBN：978-986-485-449-3

《大明同文集舉要》分部綜合研究

作　　者　謝念驊

主　　編　許錟輝

總 編 輯　杜潔祥

副總編輯　楊嘉樂

編　　輯　許郁翎、王　筑　美術編輯　陳逸婷

出　　版　花木蘭文化事業有限公司

社　　長　高小娟

聯絡地址　235 新北市中和區中安街七二號十三樓

電話：02-2923-1455／傳真：02-2923-1452

網　　址　http://www.huamulan.tw 信箱 hml 810518@gmail.com

印　　刷　普羅文化出版廣告事業

初　　版　2018年9月

全書字數　122178字

定　　價　十五編11冊（精裝）　台幣28,000元

《大明同文集舉要》分部綜合研究

謝念驊 著

作者簡介

謝念驊，臺灣彰化人。東吳大學中國文學系學士、碩士，現爲國立臺灣師範大學國文系博士生。師承許錟輝教授，著有〈《薑齋詩話》論陶謝詩析義〉、〈陳獨秀識字觀探析——以《小學識字教本》爲研究對象〉、〈皆川淇園的中國文字觀析論——以《問學舉要》爲例〉等。

提　要

《大明同文集舉要》爲明代田藝蘅編撰之書，此書成於《字彙》之前，在歷來文字學史相關書籍中甚少提及。然此書主要承繼《說文解字》的編輯觀念，另以作者長期鑽研中國文字的心得更動之，使此書之編輯體例與前代字書有所差異。此書之分部觀念與清代小學家在字書編輯和訓詁釋義的觀念上亦有相似之處，雖未受到明清學者的重視，但對於後人研治文字學確有影響，故針對此書之部首及異體字歸部作深入研究。本文主要內容共分爲五章：第一章爲緒論，說明本文研究動機與目的、範圍與方法，並彙整前人研究成果作爲全文論述之基石。第二章爲成書經過及編輯觀念說明，針對《大明同文集》之版本、編輯觀念和編輯特色析論要點。第三章爲部首分部及異體字研究，分爲部首分部分析、收字原則及異體字例分析和部首分部特色三方面分別說明。第四章爲歷代字書與《大明同文集》分部比較研究，以明代和明代以外之八本字書分部原則與《大明同文集》相比較，並整理右文說與聲類歸部字書發展脈絡，以探討此書與歷代字書之承繼與影響。第五章爲結論，分爲研究成果和研究價值兩方面分別述說。

序　言

回首碩士論文的寫作歲月，充滿許多辛酸苦澀的回憶。在這段不算輕鬆的過程中，萬分感謝指導教授　許師錟輝傾囊相助，以及蔡信發老師、許學仁老師在論文撰寫的最後階段給予我許多建言。感恩我的父母和家人給我最大的支持與鼓勵，亦感謝同門的敏修學長、蔚勤學長、姞淨學姐、世豪學長、平平學姐、永祺與俐瑋一路上的扶持與陪伴。距離碩士畢業多年，如今有幸將此本論文付梓於世，我想再度感謝　許師錟輝與張師母惠貞給予我們這群學生最溫暖的提攜與關懷，讓我們在文字學研究領域的漫漫長路上，奠基生根、拓展視野。誠將此書獻予所有愛護我的師長及親友。

中華民國一〇六年一月十五日

謝念驊謹誌於南投埔里

目次

序　言
第一章　緒論……………………………………………1
　第一節　研究動機與目的………………………………1
　第二節　研究範圍與方法………………………………2
　　一、研究範圍…………………………………………2
　　二、研究方法…………………………………………2
　第三節　前人研究成果概述……………………………3
　　一、古籍史料…………………………………………3
　　二、近人著述…………………………………………4
第二章　《大明同文集舉要》成書經過及編輯觀念探究……………………………………………9
　第一節　作者生平及著作介紹…………………………9
　　一、家世與經歷………………………………………9
　　二、性格與交遊………………………………………11
　　三、著作介紹…………………………………………13
　第二節　現藏善本及成書經過…………………………18
　　一、現藏善本…………………………………………18
　　二、成書經過…………………………………………22
　第三節　《大明同文集舉要》之編輯觀念……………26
　　一、釋形方面…………………………………………26
　　二、釋音方面…………………………………………28
　　三、釋義方面…………………………………………30
　第四節　《大明同文集舉要》之編輯特色……………31

一、五行相應…………………………………31
二、異體字形之收輯特色 ……………………35
三、詩詞補白…………………………………36
第三章　《大明同文集舉要》部首分部及異體字研究‥37
第一節　部首分部分析…………………………37
一、部首分部原則……………………………37
二、目錄與內文部首之差異 …………………47
三、部首編目及排序條例 ……………………48
第二節　收字原則及異體字例分析 ……………52
一、收字原則歸納……………………………52
二、同字異形字例彙整分析 …………………62
三、同字異形文字歸部條例及成因探究…………71
第三節　部首分部特色…………………………73
一、聲符偏旁統字……………………………73
二、部首類例歸納……………………………74
三、母子相生…………………………………75
四、異體歸部…………………………………77
五、部首不成文………………………………77
第四章　《大明同文集舉要》與歷代字書分部比較研究………………………………………81
第一節　明代字書部首分部比較………………81
一、《大明同文集舉要》與《六書正義》之分部比較 ……………………………………82
二、《大明同文集舉要》與《說文長箋》之分部比較 ……………………………………83
三、《大明同文集舉要》與《字彙》之分部比較…84
四、《大明同文集舉要》與《正字通》之分部比較 ……………………………………85
第二節　明代以外重要字書分部比較 …………88
一、《大明同文集舉要》與《說文解字》之分部比較 ……………………………………89
二、《大明同文集舉要》與《玉篇》之分部比較…90
三、《大明同文集舉要》與《類篇》之分部比較…92
四、《大明同文集舉要》與《康熙字典》之分部比較 ……………………………………93
第三節　右文說與聲類歸部字書發展脈絡 ……………97
一、《大明同文集舉要》歸部與右文說之關聯性探析 ……………………………………98

二、聲類歸部之相關字書 ……………………………102
第四節　《大明同文集舉要》部首分部之承繼與影響 ……………………………………………………104
一、《大明同文集舉要》分部與前代字書的承繼關係 ……………………………………………………104
二、《大明同文集舉要》分部對後代字書的影響‥105
三、《大明同文集舉要》分部之得失 ……………106
第五章　結　論…………………………………………109
第一節　研究成果總結……………………………………109
一、文獻輯考………………………………………………109
二、分部原則………………………………………………110
三、收字原則………………………………………………110
四、分部觀念之推源與創新 ……………………………110
第二節　研究價值與展望…………………………………111
參考書目 ………………………………………………………113
附錄一：《中文古籍書目資料庫》所收田藝蘅撰作著述表 ……………………………………………………119
附錄二：《大明同文集舉要》所收部首及文字綜錄 ……123
附錄三：明代字書部類表…………………………………167
一、《六書正義》部類表 …………………………………167
二、《說文長箋》部類表 …………………………………169
三、《字彙》部類表…………………………………………173
四、《正字通》部類表 ……………………………………174

第一章　緒　論

第一節　研究動機與目的

明代受經濟環境繁榮、長篇小說撰作風氣盛行和印刷技術進步等諸多因素影響，坊間或官方出版書籍的現象相當普遍，私人與官府編修之字書亦豐，爲後世學者留下許多研究明代小學發展的相關材料。然清人研治文字學著重於《說文》和古文字形考辨兩方面，對於明代流傳之諸多字書較不重視，今人對明代字書之研究亦未完備，故筆者由明代流傳至今之諸多字書中，擇一體例完備但近人論述未全者爲本文研究方向。

筆者參考明代小學類相關書目，發現《四庫全書存目叢書》所收錄之《大明同文集舉要》（以下簡稱《大明同文集》）一書體例完備，且此書作者對於聲符編旁之編輯用心頗鉅。然清人對此書有所批評，近代學者則多述其大要，針對此書體例深究者並不多。筆者以爲此書部首觀念承繼前人而有所創新，欲探究此書之部首條例，並比較此書與他書之分部差異。希冀透過本文論述，釐清全書之分部條例等相關課題，並予以此書在中國文字學史上的適當評價。

本論文之研究目的有四：第一、查考作者之家世、性格和交遊，並彙整其著作流傳情形，藉此對作者之學養和經歷有所認知，作爲研究《大明同文集》之輔佐。第二、以文字之形、音、義爲出發點，分析《大明同文集》之編輯觀念，由此釐清此書體例和編輯特色，以明全書編輯綱目。第三、收編全書分部及收字，以此為基礎研究此書分部、收字原則及異體字歸部條例，以明全書之編目及條理。第四、《四庫全書總目提要》評及此書剿襲右文說，故探析此書與右文說在學理上之關聯性，並歸納歷代聲類歸部之字書，以明此書分部在文字學史上的貢獻與價值。

第二節　研究範圍與方法

一、研究範圍

本論文主要探析《大明同文集》之部首分部，研究範圍以《大明同文集》所收部首及異體字形為主。關於此書所收之部首和文字，筆者彙整為「《大明同文集舉要》所收部首及文字綜錄」列表呈現〔註1〕，並以此表所示之部首和異體字例為研究重心，對《大明同文集》全書之分部條例、分部觀念及分部特色等細項逐一進行分析。

二、研究方法

本論文研究《大明同文集》之部首分部，可分為背景、體例和探析三大方向進行。

在背景方面，以文獻資料和電子資料相佐，於人物部份：彙整作者家世、經歷、性格、交遊和著作；於書籍部份：針對《大明同文集》之現藏善本和成書經過作詳細說明，並釐清《四庫全書存目叢書》與臺灣國家圖書館所藏善本，二書所收序文有所差異之緣由。

在體例方面，因此書並無凡例說明，筆者以〈大明同文集舉要章則〉所收諸篇文章，和《大明同文集》書中序跋相互參照，釐清《大明同文集》在字形、字音和字義上的編輯要點，並歸納此書之編輯特色。

在探析方面，可分為部首分部及此書所收異體字研究，《大明同文集》與其他字書分部比較兩部份。前者比對《大明同文集》目錄與內文所收部首數量差異，並分析收字原則和異體字例。後者則針對明代和明代以外之重要字書部首，

〔註 1〕請參見本論文附錄一表格。

分別比較各書與《大明同文集》部首數量、分部觀念及體例上的差異之處。

第三節　前人研究成果概述

此節彙集歷來關於《大明同文集》之論述及研究資料，分為古籍史料和近人著作兩部份，分別述說前人析論《大明同文集》之研究成果。

一、古籍史料

古籍中對於《大明同文集》之書目記載，於《明史．藝文志》卷一收有「《大明同文集》五十卷」之條目〔註2〕。近代所出版之善本提要書籍則多標名為《大明同文集舉要》，如《中國善本書提要》〔註3〕、《中國古籍書目》〔註4〕、《國家圖書館善本書志初稿》〔註5〕等書皆然，唯《四庫存目標注》稱《大明同文集》五十卷，與《明史．藝文志》〔註6〕所載名稱相同。

古籍中針對《大明同文集》全書內容作評論的書籍有二，皆為清人所編寫。一為永瑢、紀昀所編纂之《四庫全書總目提要》〔註7〕，一為謝啓昆撰作之《小學考》〔註8〕，二書評述內容羅列於下。

（一）《四庫全書總目提要》

《四庫全書存目叢書》所收錄《大明同文集》之版本為浙江巡撫採進本，其言曰：

〔註2〕楊家略編：《明史藝文志廣編》，（臺北：世界書局，1963），頁31。

〔註3〕王重明撰：《中國善本書提要》，（臺北：明文書局，1984）。

〔註4〕中國古籍善本書目編輯委員會編：《中國古籍善本書目》，（上海，上海古籍出版社，1990）。

〔註5〕國家圖書館特藏組編：《國家圖書館善本書志初稿：經部》，（臺北：國家圖書館出版，1997）。

〔註6〕杜澤遜撰、程遠芬編索引：《四庫存目標注．經部．小學類》，（上海：上海古籍出版社，2007）。

〔註7〕〔清〕永瑢、紀昀編：《四庫全書總目提要．經部．小學類．存目一》，（臺北：臺灣商務印書館，1983）。

〔註8〕〔清〕謝啓昆著：《小學考》，收錄於李學勤等編：《中華漢語工具書書庫》第88冊，（合肥：安徽教育出版社，2002）。

〔明〕田藝蘅撰。藝蘅，字子蓺，錢塘人。以歲貢生，官休寧縣訓導。《明史．文苑傳》附見其父汝成傳中。是編割裂《說文》部分，而以其諧聲之字爲部母，如東之爲部母，即以棟、涷之屬從之。顛倒本末，務與古人相反。又自造篆文，詭形怪態，更在魏校《六書精蘊》之上。考沈括《夢溪筆談》曰：「王聖美治字學，演其義以爲右文。如水類，其左皆從水。所謂右文者，如戔，小也。水之小者曰淺，金之小者曰錢，貝之小者曰賤，如斯之類，皆以戔爲義也。」云云。《夢溪筆談》非僻書，藝蘅不應不見，殆剿襲其說而諱所自來。不知王聖美之說，先不可通也。（頁 902、903）

針對此文評述，筆者於本文第四章第三節「右文說與聲類歸部字書發展脈絡」有詳細論述和駁議，於此略而不述。

（二）《小學考》

《小學考》載錄《大明同文集》一書，並引《明史．文苑傳》內文和書中序文，概述作者生平和全書體例，並附有《四庫提要》評述內文。其言曰：

《明史．文苑傳》曰：「田汝成，錢塘人，子藝蘅，字子蓺。十歲從父過采石，賦詩有警句，性放誕不羈，嗜酒任俠。以歲貢生，爲徽州訓導，罷歸。作詩有才調，爲人所稱。」劉賢序曰：「每字先楷，使知字之名也。次篆、次隸、次草，使知字之變也。楷之下四聲備焉，篆之下大小殊焉。又以一字爲母，偏旁近似者爲子，各從其類。」前有〈舉要章則〉一卷。

此文皆引述他書或他人評論，並無深入探究全書。關於《大明同文集》作者田藝蘅之生平，於本文第二章第一節「作者及著作介紹」內文有詳細說明。此書之編輯體例，則可參考本文第二章第三節「《大明同文集》編輯觀念」內文。

二、近人著述

近代學者對於《大明同文集》一書論述者不多，臺灣有呂瑞生和巫俊勳二人撰作相關著述，中國則於劉志成著作中有所提及，分別說明於下。

（一）呂瑞生

呂瑞生撰寫之《歷代字書重要部首觀念研究》〔註9〕，文中提及《大明同文集》有二處：

> 字母：明田藝蘅《大明同文集》前有「諸家字母考」，以「字母」稱《說文部首》，功日人井上叏菴則著有《說文字母集解》。（頁2）

> 所謂，「八百七十子，爲聲之主。」者，蓋即形聲字之聲符，雖其書未傳，唯已立其端。俟後，明之田藝蘅纂《大明同文集》，即立聲符爲部首，其《大明同文集舉要章則》自引曰……雖田氏之書頗有爭議，唯其以聲符爲部首之觀念，則於部首觀念上，略可一述。（頁21）

該書針對《大明同文集》之部首論述，但並未深入探究其體例和成因，由文中可窺知《大明同文集》分部在文字學史上的重要性。

（二）巫俊勳

巫俊勳評述《大明同文集》的文章有二，一爲單篇論文〈明代大型字書編纂特色探析〉〔註10〕，一爲學位論文《《字彙》編纂理論研究》〔註11〕，其內文如下。

1、〈明代大型字書編纂特色探析〉

> 田藝蘅《大明同文集舉要》：序刻於明萬曆十年（1582），卷首云：「夫謂之大明云者，一以紀聖世文教之盛，一以昭古今字學之成也；……而書亦莫不同其文矣。」冀能透過本書，貫通古今華夷。全書五十卷，主要特色有二：

> （1）全書內容楷書、篆文、古文、草書混列，類似今日之《字形

〔註9〕呂瑞生著：《歷代字書重要部首觀念研究》，（臺北：中國文化大學中國文學系碩士論文，1994）。

〔註10〕巫俊勳撰：〈明代大型字書編纂特色探析〉一文，收錄於逢甲大學中國文學系編：《文字的俗寫現象及多元性，通俗雅正九五經典——中國文字學全國學術研討會論文集．第十七屆：隋唐五代《說文》學之傳承及其相關問題之探討》，（桃園：聖環圖書出版，2006），頁249～265。

〔註11〕巫俊勳著：《《字彙》編纂理論研究》，（臺北：花木蘭出版社，2007）。

匯典》。其章則云：「因稽《說文》、《玉篇》、《書統》、《正譌》諸家，……豈不爲學書者一大快事也哉。」

（2）全書收字一萬四千字，部首分爲三百七十，各部之下又立若干小目，如大部之下又立「太、夫、㚘、介、夰、亦、央、夭、夨、吳」等目。全書主要以聲符歸部，故多爲聲符部首，如艮部，收錄「恨、硍、銀、垠、痕、齦、跟、鞎、艱、狠、佷、很、眼、限、懇、墾、裉」等字。

（3）部次採始一終萬，所謂「一以貫萬，所謂得其一而萬事畢者也」之意。整體大致上採天（天日）、地（土火山水）、人（人勹自心口手足女）、事（立入十）、物（艸禾竹木隹虎它）之序排列。部中字次則據聲符系聯。

（4）釋音謹注出韻部，釋義則以常用義爲主，釋形則針對象形、指事、會意之字，形聲則多不註明。

（5）卷首附〈大明同文集舉要章則〉，分〈自引〉、〈大明同文集釋〉、〈六書考略〉、〈六書辯正〉、〈二書形聲彙編解〉、〈音韻考略〉、〈楷書所起〉、〈形聲辯異〉、〈形聲始終解〉、〈廣德守吳公書二首〉、〈復者一首〉、〈字學之原〉、〈說文序〉、〈玉篇字原之異〉、〈諸家字母考〉、〈字學舉要〉、〈注釋舉要〉、〈聲韻舉要〉等篇，多屬附錄性質。

（6）版口加刻全書總葉數：本書版心中央刻記卷數，上方版口部分記全書總葉數，下方則記每卷之葉數。（頁 250、251）

2、《《字彙》編纂理論研究》

《大明同文集》／〔明〕田藝蘅撰，序刻於萬曆十年（公元 1582 年）……全書五十卷，主要特色有二：

（1）全書內容楷書、篆文、古文、草書混列，卷一爲太極、陰陽、易卦等圖。

（2）依部首編排，統計全書部首爲四百四十四，各部之下又立七百七十二小目，如大部之下又立「太、夫、㚘、介、夰、亦、央、夭、矢、吳」等目。全書多據聲符歸部，故立有聲符部首，如艮部，收錄「恨、硍、銀、垠、痕、齦、跟、鞎、艱、狠、很、很、眼、限、懇、墾、裉」等字，《四庫提要》云：「是編割裂《說文》部分而以其諧聲之字為部母，如東字為部母，即以棟涷之屬從之，顛倒本末，務與古人相反。」以聲符歸部雖非部首歸部的主要方式，但是在歷來字書部首刪併過程中，以聲符歸部卻是一種權宜辦法，立有聲符部首也不是始於《大明同文集》，在《龍龕手鑑》龍部，收入「聾、龔、朧、瓏、礲、礱、龑、蠪、壟、讋」等從龍得聲字，又立有「名、亭、寧」等部，收入都是以「名亭寧」為反切上字的字，也已算是聲符部首了。《大明同文集》以聲符歸部反到提供後來字書編輯更寬廣的空間。（頁 11）

〈明代大型字書編纂特色探析〉內文概述《大明同文集》之分部、收字等體例大要，並歸納此書編輯特色，雖未針對書中部首和收字詳細述說，但可見全書綱目，對於《大明同文集》以聲符歸部的方式予以肯定。

（三）劉志成

劉志成撰作《中國文字學書目考錄》〔註 12〕一書，評述《大明同文集》之內文為：

田藝蘅，字子藝，錢塘（今浙江杭州）人。萬曆間貢生，官徽州訓導，罷歸。性放誕不羈，嗜酒任俠。事附《明史・文苑》其父《田汝成傳》下，亦見乾隆《歙縣志》，乾隆《杭州府志》等。

卷首有署「萬曆壬午立夏日楚武陵友弟龍德孚撰并書」之行書《序》。後列大明同文集舉要章則：自《引》、大明同文集釋、六書考略、六書辨正、二書形聲匯編解、韻韵考略、楷書所起、形聲辨異、形聲始終解、廣德守吳公書二首、復書一首、字學之原、《說文序》、《玉篇》字原之異、諸家字母考等共十八項。其自《引》曰：「自漢叔重開先，字書之學多矣。惜乎偏旁之綍（按指聲旁）未講也。蓋訓詁之不明，由于字學之無本；反切之罔會，由于形聲之未從。……其

〔註 12〕劉志成著：《中國文字學書目考錄》，（成都：巴蜀書社，1997）。

有不同焉者，南北風氣清濁輕重稍異其音耳。」

全書正文五十卷，每卷又標以天干。每卷各部排列以類從。如甲，卷一至四，釋太極圖象、數目、天象、日月等；乙，卷五至十，釋土、田、火、山、石、泉、州、同、高等。各部屬字則以聲旁相從。每字頭下先標聲調及《洪武正韵》之韵目，不注反切，然後釋形義，古文同列於後，不標所據，形體多訛。全書以太極圖分類統屬漢字，五十卷乃爲湊《易》大衍之數，固不可取。釋義綜合《説文》、《玉篇》、《六書統》、《六書正訛》，眞僞雜糅，也無甚發明。然其以聲首統字，實踐王聖美右文説之理論，比朱駿聲《説文通訓定聲》早二百多年，在文字學史、訓詁學史上都有一定的地位。《四庫提要》全面否定此書是不公允的。

明萬曆十年休寧汪以成刻本，北京大學、吉林大學、無錫市等圖書館有藏。（頁 174、175）

劉志成簡要說明《大明同文集》之編輯體例，並認爲此書之分部方式特別，在文字學和訓詁學史應有一定地位，並駁斥《四庫提要》之評議，對於《大明同文集》的分部方式加以肯定。

綜上所述，可知清人對於《大明同文集》之參考價值有所貶抑，然近代學者皆肯定此書在部首編輯上的用心。故筆者以《大明同文集》分部綜合研究爲題，冀望在前人研究成果之基石上，深入分析此書之體例、特色及其他相關課題，使後世學者能盡覽此書全貌，並瞭解其研究價值。

第二章　《大明同文集舉要》成書經過及編輯觀念探究

第一節　作者生平及著作介紹

一、家世與經歷

《大明同文集舉要》一書（以下簡稱《大明同文集》）作者爲明代的田藝蘅，其生平簡介，據《明史・卷二百八十七・文苑傳・田汝成傳》附：

> 子藝蘅，字子蓺。十歲從父過采石，賦詩有警句。性放誕不羈，嗜酒任俠。以歲貢生爲徽州訓導，罷歸。作詩有才調，爲人所稱。〔註 1〕

其傳於《明史》中附於父親田汝成之後。《明史・文苑》記載田藝蘅父親田汝成云：

> 田汝成，字叔禾，錢塘人。嘉靖五年進士。授南京刑部主事，尋召改禮部。……汝成博學工古文，尤善敘述。歷官西南，諳曉先朝遺事，撰《炎徼紀聞》。歸田後，盤桓湖山，窮浙西諸名勝，撰《西湖

〔註 1〕此文見於《明史・列傳第一百七十五・文苑三》，收錄於張廷玉編：《明代傳記叢刊・綜錄類・明史列傳》，（臺北：明文書局，1991），頁 7372。

> 游覽志》，並見稱於時。他所論著甚多，時推其博洽。〔註2〕

可知田藝衡父親博學擅文，並於當時政壇佔有一席之地。《萬曆錢塘縣志．文苑》書中對於田藝蘅的生平事蹟有所記載：

> 田藝蘅，字子蓺，汝成子，以貢教授應天博學。善屬文，自弱冠以詩賦著聲，海內名公爭交驩焉，所著前後正續集數十卷，雜著數十種，多聞好奇，世比之成都楊愼。為人高曠磊落不可羈靮，至老愈豪。朱衣白髮，挾兩女奴坐西湖花柳下，客至卽其座酬唱，斗酒白篇，人疑爲謫仙。〔註3〕

《明史》簡要記載田藝蘅的身世、性格和經歷，而《錢塘縣志》記載其年輕至老年的性格和事蹟較爲詳細。田藝蘅的父親田汝成因身居要職，故史書中對田汝成的生平事蹟記敘較多，對於田藝蘅的事蹟記載多半簡要帶過。

田藝蘅的仕宦經歷除《列朝詩集小傳》中記有「晚歲以貢爲新安博士」〔註4〕，另於《明詩紀事》中記載：

> 藝蘅，字子秇，錢唐人，副使汝成子。以歲貢爲休甯教諭。有《田子藝集》二十一卷。〔註5〕

田藝蘅以明代貢生身份，曾擔任新安博士和休寧教諭二職。關於田藝蘅之生卒年份，《明人傳記資索引》〔註6〕和《浙江古今人物大辭典》〔註7〕中皆無相關記載。今據《田藝蘅研究》一書之附錄「田汝成、田藝蘅父子生卒年考辨年表」內文〔註8〕，可知田藝蘅出生於明代嘉靖三年（1524），卒年應於萬曆十一年（1584）之後。

〔註2〕張廷玉編：《明代傳記叢刊．綜錄類．明史列傳》，頁7372。

〔註3〕〔明〕聶心湯纂修《萬曆錢塘縣志不分卷》，收錄於《叢書集成續編．史地類》第231冊，（臺北：新文豐出版社，1989），頁343。

〔註4〕《列朝詩集小傳》下收有「田廣文藝蘅」條。參考〔清〕錢謙益撰、錢陸燦編：《列朝詩集小傳》，收錄於《明代傳記叢刊》，頁544。

〔註5〕〔清〕陳田著：《明詩紀事》。收錄於《明代傳記叢刊》，頁330。

〔註6〕國立中央圖書館編：《明人傳記資料索引》，（臺北：國立中央圖書館印行，1965），頁108。

〔註7〕汪根年等編：《浙江古今人物大辭典》，（南昌：江西人民出版社，1998），頁69。

〔註8〕王寧撰：《田藝蘅研究》，（浙江：浙江大學中國古代文學專業碩士論文，2007）。

二、性格與交遊

田藝蘅的仕宦經歷雖不如父親田汝成來得豐富，然其文采常爲時人稱道，在當時文壇上佔有一席之地。於《列朝詩集小傳》「田廣文藝蘅」條下，對於田藝蘅身爲文人身份有所著墨：

> 藝蘅，字子藝，錢塘人。學憲叔禾之子也。十歲從其父過采石，賦詩云：「白玉樓成招太白，青山相對憶青蓮。寥寥采石江頭月，曾照仙人宮錦船。」性放曠不羈，好酒任俠，善爲南曲小令，晚歲以貢爲新安博士。罷歸，嘗衣絳衣，挾二鬟，游湖上，逢好友則令小鬟進酒，促膝談諺，時時挾內人遍遊諸山，偶日暮，不得巾車，覓得一驢，與內人共跨入城，有《留青日札》，在小說家。〔註 9〕

「衣絳衣，挾二鬟，游湖上」一事應本於《萬曆錢塘縣志》所載「朱衣白髮，挾兩女奴坐西湖花柳下。」可知田藝蘅年少即有文才，性格狂放不羈，對於詩詞曲等韻文創作皆有涉獵。在詞曲創作方面，亦曾撰作《縵園心調》一書，明代馮夢楨爲其作序曰：

> 《縵園心調》者，吾友田子藝先生所著詩餘，南北詞曲也。……而子藝優爲之，余不知度曲，興到以意爲之，俗謂之隨心令，以故不敢輕率填詞，子藝之學無所不通，宜筆端遊戲乃爾，余不知詞曲，能知子藝也。子藝索序，遂書此以貿之。〔註 10〕

文中對於田藝蘅的文采多所肯定，亦讚其擅於塡作詞曲。田藝蘅著有〈音韻考略〉及〈聲音舉要〉二文，收入〈大明同文集舉要．章則〉中。綜上可知其對音韻有所研究，對於撰作字書應有所助益。

在《皇明詞林人物考》對於田藝蘅之性格和交遊有較詳細之說明：

> 公名藝蘅，字子藝，浙之杭州人也，即田叔禾之子。博學宏詞，蓋東南才品不多得者，周與鹿詩序其文集曰：「余爲諸生時，識方山田君子藝於郡城旅舍中，方是時，余甫弱冠。君視余稍長，然君名已

〔註 9〕〔清〕錢謙益撰、錢陸燦編：《列朝詩集小傳》，收錄於《明代傳記叢刊．學林類．列朝詩集小傳》。

〔註 10〕田藝蘅所著《縵園心調》一書現已不傳。〈序田子藝先生縵園心調〉一文，收錄於《快雪堂集》。

> 欻起黌序間意，氣豪甚淩，其曹乃其視一第也。直虛弦下之耳，顧獨雄視余，余不測君，所以故已，君再試有司再不遇，遂棄去，舉子業絕意爲益，綜覽百家之言而肆其力於古文詞間，隱有聲稱已別去，且二十年。余移疾免歸。一日，君訪余靈鷲山中，盡出其所著入梓者，若于集示余，余嘉嘆其富，則訊之曰：『君才如是，猶奈何抗志巖壑，不與雲霄士共翱翔耶？』君目攝余曰：『公亦何爲是言，夫物不兩大與角者，去翼尺短者寸長，昔魏文有云：文章者，不朽之盛事。僕方旨其言，又能搦尺寸之管與佔躍〔註 11〕生短長哉。』余韙其言不能難君，乃公豫陽先生起家進士官、督學使者，其論著有聲，吳越間逦。年被病不能文，故學士大夫重先生名，猶時時詣門下求之。大都君爲屬筆，每一篇出，人士競相賞貴，獨余知其出君手也。世云：『芝草無根，醴泉無源，殆非然哉。』君集各有序，總序獨闕，謬以屬余，余爲論著如此。」撰述多詩文外，又有《留青日札》，蓋亦雜說中不易得者。〔註 12〕

據此可明田藝蘅之家世、志向及當時士人對田藝蘅的評價。在家世方面，同樣點出其身爲「田叔禾之子」的身份，可見其父田汝成在當時政壇地位頗受重視。而田藝蘅的文采被評價爲「博學宏詞，蓋東南才品不多得者。」，亦爲讚譽之詞。並引周與鹿之序文，從旁描述田藝蘅志在撰作文章大業，而非貪圖於仕途名利。田藝蘅並曾引曹丕於〈典論‧論文〉中所言：「蓋文章，經國之大業，不朽之盛事。」以此勉勵自己在撰述詩文及著作的過程中能持之以恆。文中並記載田藝蘅爲人代筆著文，受到各界人士的欣賞愛戴一事，足見其文采已受當時世人肯定。

如《明詩紀事》「庚籤‧卷二十八」中，簡要記載：「藝蘅，字子秇，錢唐人，副使汝成子，以歲貢爲休甯教諭，有《田子秇集》二十一卷。」〔註 13〕。

〔註 11〕該字原作「僤」字，據《教育部異體字字典》，「僤」字即爲「躍」字，今通行正字爲「躍」字，故改之。

〔註 12〕〔明〕王兆雲輯：《皇明詞林人物考》，收錄於《明代傳記叢刊》第 17 冊，頁 197～199。

〔註 13〕〔清〕陳田撰：《明詩紀事》，收錄於《明代傳記叢刊》第 15 冊。

綜上所述，田藝蘅生於仕宦之家，其文采及學識頗受當代士人肯定，性格豪放，善塡詞曲。其於仕途上，未如父親身居要職，因此古籍史書及傳記資料中記載較少。然其志在名山事業，著述豐富，對於古籍記載及留存有相當貢獻。

三、著作介紹

關於田藝蘅撰寫之著作，據《明史藝文志廣編》〔註 14〕分爲古籍記載及電子資料兩大部份分別述說，列表如下。

（一）古籍記載

1. 《明史・藝文志》所收田藝蘅著作

序號	類　別	書　名	卷　數	頁碼〔註 15〕
1	經部・小學類	《大明同文集》	五十卷	31
2	子部・小說家類	《留青日札》	三十九卷	73
3	子部・小說家類	《西湖志餘》	二十六卷	73
4	子部・道家類	《老子指元》	二卷	86
5	集部・別集類	《田藝蘅詩文集》	二十卷	111

2. 《欽定續文獻通考經籍考》所收田藝蘅著作

序號	類　別	書　名	卷　數	頁碼
1	經部・小學・字書	《同文集》	五十卷	596
2	子部・雜家・雜說	《留青日札》	三十九卷	667
3	子部・雜家・雜說	《玉笑零音》	一卷	667
4	子部・農家・譜錄	《煮泉小品》	一卷	685
5	集部・別集	《子藝集》	二十一卷	740
6	集部・詩集	《詩女史》	十四卷，附拾遺二卷	769

綜上可知《明史・藝文志》收錄田藝蘅之著作五種，《欽定續文獻通考經籍考》收錄田藝蘅之著作亦六種。去其重覆者，計有《大明同文集》五十卷、《留青日札》三十九卷、《西湖志餘》二十六卷、《老子指元》二卷、《田藝蘅詩文集》二十卷、《子藝集》二十一卷、《玉笑零音》一卷、《煮泉小品》一卷、

〔註 14〕楊家駱編：《明史藝文志廣編》，（臺北：世界書局，1963）。

〔註 15〕此處指《明史藝文志廣編》書中收錄此書目資料之頁碼。

《詩女史》十四卷附拾遺二卷等九種。

（二）電子資源

電子資源方面，統整《四庫系列叢書綜合索引》〔註16〕、《中國古籍善本書目聯合導航系統》〔註17〕、《傅斯年圖書館藏善本古籍數典系統》〔註18〕及《中文古籍書目資料庫》〔註19〕等四大資料庫，得其書名及細目分項整理如下。

1. 四庫系列叢書綜合索引

序號	類別	書　名	卷　數	版　本	出　處
1	經部	《大明同文集舉要》	五十卷	影印明萬曆十年汪以成刻本	《四庫存目叢書》經部第191冊
2	子部	《留青日札》	三十九卷	影印明萬曆三十七年刻本	《續修四庫全書》子部第1129冊
				影印明萬曆三十七年徐懋升重刻本	《四庫存目叢書》子部第105冊
3	子部	《煮泉小品》	一卷	影印明萬曆四十一年刻茶書二十種本	《四庫存目叢書》子部第80冊
4	集部	《香宇集》	三十四卷 拾遺一卷	影印國家圖書館藏明嘉靖間刻本	《續修四庫全書》集部第1354冊
5	集部	《詩女史》	十四卷 拾遺一卷	影印明嘉靖三十六年刻本	《四庫存目叢書》集部第321冊

〔註16〕中國復旦大學圖書館古籍部：《四庫系列叢書綜合索引》，其網址爲http://www.library.fudan.edu.cn:8080/guji/skxl2.htm，查詢日期爲2010年4月25日。

〔註17〕中國國家圖書館：《中國古籍善本書目聯合導航系統》，其網址爲http://202.96.31.45/，查詢日期爲2010年4月25日。於「中國古籍善本書目聯合導航系統」中查核「田藝蘅」一詞，共有27條搜尋結果。除去田藝蘅重修刊刻及書名重覆者，相關書目資料如此表所列。

〔註18〕臺灣中央研究院歷史語言研究所：《傅斯年圖書館藏善本古籍數典系統》，其網址爲http://ndweb.iis.sinica.edu.tw/rarebook/Search/index.jsp，查詢日期爲2010年4月27日。

〔註19〕臺灣國家圖書館：《中文古籍書目資料庫》，其網址爲http://nclcc.ncl.edu.tw/ttsweb/rbookhtml/nclrbook.htm，查詢日期爲2010年4月28日。此部份因資料過多，故將表格及其內容列於本文附錄一：「《中文古籍書目資料庫》所收田藝蘅撰作著述表」，於正文中不另贅述。

2. 中國古籍善本書目聯合導航系統

序號	書　名	卷數	版　本	備　　註
1	《老子指玄》	二卷	明嘉靖刻本	/
2	《留青日札》	三十九卷	明萬曆元年刻本、明萬曆三十七年徐懋升刻本	另有《留青日札摘抄》四卷，收錄於《紀錄匯編》〔註 20〕
3	《留留青》	六卷	明萬曆三十七年刻本	/
4	《香宇集》	三十四卷 拾遺一卷	明嘉靖刻本	/
5	《春雨逸響》	一卷	明萬曆刻本	收錄於《百陵學山》〔註 21〕
6	《香宇詩談》	未詳	清順治三年李際期宛委山堂刻本	收錄於《說郛續》〔註 22〕
7	《詩女史》	十四卷 拾遺一卷	明嘉靖三十六年刻本	/
8	《醉鄉律令》	未詳	清順治三年李際期宛委山堂刻本	收錄於《說郛續》
9	《小酒令》	未詳	清順治三年李際期宛委山堂刻本	收錄於《說郛續》
10	《易圖》	一卷	明萬曆刻本	收錄於《百陵學山》
11	《武林歲時紀》	一卷	明末刻本	收錄於《八公遊戲叢談》〔註 23〕
12	《煮泉小品》	一卷	明萬曆四十一年刻本、清順治三年李際期宛委山堂刻本、明刻本	分別收錄於《茶書》〔註 24〕、《說郛續》及《閑情小品》〔註 25〕
13	《陽關三疊圖譜》	一卷	明末刻本、清順治三年李際期宛委山堂刻本	分別收錄於《廣百川學海》〔註 26〕及《說郛續》

〔註 20〕收錄於〔明〕沈節甫編：《紀錄匯編》123 種 224 卷。

〔註 21〕收錄於〔明〕王元編：《百陵學山》100 種 119 卷。

〔註 22〕〔明〕陶珽編：《說郛續》46 卷，清順治 3 年李際期宛委山堂刻本。

〔註 23〕編者未詳：《八公遊戲叢談》8 種 94 卷，明末刻本。

〔註 24〕〔明〕喻政編：《茶書》27 種 33 卷，明萬曆 41 年刻本。

〔註 25〕〔明〕華淑編：《閑情小品》27 種 28 卷、附錄一卷，明刻本。

〔註 26〕〔明〕馮可賓編：《廣百川學海》130 種 156 卷，明末刻本。

14	《玉笑零音》	一卷	稿本、明崇禎刻本、明末刻本、明刻本、清順治三年李際期宛委山堂刻本	分別收錄於《藝苑叢鈔》〔註27〕、《廣快書》〔註28〕、《廣百川學海》、《亦政堂鐫陳眉公普秘笈》〔註29〕及《說郛續》

3. 傅斯年圖書館藏善本古籍數典系統

序號	書　名	卷數	版　本	備　註
1	《陽關三疊圖譜》	一卷	明刊本	收錄於《欣賞編別本二十種二十五卷》
2	《玉笑零音》	一卷	明刊本	收錄於《廣百川學海一百五十六卷》
3	《籍沒記》	一卷	朱絲欄鈔本	收錄於《秘冊叢說一百三十五種一百三十六卷》
4	《陽關三疊圖譜》	一卷	明刊本	收錄於《廣百川學海一百五十六卷》

綜上可知現藏田藝蘅撰作之善本及再版書籍書目，共計有十五種一百二十一卷〔註30〕，較古籍記載爲多，兩者之書目差異整理列表如下。

序號	電子資料庫記載書目	古籍資料記載書目	備註
1	《大明同文集舉要》五十卷	《大明同文集舉要》五十卷	
2	《小酒令》一卷	／	
3	《玉笑零音》一卷	《玉笑零音》一卷	
4	《易圖》一卷	／	
5	《武林歲時記》一卷	／	
6	《春雨逸響》一卷	／	
7	《香宇詩談》一卷	／	

〔註27〕〔清〕王楷編：《藝苑叢鈔》163種326卷，稿本。

〔註28〕〔明〕何偉然編：《廣快書》50種50卷，明崇禎刻本。

〔註29〕原名爲《陳眉公訂正玉笑零音》。〔明〕陳繼儒編：《亦政堂鐫陳眉公普秘笈》1集50種88卷，明刻本。

〔註30〕其中《留青日札摘鈔》四卷爲《留青日札》三十九卷中摘錄而成，故以《留青日札》三十九卷爲原本書目。

8	《留青日札》三十九卷 《留青日札摘抄》四卷	《留青日札》三十九卷	
9	《留留青》六卷〔註31〕	／	
10	《煮泉小品》一卷	《煮泉小品》一卷	
11	《陽關三疊圖譜》一卷	／	
12	《詩女史》十四卷	《詩女史》一卷	
13	《醉鄉律令》一卷	／	
14	《老子指玄》二卷	《老子指元》二卷	
15	《籍沒記》一卷	／	
16	／	《西湖遊覽志》二十四卷	於今未傳
17	／	《西湖志餘》二十六卷	於今未傳
18	／	《田藝蘅詩文集》二十卷	於今未傳
19	／	《子藝集》二十一卷	於今未傳
20		《縵園心調》卷數不明〔註32〕	於今未傳
總計	十五種，共一百二十一卷	十種，共二百卷	

兩相比較下可知，田藝蘅所撰寫之著作在種類方面，古籍記載中雖僅有十種，篇幅卻多達二百卷。而現今各處藏書地所收田藝蘅撰作之善本及再版本，書目種類雖多，然其中編制較大者僅有《大明同文集舉要》五十卷及《留青日札》三十九卷二書，其餘多單卷及篇幅較小之著作，故在卷數方面遠不及古籍記載中田藝蘅撰作之卷數總額。

《明史・藝文志》中所收田藝蘅撰寫之《西湖遊覽志》二十四卷、《西湖志餘》二十六卷、《田藝蘅詩文集》二十卷、《欽定續文獻通考經籍考》中所載錄的《子藝集》二十一卷及《縵園心調》等書，於今已不傳。前四書的成書卷數均在二十卷以上，由書名推知應爲遊記和個人作品集成之內容相關作品。既於古籍上有所記載，則此四書必定於當時刊行。推估此四書卷數較多，後人傳錄

〔註31〕《留留青》六卷一書，標明爲明萬曆37年刻本，疑爲《留青日札》明萬曆37年徐懋升刻本之摘錄本，然書名不同，故暫列一書待考。

〔註32〕田藝蘅所撰《縵園心調》一書，書名載錄於〈序田子藝先生縵園心調〉文中，然此書今已不傳，故未知卷數細況。

或再版不易，且田藝蘅之文名於明代之後較不受重視，於是此四書漸不爲世人所見，故於今僅餘留書目，而未能見其內容。

第二節　現藏善本及成書經過

一、現藏善本

明代田藝蘅所編撰的字書《大明同文集舉要》一書（以下簡稱《大明同文集》），關於此書之流傳狀況，《四庫存目標注》中記載：

第九七九條「大明同文集五十卷　明田藝蘅撰」：

> 浙江巡撫採進本（總目）。／《浙江省第七次呈送書目》：「《大明同文集》五十卷，明田藝蘅著，十本。」／《浙江採集遺書錄》：「《大明同文集》五十卷，刊本。／北京大學藏明萬曆十年汪以成刻本，作《大明同文集舉要》五十卷，題「錢塘田藝蘅輯，婺源汪以成校」。半葉五行，白口，四周雙邊。前有萬曆十年立夏日龍德孚序云：「汪生以成亟拜而傳之。」目錄後有休寧吳夢生識語，卷末有萬曆十年余養元書後。《存目叢書》據以影印。臺灣「中央圖書館」藏是刻又有黃岡劉賢序，萬曆十年莆田黃衮敘，汪四如以成後序。吉林大學、無錫市圖書館亦藏是刻。〔註33〕

據此可知現今《大明同文集》之善本藏書地，於中國大陸方面有北京大學圖書館、吉林大學圖書館及無錫市圖書館〔註34〕；臺灣方面有臺灣國家圖書館〔註35〕，另查海外方面有美國國會圖書館所藏《大明同文集》善本〔註36〕。《大明同文集》

〔註33〕杜澤遜、程遠芬合撰：《四庫存目標注．經部》，（上海：上海古籍出版社，2007），頁439。

〔註34〕《中國古籍善本書目》中亦記載《大明同文集舉要五十卷》之藏書地爲北京大學圖書館、吉林大學圖書館及無錫市圖書館，覆覈藏書處無誤。參考中國古籍善本書目編輯委員會編：《中國古籍善本書目．經部》，（上海：上海古籍出版社，1990），頁444。

〔註35〕《臺灣公藏善本書目人名索引》中於「田藝蘅（明）」條下記有《大明同文集舉要五十卷》，爲明萬曆刊本，覆覈藏書處無誤。參考國立中央圖書館編：《臺灣公藏善本書目人名索引》，（臺北：國家圖書館，1972），頁116。

〔註36〕王重民輯、袁同禮校：《美國國會圖書館藏中國善本書目》，（臺北：文海出版社，

之善本藏書地共計有五處，以下就各地所藏善本之細目差異列表比較之。

表一：《大明同文集舉要》現藏善本處及相關細目

書名／卷數	版本／冊數	題序跋者／題名	藏書地	備　註
《大明同文集舉要》五十卷	明萬曆壬午（十年，1582）婺源汪氏刊本／十二冊	黃岡劉賢／序 休寧趙正魁／贊 武陵龍德孚／序 休寧吳夢生／序 莆田黃衮／序 贛郡余養元／書後 婺源汪以成／後序	臺灣國家圖書館善本書室	其版本、題序跋者及序跋題名相關資訊參考《國家圖書館善本書志初稿》〔註37〕內文
《大明同文集舉要》五十卷	明萬曆十年（1582，序）休寧汪以成刻本／十八冊	武陵龍德孚／序 休寧吳夢生／序 鄣郡余養元／書後	北京大學圖書館古籍特藏庫	其版本資訊參考《北京大學圖書館藏古籍善本書目》〔註38〕，題序跋者及序跋題名相關資訊參考《中國古籍善本書目》。
《大明同文集舉要》五十卷	明萬曆十年（1582）汪以成刻本／冊數未詳	筆者未見	吉林大學圖書館	其版本資訊參考吉林大學圖書館古籍文獻數據庫，題序跋者及序跋題名相關資訊參考《四庫存目標注》「大明同文集五十卷」條下說明應與北京大學所藏版本一致。
《大明同文集舉要》五十卷	明萬曆十年（1582）汪以成刻本／冊數未詳	筆者未見	無錫市圖書館	無錫市圖書館無專屬網頁，其版本資訊參考中國古籍善本書目導航聯合系統「大明同文集舉要五十卷」之版本細目，題序跋者及序跋題名相關資訊參考《四庫存目標注》「大明同

1972），頁70。

〔註37〕國家圖書館特藏組編：《國家圖書館善本書志初稿》，（臺北：國家圖書館，1990），頁273、274。

〔註38〕北京大學圖書館編：《北京大學圖書館藏古籍善本書目．經部》，（北京：北京大學出版社，1999）。

				文集五十卷」條下說明應與北京大學所藏版本一致。
《大明同文集舉要》	明萬曆間刻本／十冊	武陵龍德孚／序 鄣郡余養元／書後	美國國會圖書館	其版本資訊、冊數、題序跋者及序跋題名相關資訊參考《中國善本書提要》之記載。

由上表可明《大明同文集》一書版本資訊之彙整，台灣國家圖書館所藏之善本版本爲明萬曆十年汪氏刊本，北京大學圖書館、吉林大學圖書館及無錫市圖書館所藏善本版本爲明萬曆十年汪以成刻本，美國國會圖書館所藏善本版本則爲明萬曆間刻本。〔註 39〕承前述可知，臺灣國家圖書館所藏《大明同文集》善本版本與北京大學圖書館、吉林大學圖書館及無錫市圖書館所藏善本版本應一致。而美國國會圖書館所藏之《大明同文集善本》，出版年份標明爲「China: 汪以成，明萬曆壬午 i.e. 10 年，1582」，故各地所藏《大明同文集》善本版本應皆爲明代萬曆十年出版之版本無誤。

綜上所述，於今可見《大明同文集》之古籍善本，其版本應爲明代萬曆十年所出版之單一版本，然各處所收序跋篇目及冊數不一，令人心生疑竇。筆者比較臺灣國家圖書館所藏《大明同文集》善本，及《四庫全書存目叢書》據北京國家圖書館所翻印之《大明同文集》善本〔註 40〕二者，推估所收序跋篇目差異的之因應是出於刻印時間之差異。據陳國慶等人所言曰：

〔註 39〕所謂「刻本」即經雕刻印刷成書之書籍，而「刊本」之名，據查《圖書板本學要略》中所言：「李賢注云：『刊，削。不欲宣露並名（案：朱並之名），故削除之，而直捕儉等。』是刊之義爲削除，不爲雕刻。明人不甚讀書，故有此誤解。」「刊」字之義雖非雕刻，經後人沿用不休，刊本和刻本成爲同義異詞。於《版本學》一書中所言：「槧本（刻本、刊本）：古時用木版雕字所印的圖書，原稱爲槧本。……而刻本、刊本等名是從槧本這個名詞引伸而來的，其意義較槧本更爲明顯。圖書館在著錄簿冊或卡片的時候，使用『刻本』或『刊本』等名，尤爲明切易解。」參考屈萬里、昌彼得著，潘美月增訂：《圖書板本學要略》，（臺北：中國文化大學出版部，1986），頁 22。及陳國慶、劉國鈞著：《版本學》，（臺北：西南書局，1978），頁 130。

〔註 40〕田藝蘅著：《大明同文集舉要》，收錄於《四庫全書存目叢書．經部．小學類》第 191 冊，（臺南：莊嚴文化，1997）。

> 初印本是專指雕版所印的書籍說的。木版雕成之後，最初印刷的書，因其字迹清朗，邊框完整，藏書家多珍視之。及至印刷既久，字迹漫患，常有修補痕迹，且墨色亦較印本暗淡，著錄家稱這樣的版本爲後印本。〔註 41〕

另有李清志云：

> 由於我國雕版印刷術之特性，版片可保存數百年之久，因此有原版初印與原版後印之分；前者雕版年與印刷年同時，後者印刷年在雕版年之後，從若干年至數百年不等。……通常審視版本時，若邊匡完整，字畫極清晰，鋒芒畢露，墨色鮮明者，多屬原版原印或早印本。反之，若邊匡斷裂、缺口，字畫漫漶、模糊，墨色暗淡無光，則多屬後印本。〔註 42〕

綜上所述，並比對臺灣國家圖書館及北京大學圖書館所藏《大明同文集》善本，臺灣國家圖書館所藏版本字體較爲模糊，邊框線條時有缺口；而北京大學圖書館所藏版本則字體清晰、邊框線條完整，因此可知兩者爲初印與後印本的差別。

筆者比對其篇目序跋後發現，兩書所收相同的篇目爲〈龍德孚序〉、〈吳夢生序〉及〈余元養書後〉三篇。臺灣國家圖書館所藏之《大明同文集》善本序跋，於龍德孚所撰寫之〈書序〉首頁前半有部份缺損，書頁雖經修補，原刊之文字則空白有所缺漏。比對北京大學圖書館所收之〈龍德孚序〉內容完整，可補國圖所藏善本序文首頁內容缺漏之不足。然北京大學圖書館所收〈龍德孚序〉於第三葉亦有所缺損，標明爲「原缺第三葉」，兩者相互補足即可窺其全貌。至於兩書所收序跋篇目多寡差異之由爲何？

據曹之云：「一書在流傳過程中幾經傳刻，內容有所增刪，是造成一書多序的主要原因。明刻本的序言往往是很多的，這與當時的社會風氣有關。」〔註 43〕可知《大明同文集》一書版本雖同爲明代萬曆十年刊刻出版，或因故再次出版，並於翻印之時添加序跋篇目，此即臺灣國家圖書館與北京大學圖

〔註 41〕陳國慶、劉國鈞著：《版本學》，頁 142。

〔註 42〕李清志著：《古書版本鑑定研究》，（臺北：文史哲出版社，1986），頁 12～13。

〔註 43〕曹之著：《中國古籍版本學》，（武漢：武漢大學出版社，2007），頁 416。

書館所藏《大明同文集》善本序跋篇目差異之原因。本文以《四庫全書存目叢書》所收之《大明同文集》爲主要參考版本，並以臺灣國家圖書館所藏之《大明同文集》善本爲比對參照版本。

二、成書經過

《大明同文集》一書之成書經過，可由此書之作者自序及所收序跋內文中知其概況，以下分爲定名由來、撰作過程及付梓經過等三大要點，析論其成書經過。

（一）定名由來

《大明同文集》一書定名之由來，田藝蘅於〈大明同文集釋〉文中明言：

> 謂之『大明』云者，一以紀聖世文教之盛，一以昭古今字學之成也；謂之『同文』云者，經、傳、子、史同一書也，則同一文也，其有不同焉者，流俗之稍異其習耳。〔註44〕

可知《大明同文集》之名可解析爲「大明」及「同文」兩部份，作者以「大明」標誌當時文教昌盛的狀況，亦以此點出明代的時代背景；另以「同文」二字貫穿歷代用字形體雖異，然字義皆同之理。

關於「同文」的解釋，在龍德孚所題之書序云：

> 書代結繩昉於犧畫，畫演而文，文益而字，字以象聲，聲具乎音，心畫中聲，相合而成。下總萬形，上括元化隆污之稽。與保氏以藝教國子，五曰六書，外史掌之，考而一焉。以故書同文，文同聲，文之所爲古也。〔註45〕

此謂文字雖不斷演化，以致形體相異，然字義及字音皆蘊涵於字形之中，故「文之所爲古也」，故「同文」以明字變之源、以知字義之理。

在《大明同文集》一書定名之前，作者曾欲以《二書形聲彙編》稱之，〈二書形聲彙編解〉文中言及：

> 是書之初也，將名之曰《二書形聲彙編》。「二書」者何？伏兮制字之初，惟奇耦兩畫而已。其三畫以下，皆一二重卦之文，大易生生

〔註44〕田藝蘅著：《大明同文集舉要》，頁191。

〔註45〕田藝蘅著：《大明同文集舉要》，頁189。

> 之妙也。「形聲」者何？天地之間，仰觀俯察，近取遠近，惟形可睹、惟聲可聞，於是廣爲六書以肖之。其指事、會意皆象形之所生；轉注、假借皆諧聲之所生也，古文形立而事意，自諧聲叶而注假自寓矣。「彙編」者何？但取其體皃之相類，又求其音韻之相從，則檢閱者既便，反切者易明，如此而諸家可會萃矣。〔註 46〕

於此可知，此書編撰著重於字形及字音，並輔以文字形體演變。亦可明白作者以爲六書之中務以象形及諧聲（形聲）爲重，指事、會意、轉注及假借皆由此所生，亦可知田藝蘅所主張之「二書說」之本源。其後定名爲《大明同文集舉要》，亦以「同文」一詞補足「二書形聲彙編」之全義。

至於現今所藏《大明同文集》善本，多以《大明同文集舉要》之名稱之，唯《明史・藝文志》及《四庫存目標注》標明爲《大明同文集》。田藝蘅於〈大明同文集釋〉文中曰：「實始于萬曆辛巳、季冬之朔也，因名之曰：《大明同文集》云夫。」〔註 47〕可知此書原名爲《大明同文集》，並無「舉要」一詞。然書序中收有〈字學舉要〉、〈注釋舉要〉和〈聲音舉要〉三篇短文，皆以「舉要」爲名，取其要點摘錄之義。

田藝蘅曾於〈注釋舉要〉中說：「然而典籍浩繁、簡帙重大，難以通行，今但摘其要者而纂之，以俟博學者自得推廣之耳。」〔註 48〕此言針對書中所收簡要字義說明，筆者以爲亦可爲《大明同文集舉要》之名作註解。此書於明萬曆九年（1581）成書，此時田氏已年近六十，雖欲以一己之力編輯體例龐雜之字書，或力有未迨，故後人稱以《大明同文集舉要》之名，表示此書尚未依作者之期望呈現於世，故附以「舉要」一詞。

（二）撰作過程

探討《大明同文集》一書之撰作過程，可由寫作動機、撰作時地及引用字例三部份析論之。關於作者撰作此書的寫作動機，可見田藝蘅於卷首〈大明同文集章則・自引〉文中所言：

> 自漢叔重開先，字書之學多矣，惜乎偏旁之學未講也。訓詁之不明，

〔註 46〕此篇收於〈大明同文集卷之章則〉中，參見《大明同文集舉要》，頁 192～193。

〔註 47〕田藝蘅著：《大明同文集舉要》，頁 191。

〔註 48〕田藝蘅著：《大明同文集舉要》，頁 200。

> 繇于字學之無本，反切之罔會，繇于形聲之未從。……學者彼此互見，平仄莫諧、目眩心疑、曾不可以成句，況能窮其奧旨也哉。且點畫之形易淆，疑似之義罔辨，自古而變今，自篆而變隸，自隸而變楷、自楷變草，愈流愈忽，其敝已極。辟諸生人之初，由開闢來得姓氏，後胡越客竄，音問莫通，譜牒不傳，而統緒日紊。爾祖既遠，而景響難追，如此而漫云某世家、某鉅族，吾見其索然無情、渙然罔合矣。讀書無本之學，何以異於此哉。〔註 49〕

據此可明作者撰作此書之動機約有兩大要點，其一爲偏旁之學未講，以致音韻分類無所統屬；其二爲字形長久訛變，以致辨識不易。導因於文字形符與聲符上的混淆訛誤，以致世人讀書識字無所根本，影響之深遠難測。而田藝蘅爲了改進此兩種缺點，在《大明同文集》的體例編排上採用以聲符偏旁歸部和統整字體的方法，此部份留待後文詳論之。

其次探討《大明同文集》一書之撰作時地，田藝蘅於〈大明同文集集釋〉文中言：

> 藝蘅旅食新安清署，屬恹以文字自娛，三易寒暑方成是編，凡六易稿矣。力綿不克就梓，乃今得汪子四如一覽，犁然當心，遂爲校正，付之剞劂，實始于萬曆辛巳季冬之朔也。〔註 50〕

而龍德孚亦於〈大明同文集．書敘〉中言及：

> 不肖孚擬勉成之未能也，滋序子藝集有慨感焉，字以母類，注附聲韻，體裁具悉，祕古旁蒐，編歷三年，稿凡六易，良工苦心哉！〔註 51〕

田藝蘅編撰《大明同文集》成書之時在明代萬曆九年（西元 1581 年）冬季，

〔註 49〕田藝蘅著：《大明同文集舉要》，頁 191。

〔註 50〕原本作「辛己」，經查明代無辛己之年號，應爲「辛巳」之誤，故更之。見〈大明同文集集釋〉，收於《大明同文集舉要》，頁 191。

〔註 51〕此部份內容《四庫全書存目叢書中》標明「原缺第三葉」，另參照臺灣國家圖書館所藏《大明同文集》善本及《國立中央圖書館善本序跋集錄》所收內容中比對補足。國立中央圖書館編：《國立中央圖書館善本序跋集錄．經部．小學類》，(臺北：國立中央圖書館，1992)，頁 599。

成書之地在新安縣內（今河南省新安縣），歷時三年，稿件六次更動後才得以成書。

再者析論《大明同文集》書中所收之字例來源，據作者在〈自引〉文中所言：

> 因稽《說文》、《玉篇》、《書統》、《正譌》諸家，輯爲此編。首之以楷，欲其易曉也；次之以小篆，欲知其原也。既正其訛，復辯其俗，略總其韻，删訂其註，悉類而附之。然後證以古文，博以鐘鼎、周彝，並陳几上，豈不爲學書者一大快事也哉？〔註 52〕

可知《大明同文集》一書之收字來源根據《說文解字》、《玉篇》、《六書統》及《六書正譌》等書，而字體方面則收有楷書、小篆，作者並以當時可見之古文、鐘鼎文及商周彝銘等補充說明字例演變，認爲可以此辨別俗字、判別韻類，並可證實補充舊有字書字例之不足。

（三）付梓始末

關於《大明同文集》一書的刊刻者，於版本中清楚標明爲「汪以成刻本」，作者田藝蘅於〈大明同文集釋〉文中說明：「藝蘅區食新安清署，多秖以文字自娛，三易寒暑方成是編，凡六易稿矣。力綿不克就梓，乃今得汪子四如一覽，犁然當心，遂爲校正，付之剞劂，實始于萬曆辛巳季冬之朔也。」〔註 53〕文中所言之「汪子四如」即汪以成，文中並收有汪以成所撰寫之後序。《中國古籍版刻辭典》收錄「汪以成」一名於「經義齋」條下：「明萬曆間江西務源汪以成的室名。以成字四如，刻印過田藝蘅輯《大明同文集舉要》五十卷，自輯《同文千字文》二卷。」〔註 54〕據此可知田藝蘅編寫《大明同文集》成書後，藉由汪以成的幫助才得以刻刊成書，其刊刻年份則爲版本項目中所言之明代萬曆十年，而成書年份據作者所言應爲萬曆九年冬季。

汪以成並於〈大明同文集・後序〉中提及：

> 先生于學無所不通，著述布天下，嘗以聖王之制字也，天地、山川、

〔註 52〕田藝蘅著：《大明同文集舉要》，頁 191。

〔註 53〕田藝蘅著：《大明同文集舉要》，頁 191。

〔註 54〕瞿冕良編著：《中國古籍版刻辭典》，（濟南：齊魯書社，1999），頁 405。

> 艸木、鳥獸與夫生人之理罔弗攸寓，于是作《大明同文》一書。屬余纂千字文就正，因獲盡閱秘藏，上泝頡籀，下逮秦，合中國，達裔夷，鬼府僊官，典道籙，搜尋幾遍，簡練惟精，用心詎不謂之勤勞也哉！〔註 55〕

由此可見汪以成對於文字源略的探析頗有興趣，亦對田藝蘅之才能有所賞識，才願意以一己之力幫助田藝蘅將《大明同文集》一書付刻成書，得以流傳於後世。

第三節　《大明同文集舉要》之編輯觀念

在《大明同文集舉要》（以下簡稱《大明同文集》）全書的〈目錄〉之前，收有〈以大明同文集舉要章則〉爲名之大題。其下收錄〈自引〉、〈大明同文集釋〉、〈六書考略〉、〈六書辯正〉、〈二書形聲彙編解〉、〈音韻考略〉、〈楷書所起〉、〈形聲辯異〉、〈形聲始終解〉、〈廣德守吳公書二首〉、〈復耆一首〉、〈字學之原〉、〈說文序〉、〈玉篇字原之異〉、〈諸家字母考〉、〈字學舉要〉、〈注釋舉要〉及〈聲韻舉要〉諸篇，皆由田藝蘅撰作而成，內容包含作者成書動機、六書觀念及編輯原則等龐雜概念。

田藝蘅於各篇中分別敘述六書觀等相關內容，並無針對此書體例單獨析論，筆者探析〈大明同文集舉要章則〉所收各篇文章，比對《大明同文集》內文，細考《大明同文集》一書之編輯觀念，分爲釋形、形音、釋義三方面說明。

一、釋形方面

（一）四體兼備

《大明同文集》於文字釋形方面，搜羅了即篆書、隸書、楷書及草書四種書體。作者在〈大明同文集釋〉文中說：

> 篆、隸、眞、艸，同一文也，則同一解也。其有不同焉者，繁簡結構之少異其制耳。〔註 56〕

〔註 55〕田藝蘅著：《大明同文集舉要》，頁 531。

〔註 56〕田藝蘅著：《大明同文集舉要》，頁 191。

田藝蘅認爲篆、隸、眞〔註 57〕、草此四書體字形雖有所差異，但皆可表達同樣的字義，亦以此爲《大明同文集》之「同文」定名之由來。劉賢於〈大明同文集序〉中說：「是集也，四體兼該、古今備悉，則先生博矣。」〔註 58〕點明田藝蘅搜羅四大書體於書中的用心。

田藝蘅將篆書、隸書、楷書及草書四種書體收錄於《大明同文集》中，細察《大明同文集》全書內容，可知田藝蘅對此四種書體的態度略有差別。田氏於書中將楷體視爲正文，篆體說明文字來源，另將古文、草書及隸書等字體以附錄方式呈現。例如「小部」所收字形，其於「小」字楷體之下，附有篆體「小」字外，另接續「尛、尖、尐」等字，直至「䏣」字，於「䏣」字注釋下另附以「[illegible]、[illegible]、……」等古文和草書字體，於古文和草書字體之下並附有楷體小字以便讀者辨識。〔註 59〕

此項編輯條例與田藝蘅所言之原則相符：「首之以楷，欲其易曉也；次之以小篆，欲知其原也。……然後證以古文、博以鍾鼎、周彝，並陳几上，豈不爲學書者一大快事也哉。」〔註 60〕田藝蘅認爲藉由楷書可辨古文奇字，故爲正體；篆體可考字例演變之由，故爲輔助之用。此項釋形原則亦與《說文解字》所收

〔註 57〕關於「眞書」一詞的解釋，《中國書法源流》說明：「楷書即眞書，古時又叫作『楷隸』或『今隸』。」眞書即爲楷書之別稱。「眞書」一詞定名來由眾說紛紜，然由楷隸演變爲楷書是各家共識。《中國書體演變史》釋曰：「楷書又稱正書，也稱眞書，源出於古隸。後漢時王次仲創楷隸，後人稱爲正書，魏鐘繇作〈賀捷表〉備盡法度，成爲正書之祖。以後歷經晉、唐才完全脫去隸意，是爲今日的正楷。」於此簡要說明由楷隸轉變爲楷書之過程。而唐蘭則認爲「眞書」一詞是源於「章程書」的合音，其於《中國文字學》書中說：「章程兩字的合音，是正字（平聲），後世把章程書讀快了，就變成正書，又變成眞書。」參考書籍爲華正書局編：《中國書法源流》，（臺北：華正書局，1983），頁 71。唐濤編著：《中國歷代書體演變》，（臺北：臺灣省立博物館，1990），頁 66。唐蘭撰：《中國文字學》，（上海：上海古籍出版社，2001），頁 178。

〔註 58〕黃崗劉賢撰：〈大明同文集序〉，此文於《四庫全書存目叢書》中未收，收錄於臺灣國家圖書館藏《大明同文集舉要》善本。

〔註 59〕《大明同文集》所收「小部」及相關字例，收錄於《大明同文集舉要》頁 249～251。

〔註 60〕見〈大明同文集章則・自引〉一文，收錄於《大明同文集舉要》，頁 191。田藝蘅著：《大明同文集舉要》，頁 191。

古文重文頗爲相似，然《說文》以篆體爲正字，《大明同文集》則以楷體爲正字、篆體爲輔助，並將古文、草書及隸書等字形列爲附錄性質，以便讀者判別文字形體演變的脈絡，故備而不考。

（二）以「从某从某」為釋形用語

《大明同文集》收錄文字，首列先楷後篆之字形，其後標註四聲及韻部。並以「从某从某」爲文字釋形用語，次言常用字義，末以六書歸類，此爲通則，而或有簡省。田藝蘅於〈字學舉要〉文中說：

> 从，古從字。每字母下曰：从某从某者，此也。〔註61〕

《大明同文集》以「从某从某」爲釋形用語之體例，乃沿襲《說文解字》而來。

許師錟輝曰：

> 《說文》釋爲『从某某』的，『从』是『從』的初文，義爲『由』，意謂某字由某某二字會合而成，六書屬會意。」〔註62〕又說：「《說文》釋爲『从某某聲的』，意謂其字由某某二字會合而成，其一字爲形符，另一字爲聲符。於六書屬於『形聲』。〔註63〕

《大明同文集》中沿用此種釋形方式，對於會意和形聲字以「从某从某」和「从某某聲」的方式加以說明，象形字則以「象某之形」的方式說明之。如「光」字下注曰：「从火从人，火在人上，光明，會意。」（頁243），此爲會意字的釋形方式；另如「凝」字下注曰：「从仌疑聲，水凝而堅也。」（頁244），此爲形聲字的釋形方式；又如「夌」字下注曰：「从先高大，从夂象兩足有所躧形，借爲夌遲字。」（頁266），此爲象形字的釋形方式。

二、釋音方面

關於《大明同文集》一書的釋音原則，田藝蘅於〈聲韻舉要〉文中有所說明，以下分爲兩大要點析論之。

（一）以《洪武正韻》為標音底本

田藝蘅於〈聲韻舉要〉文中說：

〔註61〕田藝蘅著：《大明同文集舉要》，頁200。

〔註62〕許師錟輝著：《文字學簡編》，頁118。

〔註63〕許師錟輝著：《文字學簡編》，頁118。

自漢以來，皆以四聲分爲一百七韻，如東、冬、江、支，世莫異議。至我洪武之初，定爲《正韻》，止七十有六，簡明有序，而反切猶詳。〔註 64〕

《大明同文集》書中所採用的注音方法，是明代洪武初年所訂定的《洪武正韻》，共有四聲七十六韻。《洪武正韻》成書於明代洪武八年，是明太祖朱元璋命令樂韶鳳等人所撰作的官方韻書。此書分爲七十六個韻部，平、上、去三聲各分爲二十二部，入聲十部。其語音系統與《中原音韻》相合，書中分立入聲韻，乃實際語音狀況的反映。其聲母系統，則與《蒙古字韻》完全相合。〔註 65〕《洪武正韻》的訂定基礎建立於《中原音韻》之上，其兩大特點爲分立入聲韻及保全濁音聲母，皆可反映出當時的語音概況，而《大明同文集》沿用《洪武正韻》書中的四聲七十六韻母，亦能呈現明代語音實際樣貌。

（二）多音字的注音方式

田藝蘅在〈聲韻舉要〉文中說：

今則于平聲東韻者直曰平東，上聲董韻者直曰上董，去入皆然。若一字數讀者，則曰平東、上董、去送、入屋之類；若一字而兩讀者，則曰平東二音、上東二音之類，取其便也。〔註 66〕

《大明同文集》書中所收的字例釋音著重於四聲和韻部，其釋音之一般原則爲「平聲東韻者直曰平東，上聲董韻者直曰上董，去入皆然。」

若非單字單音，而是「一字而數讀者」和「一韻而兩讀者」〔註 67〕的多音字，則有獨特的注音方式。田藝蘅說：「若一字數讀者，則曰平東、上董、去

〔註 64〕田藝蘅著：《大明同文集舉要》，頁 200。

〔註 65〕參考李新魁著：《古音概說》，（臺北：崧高書社，1985），頁 106～107。

〔註 66〕田藝蘅著：《大明同文集舉要》，頁 200。

〔註 67〕「一字而數讀者」和「一韻而兩讀者」，廣義言之，即今所謂之「破音字」。按《教育部重編國語辭典》釋「破音字」一詞，其義有二：一指有多種讀音的字。亦稱爲「多音字」、「歧音字」。另一專指音讀不同意義也不同的多音字。如「吃」讀ㄔ時作爲動詞，如：「吃飯」；讀ㄐㄧˊ時，作「口吃」的意思。亦稱爲「歧音異義字」。參考中華民國教育部國語推行委員會編纂：《教育部重編國語辭典修訂本》，其網址爲 http://dict.revised.moe.edu.tw/，查詢日期爲 2010 年 5 月 17 日。

送、入屋之類」如《大明同文集》所收「雨」字下注：「上語、去御，从一象天，从冂象雲，水霝其間，水从雲下也。」〔註 68〕「雨」字下注有ㄩˇ、ㄩˋ二音，即爲一字兩讀之注音實例。如遇有韻母發音方式不同，即其所謂「一韻而兩讀者」，則「若一字而兩讀者，則曰平東二音、上東二音之類」，例如「廣」字下注：「平陽、上養、去漾、二音，从广从黃聲，開泰殿之大屋。」〔註 69〕即爲一韻兩讀之注音實例。

綜上可知，田藝蘅除採用《洪武正韻》之聲韻母注音外，對於一字數讀和一韻兩讀等雙音和多音字，也提出特別之注音方法，可見其編輯《大明同文集》之用心。

三、釋義方面

《大明同文集》之字例釋義較爲簡要，田藝蘅於〈注釋舉要〉文中說：

> 古者一字每可作數十字用，所謂假借也。故音既異，而義亦異焉，如集中所載咿苴諸字是也。初欲以《古今韻會》之例而注釋之，根據經史、旁及子集，使人易曉，然而典籍浩繁、簡帙重大，難以通行，今但摘其要者而纂之，以俟博學者自得推廣之耳。〔註 70〕

田藝蘅撰作《大明同文集》一書，歷時三年，全憑一己之力撰述而成。雖有搜羅經史子集諸家字義之野心，然憑棉薄之力無法得成，故僅能以字義摘要的方式呈現。

《古今韻會》一書，成於元代大德元年（西元 1297 年），作者爲南宋末年的黃公紹。此書參考前代多種韻書編修而成，於文字釋義方面頗爲用心，胡安順說：「其訓釋博采經史百家，詳贍繁雜，事物倫理制度莫不詳載。」〔註 71〕。因《古今韻會》卷帙浩繁，查索不便，故有元人熊忠簡化其注，並另附增補而成《古今韻會舉要》一書，而《古今韻會》原書早佚。

《古今韻會舉要》雖定名爲韻書，然此書對於文字釋義的考證博引，亦受

〔註 68〕田藝蘅著：《大明同文集舉要》，頁 214。

〔註 69〕田藝蘅著：《大明同文集舉要》，頁 234。

〔註 70〕田藝蘅著：《大明同文集舉要》，頁 200。

〔註 71〕胡安順著：《音韵學通論》，（北京：中華書局，2002），頁 133。

到前人的重視，《四庫全書總目提要》中評及此書：「惟其援引浩博，足資考證。而一字一句，必舉所本，無臆斷僞撰之處。」由此可知此書在訓詁釋義上之成就，亦爲田藝蘅援引文字釋義之由。

巫俊勳說《大明同文集》的特色之一爲：「釋音謹注出韻部，釋義則以常用義爲主，釋形則針對象形、指事、會意之字，形聲則多不註明。」〔註72〕田藝蘅於〈注釋舉要〉文中曾提及：「古者一字每可作數十字用，所謂假借也。故音既異，而義亦異焉，如集中所載咿苴諸字是也。」顯見田藝蘅已注意到文字中本義和假借義的關係，並且主張一音一義、音義相合的觀念。相較於《說文解字》中釋義以本義爲主的方式，田藝蘅選擇以常用義來解釋字義。或因前有《說文解字》一書說明文字本義，爲使讀者便於查索，《大明同文集》釋義則以常用義爲主。

第四節　《大明同文集舉要》之編輯特色

此節探析《大明同文集舉要》（以下簡稱《大明同文集》）的編輯特色，以《大明同文集》收錄文字的編輯方式爲主，以下分別說明。

一、五行相應

前文談及田藝蘅將陰陽五行之說用於書中的例子頗多，於《大明同文集》卷一所收字例便可證明。卷一所收之字例較接近於圖形，亦即古人所言之「易圖」，作者收輯於此卷之涵意爲何？析論如下。

田藝蘅將《大明同文集》的部次排序排序編爲「始一終萬」，然於「一」字之前收有以「●」字爲首之十個與太極相關之圖形。筆者以爲田藝蘅並未將此十個圖形視爲文字，故言其部次排序爲始一終萬。然田藝蘅收錄此十個圖形於書中之用意何在？分析探討於後。

田藝蘅所收十個與太極相應之圖形，於每圖下各有別名，並在文字解釋中有所說明，茲摘錄所收圖形及釋義列表呈現如下。

〔註72〕巫俊勳撰：〈明代大型字書編輯特色探析〉，頁250。

序號	圖形 / 名稱〔註 73〕	釋　義　摘　要
1	元 極	平先即元字，見元極圖。元極者，混沌眞純、氤氳固結，有精而無色，有气而無形，乃一團元神之極，而造化未兆之胎也。……其斯以爲文字之鼻祖，與《周易》與元爲主，故曰元亨、曰元吉、曰永貞、曰元夫，皆是物也。
2	靈極	平庚即靈字，見靈極圖。靈極者，混淪初竅，樞紐乍萌，匪鑿而自通，如凡之有孔，乃一點靈光之極而造化，欲啓之竇也。
3	太極	見太極圖，太極者，靈極之漸闢，而漸虛者也。洞然朗然，不淆不虛亏，其元極本來之全體乎。……亦借爲般古般字，象形又作圜字用。
4	昜動侌靜	即昜動侌靜圖也。動靜者，太極之初，雖含陰陽，未分動靜。至此，凝者漸融，形者漸運，陽動而上，動中有陰，陰陰靜而下，靜中有陽矣。
5	昜動	此陽動之半，其二白文上覆者，古天字之形，象乎此也。
6	侌動	此陰靜之半，其二黑文下載者，古土字之形，象乎此也。
7	少極	此少極圖也。少極者，陽既動而輕清者，皆上浮；陰既靜而重濁者，皆下沉。則天日升而高，地日降而單，而天地于焉有象矣。由是乾道成男，坤道成女，萬物林林總總焉，莫不充塞于兩間也。
8	三才	此三才圖也。三才者，天、地、人之全體也。天開於子，地闢于丑，人生于寅。而大人者，得二氣之精，立兩儀之極，而首出乎其中矣，所謂參天兩地之道也。
9		即圍字，乃太極之變，而周其四方，象天圜之形，以覆乎地之四維，所謂天圜而地方也。此天之包乎地外，而萬物囿焉者也。象形。
10	昜奇	陽奇圖也。陽奇者，包羲氏仰以觀於天文，見天之不滿于西北也。故將太極之全體斷其西北，而申之使直焉。則爲一而橫陳矣，于是畫一畫，以象之其數奇，故謂之奇陽。之所以一而實也，而天運之左旋，四氣之順布，莫不自天門之闢而出之矣。彼聖人者，豈徒直爲單畫而已哉？

〔註 73〕圖案名稱參照〈大明同文集目錄〉第一卷各圖形下所附題名註明之。

由此表中圖形釋義摘要可窺知田藝蘅對宇宙生成觀之看法，首先以「元極圖」言萬物創生前乃一片混沌未明之狀，而後由「靈極圖」點出靈光一現、宇宙創始之初的光明，續以「太極圖」形容光明出現後的豁然開朗之貌。其後陰陽相生相長，而有「易動陰靜圖」、「易動圖」及「陰動圖」等，「少極圖」則呈現出陰陽相合、萬物各有歸屬之意。而後有「三才圖」，表明天、地、人三者和諧共生，人中最盛者爲「大人」，此點明顯受到莊子學說影響。「□」乃太極之變，象天覆地之貌，而「陽奇圖」則源於上古包羲之說。

宋代以來，理學盛行，錢穆先生曾言宋明理學之發展可上溯陰陽學說，其言：「惟長生久視之術，既渺茫而莫驗，涅槃出世之教，亦厭倦而思返，乃追尋之於孔孟六經，重振淑世之化，陰襲道院、禪林之緒餘，而開新儒學之機運者，則所謂宋明理學是也。」〔註 74〕因爲東漢興起之道教淪於煉丹養生之流，而魏晉以來的玄學思想亦流於空泛，於是學者力求復返孔孟，由儒家經典中探求儒學新意，此爲宋明理學興盛之由。而田藝蘅受到當時的學術思潮影響，對於理學和陰陽學說亦有涉獵。

理學發展之初，周敦頤未脫前人影響，曾撰作《太極圖說》一書，錢穆認爲此書之立論基礎源於《周易》。錢氏曰：「其立說根據，依藉於《周易》，而來源則實始於方外之道士。」〔註 75〕黃宗炎亦於《太極圖辨》中對《太極圖說》一書理論生成之脈胳有所說明。田藝蘅亦曾撰作《易圖》一卷，於《易圖源流》一書中有簡要介紹，全文如下：

> 《易圖》一卷，錢塘田藝蘅子藝撰，明萬曆年間刊於百陵學山本。其書論混古始天易，以爲四聖人作易，時更三古，道成三天。庖兮爲上古先天之易，文王周公爲中古後天之易，孔子爲下古終天之易。
>
> 載有「元極圖」，黑圓圈之正中有小白圈。「靈極圖」則外圓圈爲黑白交互，外黑多，內白多，而圓心爲小白圈。復有「太極圖」，則爲一白圈，與元代張理、明代胡居仁章潢之圖相同，而「動靜圖」則

〔註 74〕錢穆先生所言孔孟六經乃指《易》、《春秋》、《詩》、《書》、《禮》、《樂》六者，《國學概論》收有以「孔子與六經」爲標題之章節。參考錢穆著：《國學概論》，（臺北：素書樓文教基金會，2001），頁 173。

〔註 75〕錢穆著：《國學概論》，頁 176。

> 與周子「太極圖」中錄出，「少極圖」則半黑半白之圓圈焉。
>
> 「三才圖」則「少陰圖」中加一人字，以上白圈爲天，下黑圈爲地，中「人」爲人。乃有「陽奇圖」圓圈而缺西北，陰偶圖，圓圈缺東南與西北。太陽圖白圓圈，而一線中分，「太陰圖」、「象明圖」、「易象圖」，皆象其字形而畫圖。其易圖多與呂洞濱易說附圖相雷同。〔註 76〕

田藝蘅之《易圖》書中所附之太極圖形，乃承襲前人學說並另有創制而成，然《大明同文集》收錄易圖之用心何在？細察《大明同文通集》卷一內文釋義，筆者以爲田藝蘅所云「始一終萬」之部次排序，其所謂「一」並非單指數字一，另有天地生成之始有其物的涵意。在「一」的釋義中說：「《說文》:『惟初太始，道立于一，造分天地，化生萬物。』徐曰：『一者，天地之未分，太極生兩儀，一、滂薄始結之義。橫者象天地人之气，是皆橫屬四極者也，同少初均不二也。古之字書，惟一不變者，蓋至尊無對，故一定而不易也。』」〔註 77〕田藝蘅所指稱之「一」乃是一種亙古不變的現象，在「一」之前所收錄的十個太極圖形，乃指天地未明、混沌未分的變動現象；而「一」生成之後，萬物始有立足之地，於是一生二、二生三……乃至於「卍」。

「卍」字下則云：「萬也，由一而十，由十而衍其上下左右，使之均齊方之，從衡延長，《易》之所以生生不窮而循環無耑者也。乃元極至廣至大之全體也。故《左傳》曰：萬，盈數也。造化文字之妙固如是哉。」〔註 78〕「卍」通「萬」字，古人以萬爲盈數，故無再上溯之必要。「一」爲奇數，而「卍」爲盈數，田藝蘅於《大明同文集》卷一中，以易圖表明自己的宇宙生成觀，並以數字相生相衍的道理，解釋萬事萬物孳乳生成的原因。田氏於〈形聲始終解〉中說：「宇宙間有理而後有數。一，奇數也；萬，盈數也。有形而後有聲，一爲平聲，而萬爲入聲。」〔註 79〕「有理而後有數」正是《大明同文集》卷一收錄易圖及相關數字的動機來由。

〔註 76〕徐芹庭著：《易圖源流》，（臺北：國立編譯館，1993），頁 696。

〔註 77〕田藝蘅著：《大明同文集舉要》，頁 210。

〔註 78〕田藝蘅著：《大明同文集舉要》，頁 211。

〔註 79〕田藝蘅著：《大明同文集舉要》，頁 194。

對田藝蘅而言，在解釋所收字例形義之前，必先將事物生成之起源釐清，於此立論基礎上，才得以廣涵諸多字形、字音及字義，筆者以爲此爲田藝蘅於《大明同文集》書中收錄易圖的原因所在。由此可知作者試圖將五行相應之說運用於書中，和始一終萬的部次排序涵意緊密切合。

二、異體字形之收輯特色

《大明同文集》收有許多異體字形，筆者細察此書所收之古文字字形來源，約可分爲篆體、刻印、銘鼎、碑文及經書中所收文字等五大類，列舉於後。

（一）篆　體

在篆體方面，有籀文和小篆的書體差異，於卷十一「人」部收有「[illegible]」、「[illegible]」兩種異體，並註明「笑，籀。」（頁 261），先說明此字形之楷體爲「笑」字，再說明其字形類別。另於卷十九「手」部後收有「[illegible]」、「[illegible]」兩種異體，並註明「春，籀文，與者同。」（頁 331）。至於小篆字形，田藝蘅將篆體置於楷體之後，於《大明同文集》之收字中頗爲常見，諸如「庶[illegible]」（頁 235）、「履[illegible]」（頁 256）等收字情形。另有將小篆字形置於全卷之後的情形，例如卷十之後收有「[illegible]」字（頁 257），其下註明「享，小篆」。此皆爲同字異形之篆體例證。

（二）刻　印

在刻印方面，於卷十後收有「執」字異體「[illegible]」，其下註明：「執，尙方宜子孫鑑。」（頁 257）；於卷十九後收有「丞」字異體「[illegible]、[illegible]、[illegible]」，其下註明「始青鑑」（頁 331）；於卷二十後收有「有」字異體「[illegible]」，其下註明：「漢十二辰鑑」（頁 343），此皆爲《大明同文集》所收異體字形源於刻印之例證。

（三）銘　鼎

在銘鼎方面，於「[illegible]」字後收有「[illegible]」字，其下注曰：「尹鼎，類日。」（頁 216）；於「庶」字後收有「[illegible]」字，其下注曰：「伯庶父鼎。」（頁 235）；於卷八收有「[illegible]、[illegible]、[illegible]」等異體，其下注曰：「泉，皆銅盤銘。」（頁 243）；於卷十一後收有「[illegible]」字，其下注曰：「映，伯映彝。」（頁 261），此皆爲《大明同文集》所收異體字形源於銘鼎之例證。

（四）碑　文

在碑文方面，於「雨」字後收有「[illegible]」字異體，其下注曰：「無極山碑」，另收有「[illegible]」字異體，其下注曰：「白石神碑」（頁 214）；於卷十後收有「[illegible]」字，其下注曰：「富，東海碑。」（頁 257），並收有「[illegible]」字，其下注曰：「鯨，馬田碑。」（頁 257），此皆爲《大明同文集》所收異體字形源於碑文之例證。

（五）經書文字

在經書文字方面，於卷二後收有「[illegible]、[illegible]」二字，其下注曰：「芸，《孝經》。」（頁 214）；於卷四後收有「[illegible]、[illegible]」之「嗇」字異體，其下注曰：「《尚書》。」（頁 222）；於卷六收有「[illegible]」字，爲「庶」字之異體，其下注曰：「《孝經》从炎。」（頁 235）；於卷八收有「[illegible]」字，其下注曰：「脈，《孝經》。」（頁 243）；於卷十一後收有「[illegible]」字，其下注曰：「皋，《尚書》。」（頁 261），此皆爲《大明同文集》所收異體字形源於經書文字之例證。綜上所述，可知《大明同文集》所收之古文字字形來源眾多，且多有所本，由此可見作者之用心。

三、詩詞補白

《大明同文集》書中有一特別現象，即作者在文卷空白處以各種書體加上類似詩詞的短句。例如在《大明同文集‧卷三》中有以篆文書寫「九三館精明日」一句〔註 80〕，另於卷十五中有以楷體書寫「少娘能歌林枝凹，故人同倚木蘭舟，坐巡目垂非常住，垂冕于今倍儻來。」等詩句〔註 81〕。這些例子在《大明同文集》中不勝枚舉，多半於卷與卷交接之空欄中，以不同書體塡寫或長或短之詞句。細察這此詞句內容多半描寫情景，且無註明出處，與所收字例字義並無直接相關，筆者推測此乃作者於撰述閒暇之餘，隨筆題作而成。

〔註 80〕詳見《大明同文集舉要》，頁 219。

〔註 81〕詳見《大明同文集舉要》，頁 291。

第三章　《大明同文集舉要》部首分部及異體字研究

此章針對《大明同文集舉要》（以下簡稱《大明同文集》）之部首分部原則、收字原則、異體字例及分部特色作一分析。欲探析《大明同文集》之部首分部及收字原則，必先將其部首分部及所收字例完整呈現才得以分析。因此，筆者將《大明同文集》各卷分部及字例列表呈現如附錄二〔註1〕，再以此表及正文注釋爲參考依據，分析此書之部首分部、收字原則、異體字例和分部特色。

第一節　部首分部分析

一、部首分部原則

《大明同文集》一書的部首分部原則，於此節中分爲正例及變例兩方面

〔註1〕此表呈現之《大明同文集》一書所收文字情形，以書中楷體字形爲主，未能以現今通行標準字體呈現之文字構形，則以圖檔方式呈現，若有多字並列之異體字，則以首字爲主，其餘字形以括號方式呈現。於部首排序方面，以內文所收部次多寡爲主要計次單位，若目錄部次所收爲小字體，而內文部次亦有收錄，則將目錄部次所收文字以括號方式呈現，如四十九卷目錄部次中所收之「（去）」字。但若目錄部次未收錄，而內文部次有收之文字，則於目錄部次中以空白方式呈現。內文部次中有兩字並列之情形，則以一部次計算，並將次字以括號方式呈現，如四十九卷所收「兔（皀）」字。參照本文附錄二：「《大明同文集》所收部次及文字輯錄列表」。

論述。正例方面，將全書之部首分部通則歸納後分別析論；變例方面，將此書部首分部之特殊現象細述於後。

（一）正例

1. 以聲符偏旁統字的入部原則

田藝蘅於〈自引〉說：「如東之爲字，起于木而成於日，日疑曰而東疑東，凡涷、棟、煉、鍊等字，皆以東而生文，固非由於水、木、火、土、金也；皆由東而得音，亦非由於水、木、火、土、金也。」〔註2〕《大明同文集》所收「東」字收歸於四十六卷之木部下，於東字後收有「徚（倲）、倲、婡、鬞、㨂、霘、涷、凍、𩀨、鶇、𤞟、𩋒、駷、鰊、蝀、𧓍、崠、埬、暕、菄、𧮭、𤵛、魌、餗、錬、棟、𧸐、陳、𣪈、嗽、𤗟」諸字，均以「東」字偏旁爲文字構形之要件。作者將東字收於木部之下，是以木爲大部，另以東字爲小部。由此可知田藝蘅在編排之時，以木字之形符部首爲主，並以東字之聲符偏旁爲輔，搜羅繫聯其下字例。〔註3〕

田藝蘅於書序中言及「皆由東而得音」，由此判斷聲符爲歸部原則應爲此書之重心所在。對此，巫俊勳於〈明代大型字書編纂特色探析〉說：「全書收字約一萬四千字，部首分爲三百七十，各部之下又立若干小目……全書主要以聲符歸部，故多聲符部首。」〔註4〕故知以聲符偏旁統字的入部原則，是此書部首分部規則之正例。

2. 始一終萬的部次排序

《大明同文集》的部首排序，以一字起始，而終於萬字〔註5〕。田藝蘅於

〔註 2〕田藝蘅著：《大明同文集舉要》，頁 191。

〔註 3〕田藝蘅於正文中依各字所從偏旁不同之文字以換行方式分門歸類之，例如第四十六卷木部下收有「尭、本、制、𣏟、末、朱、𣎳、束、東、柬、曹、杲、杳」等與木字形近之偏旁文字，其下再收編以此偏旁爲構形之各字。「曹」字後收有異體「𣍘」字，注曰：「从二東，下从日。古獄兩曹𣗥寺在廷東，分日以治事。今从隸作曹。」故將「曹」字收於「東部」中。

〔註 4〕巫俊勳撰：〈明代大型字書編輯特色探析〉，頁 250。

〔註 5〕於「一」字之前尚收有●、□等與《易經》相應之圖形，計有十個。然據作者所言部次排序爲始一終萬，故以「一」字爲部次之首。筆者推測作者並未將此十個圖形視爲文字，然爲何收編於書中，則留待本章第二節「《大明同文集》編輯體例特色

〈復耆一首〉文中說：「《說文》之母亦自繁冗，今茲所撰，則省其百千餘字，彼始于一而終于亥，不佞則始于一而終于萬，所謂一以貫萬，得其一而萬事畢者也。」〔註6〕田氏編纂《大明同文集》的部首排序觀念承襲《說文解字》而來，但田藝蘅選擇始一終萬的部次排序，有別於許慎始一終亥的作法。

許慎編寫《說文解字》部首採始一終亥的編排方法，其立意於〈說文解字・後敘〉中說：「其建首也，立一爲耑，方以類聚，物以群分。同條牽屬共理相貫，襍而不越，據形系聯。引而申之，以究萬原，畢終於亥。」〔註7〕許慎以一爲部首之始，而以亥字爲部首編排之終結。許師錟輝說：「《說文》說：『亥、荄也。』荄義爲艸根，引申有終極之義……所以把『亥』立爲五百四十部之末，含有周而復始，生生不息之義。」〔註8〕以一字爲萬物之起源，並以亥字作爲生生不息之象徵，萬事萬物往復循環、相生相長，正是許慎爲《說文解字》擇定部首始末之核心概念。

《大明同文集》採用始一終萬的部首編排方式，田藝蘅於〈形聲始終解〉文中說明其用心：

> 宇宙間有理而後有數，一，奇數也；萬，盈數也。始於一而終于萬，所以紀二气之運，而貫天下之事者也。有形而後有聲，一爲平聲而萬爲入聲，始於東而終于北，所以備四方之音也。一爲入聲而萬爲去聲，則始于北而終于西，所以合五行之用也，與許氏大同而小異焉。〔註9〕

此段話中將「一」字分爲平、入二聲，將「萬」字分爲去、入二聲。《大明同文集》「一」字下注曰：「平支，音奇。伏羲畫卦之初，先畫一，奇以象陽數之始也。蓋天地生人以來，凡聲皆起于平音，至今北人讀一如衣聲。爲得奇耦之正，而衣與奇聲相近也，乃轉爲去寘，叶入質。音變而字不變，義亦不變

及評價」中細考之。

〔註6〕田藝蘅著：《大明同文集舉要》，頁196。

〔註7〕〔東漢〕許慎著、〔清〕段玉裁注：《圈點說文解字》，（臺北：萬卷樓圖書，2002），頁789。

〔註8〕許師錟輝著：《文字學簡編》，頁107。

〔註9〕田藝蘅著：《大明同文集舉要》，頁194。

也。」〔註 10〕「━」爲五行相生之數，田藝蘅標音爲「平支，音奇。」並認爲此字乃「一」字本形，而轉音爲「去賔叶入質」〔註 11〕，但「音變而字不變，義亦不變也。」此爲「一」字分爲平、入二聲之由。

另於「卍」字下注曰：「萬也。由一而十、由十而衍其上下。左右使之均齊，方正從衡延長。易之所以生生不窮，而循環無耑者也。」〔註 12〕注釋中未標明音韻，然《龍龕手鑑．雜部》說：「卍，音万。是如來身有吉祥文也。」〔註 13〕《大明同文集》於「万」字下注曰：「去諫。《廣韻》：『十千爲万，通作萬。舊韻在萬字下，《古今韻會》別出是也。晉．王羲之艸書亦从此文。』又入職，音墨，北齊複姓万俟。讀作墨其，万或作方，蓋古文方字作万字。故今方言尚以━爲千，以方爲万也。」〔註 14〕「卍」字原指佛身上的異相圖形，並非文字，隨梵語佛經傳入中國後，被編入字書中，與「万」字發音相同。又於「萬」字下說明：「去諫。……以音借爲千萬字。」〔註 15〕，「萬」與「万」字同音借用，「万」字又爲破音字，故〈形聲始終解〉文中說將「萬」字分爲入、去二聲。〔註 16〕

《大明同文集》書中始一終萬的部首編排方法，乃田藝蘅承襲許愼編寫《說文解字》的陰陽五行概念而來。又加入奇偶和四聲的觀念，認爲「━」字包含奇數、平聲和入聲的條件；「卍」字包含偶數、入聲和去聲的條件。意圖揉合漢代的陰陽五行和魏晉以來形成的四聲觀念，使其達成對稱協調的效

〔註 10〕田藝蘅著：《大明同文集舉要》，頁 209、210。

〔註 11〕《洪武正韻》將「一」字歸於「入聲．二質」下。〔明〕樂韶鳳、宋濂等編：《洪武正韻》，收錄於李學勤主編：《中華漢語工具書書庫》第 61 冊，（合肥，安徽教育出版社，2002），頁 582。

〔註 12〕田藝蘅著：《大明同文集舉要》，頁 211。

〔註 13〕〔遼〕釋行均著：《龍龕手鑑》。收錄於《四部叢刊續編．經部》，（臺北：臺灣商務印書館，1966），頁 67。

〔註 14〕田藝蘅著：《大明同文集舉要》，頁 530。

〔註 15〕田藝蘅著：《大明同文集舉要》，頁 529。

〔註 16〕承正文所述，「一爲平聲而萬爲入聲，始於東而終于北，所以備四方之音也。一爲入聲而萬爲去聲，則始于北而終于西，所以合五行之用也，與許氏大同而小異焉。」，應更正爲「━爲平聲而卍爲入聲，……一爲入聲而萬爲去聲。」較能清楚表達作者概念，避免讀者誤解。

果。許慎以生生不息的觀念作爲《說文解字》的部首排序原則，而田藝蘅選擇以對稱排比的方式來排定部次，並於大部之下另立小部，力求改進《說文解字》之缺點，即其所言「與許氏大同而小異焉」之特點所在。

3. 據形繫聯的排列原則

字書部首據形繫聯的排列原則，自東漢許慎《說文解字》以來，歷代字書沿用不休，許師錟輝亦言及：「五百四十部除了始一終亥之外，各部之間則是依形體相近者排序，此即〈後敘〉所說『據形繫聯』。」〔註17〕，《大明同文集》沿用此例，各部首間依形體相近的原則排序，綴聯成書，並將始一終萬的歸部原則納入其中。

例如《大明同文集》卷三中以「日」部爲首，再承接「旦」部、「亘」部，接著繫以「亙」部，因作者認爲「亘」字與「亙」字上下二畫形體近似之故，而「亙」部下繫聯「倝」部，則因「亙」與「倝」字都與「旦」字相關之故〔註18〕，其後再以形體相近之大原則繫聯各部部首。

（二）變　例

1. 以義繫聯

《大明同文集》書中有以字義相近繫聯各部首之情形。例如卷二所收之部首有「天、乙、气、云、雨」五部，就文字形體上看來並無形體相近之關聯性，但以字義分類來說，都與氣侯有關。作者在「天」字古文異體下注曰：「古文。象積气成天覆下之形。若據上文則先有一，而後有人，又有大，而方有天。非伏羲制字之初，仰以觀于天文之意也。」（頁211），而「乙」字下注曰：「一，陽气本舒，少屈而未申，則其出乙乙也，故爲甲乙之乙。」（頁212）由此可知，田藝蘅視「天」字之本義爲積氣成天之形，而「乙」字之本義則爲陽氣屈折未申之形，之後繫聯之「气」與「云」字，分別代表雲氣和山川中繚繞的雲霧，「雨」字則注曰：「水从雲下也。」（頁 214）觀此五部，雖無形體相似之關聯性，但田藝蘅仍安排此五部與其偏旁相關之文字收錄至

〔註17〕許師錟輝：《文字學簡編》，頁107。

〔註18〕「亙」部下收有「恒」字，注曰：「从心从旦，爲常久意，立心如一旦也。」，而「倝」字下注曰：「从旦从㫃聲，日始出光。」，此二字之構形皆與「旦」字相關。參考《大明同文集舉要》，頁216。

同一卷，與《說文》中據形繫聯的原則雖有出入，而偏重於以義繫聯、以類相聚之原則。

例如卷十六收錄「心、囟、由、囪、首、面、身、牙、肉、冎、卩、良、食、倉」等十四部，其中以心爲首，其後繫聯囟、由、囪三部，「囟」字本義爲人體之腦門，而由與囪則與囟字形體相近；而後接續「百（首）」部，注曰：「象頭形，首同。」（頁 297）；其後繫聯之「面、身、牙、肉、冎、卩」等字，本義皆與人體部位或器官有關，此亦即以類歸部之明顯例證。另如卅四卷中收有「弋、戈、戉、戊、戌、戔、予、矛、弓」等九部，其中「弋」字原義爲木枝而被借爲繳射之弋，其後接續之弋、戉、戊、戌等部，除字形相近之關聯外，亦同爲武器之名稱。之後接續「戔」部爲弋字之二重構形，而「矛」部與「戔」部間以「予」部繫聯，應是爲了形體相近之考量。「矛」部後接續「弓」部，整體看來，同一卷次所收九部中即有七部爲武器相關之字詞爲部首。

另如三十六卷中，收有「宀、穴、宮、戶、門、酒、酋」七部，前五部皆與建築物相關；而四十一卷所收「几、豆、鬲、亞、皿、血」六部，則與茶几、杯盤、酒器等日常器物較爲相關；而四十九卷所收「虎、去（瀘）、鹿、能、鳶、豸、馬、彑、爲、冢、羊、牛、丫、犬、兔、九、厹」等十七部，則與四足動物較爲相關，此皆可爲部首間以義繫聯、以類相聚的分部原則之例證。

2. 一部二字

將二字列爲同一部首之現象，於《大明同文集》頗多，其中或有同字異體、形近而誤之現象，今將其匯整列表於後。

序號	字　例	卷　數	序號	字　例	卷數
1	亖、四	卷四	26	网、兩	廿九卷
2	庶、度	卷六	27	丨、丁	卅二卷
3	厂、广	卷七	28	穼、叟	卅二卷
4	巛、川	卷九	29	𠂆、弋	卅四卷
5	**巛、甾**	卷九	30	叀、專	卅八卷
6	冂、同	卷十	31	个、介	卅九卷
7	从、從	十三卷	32	㡀、黹	四十卷
8	从、眾	十三卷	33	𢼸、微	四十二卷

9	勹、包	十四卷	34	凹、凸	四十二卷
10	白、自	十五卷	35	屮、艸	四十三卷
11	囟、思	十六卷	36	朩、彔	四十四卷
12	囪、窗	十六卷	37	豖、埀	四十四卷
13	百、首	十六卷	38	个、竹	四十五卷
14	肉、脊	十六卷	39	丫、不	四十六卷
15	甘、其	十七卷	40	無、舞	四十六卷
16	乃、乃	十八卷	41	丨、干	四十七卷
17	丞、亟	十九卷	42	辛、辛	四十七卷
18	丮、埶	十九卷	43	飛、非、卂、九	四十八卷
19	足、疋	廿二卷	44	去、灋	四十九卷
20	彳、亍	廿二卷	45	丫、羊	四十九卷
21	爪、示	廿三卷	46	兔、㲋	四十九卷
22	仝、全	廿四卷			
23	丿、乀	廿六卷			
24	啇、商	廿八卷			
25	匕、化	廿八卷			

由上表可知《大明同文集》書中一部二字的情形共有四十六例，歸究其因可分爲同字異體與形體相近兩大要點，列表整理如下：

同字異體	形體相近
三、四（卷四）	庶、度（卷六）
巛、川（卷九）	厂、广（卷七）
冂、同（卷十）	巛、甾（卷九）
从、從（十三卷）	囟、思（十六卷）〔註19〕
從、眾（十三卷）	肉、脊（十六卷）
勹、包（十四卷）	丞、亟（十九卷）
白、自（十五卷）	丮、埶（十九卷）
囪、窗（十六卷）	足、疋（廿二卷）
百、首（十六卷）	彳、亍（廿二卷）
甘、其（十七卷）	爪、示（廿三卷）

〔註19〕「思」字下注曰：「从心㐫聲，頂門骨空，自囟至心，如絲相貫不絕……今文从田，非。」參考田藝蘅著：《大明同文集舉要》，頁294。

ㄋ、乃（十八卷）	仝、全（廿四卷）
𠤎、化（廿八卷）〔註20〕	ノ、乀（廿六卷）
㒳、兩（廿九卷）	啇、商（廿八卷）
𡨦、叟（卅二卷）〔註21〕	丁、丁（卅二卷）
叀、專（卅八卷）	𠂆、弋（卅四卷）〔註22〕
屮、艸（四十三卷）	个、介（卅九卷）
𠂉、竹（四十五卷）	㡀、黹（四十卷）
丨、干（四十七卷）	散、微（四十二卷）
無、䙯（四十六卷）〔註23〕	凹、凸（四十二卷）
𦍌、羊（四十九卷）	豕、彖（四十四卷）
	巫、巠（四十四卷）
	丫、不（四十六卷）〔註24〕
	辛、辛（四十七卷）
	去、灋（四十九卷）
	兔、龟（四十九卷）

《大明同文集》所收之一部二字之例證可依上述同字異體及形體相近之因素概括分類，然其中較特別的例子爲四十八卷中，將「飛、非、卂、凡」四字歸類爲同一部首的情形。此四字的注釋分別爲：

〔註20〕「化」字下注曰：「同上，从隸。馴至於善曰化，改其舊者曰變；離形而易曰化，因形而易曰變。本古訛字，言差錯也。」參照田藝蘅著：《大明同文集舉要》，頁394。

〔註21〕《說文》將「叟」字歸於「又」部下，其釋義爲：「老也，从又灾。」《說文》所收「叟」字篆體亦與《大明同文集》中所收「𡨦」字篆體相符，故判定此二字爲同字異體之例證。參考許愼著：《說文解字》。頁115、田藝蘅撰：《大明同文集舉要》頁412。

〔註22〕《說文》將「弋」字歸於「𠂆」部下，其釋義爲：「橜也。象折木衺銳者形。𠂆象物挂之也。」兩字篆體相近似，故判定爲形體相近之例證。參照許愼著：《說文解字》頁633，及田藝蘅撰：《大明同文集舉要》，頁422。

〔註23〕田藝蘅於「無」字下注曰：「平模。从大从卌从林，屮木豐多。上姥，與庑同意，後變林爲四點从火，非也。」參照田藝蘅著：《大明同文集舉要》，頁492。

〔註24〕丫字之篆體爲「丫」，不字之篆體爲「不」，此二字之篆體形近，故田藝蘅將其歸爲同部。參照田藝蘅撰：《大明同文集舉要》，頁490。

（1）**飛**：平支，象鳥翥形。

（2）**非**：形。又篆文析朱爲非，古緋字，借爲是非之非，或不然也。

平支、上支、去寘，从飛，下翄相違背，象鳥翼分開飛舉

（3）**卂**：去震，从飛而羽不見，疾飛之意。通作奮。

（4）**𠘧**：平魚，象鳥短羽飛𠘧𠘧形。無句挑。殳字从此。

由注釋可知非、卂、𠘧三字皆以飛字爲主體而形體稍變，「非」字象鳥翼分開飛舉形，「卂」字則象鳥疾飛不見其羽之形，而「𠘧」字象鳥短羽飛𠘧𠘧形，以上三字字形及字義均與「飛」密切相關，若繫於部首之下，理應獨立「飛」部即可。然田藝蘅將此四字立爲一部之原因，推測是此四字下各有相同偏旁繫聯之文字，而此四字之楷體差異甚大，若獨立飛部恐讓讀者產生混淆，故作者將此四字列爲同一部，以明此四字形義甚密之關聯。

3. 以異體字為部首

《大明同文集》編收部首時，偶有部首爲兩字並列之情形〔註 25〕，此時作者常以首字爲部首，然亦有以次字爲部首之特殊情形，舉例於後。

（1）以世人習用之字為部首

例如十六卷中所收之「肉」部，於正文中收有「**肉**、肉」二字並列，然田藝蘅選擇以次字作爲部首。其注曰：「入屋，象胾肉體，叚文理形。肌膚也平，尤邊肉倍好爲璧，去宥微。」（頁 300）查《說文》一書並無「**肉**」字，僅以「肉」字爲部首。而田藝蘅所收「**肉**」字，應由篆體「[illegible]」字隸定而來，與「肉」字並用之。參照《大明同文集》中「肉」部下所收諸字，其偏旁均从「肉」〔註 26〕，可知當時使用「肉」字較「**肉**」字普遍，但「**肉**」字較接近字之本形。

綜上所述，田藝蘅雖明白「肉」字爲後出之字，但選擇以此字爲部首，是考量世人沿用傳寫的方便性。田藝蘅曾在序中說過：「然後證以古文，博以鐘鼎，并隸與艸而略載焉。使龍文龜畫重見目前，商鼎周彝並陳几上，豈不

〔註 25〕意指此部首收字於正文中爲兩字並列之異體字，非前文所敘述之一部二字之現象。

〔註 26〕肉部下收有**肉**、月、腩、肭、**炳**（炙）、**炰**（炙）等字，其中「**肉**」爲俗字，而「月」爲偏旁之文。

爲學書者一大快事也哉。」〔註27〕由此可知其將「肉」字置於首字，有還原字之本形的考量，然自《說文》以來，「肉」字在傳抄使用上較爲普便，故田藝蘅選擇以「肉」字作爲部首，而非「肉」字。

（2）以多數文字所從偏旁為部首

另如十九卷中收有「氶、丞」二字並列，然以「丞」字爲部首。其注曰：「平庚，从卩、从廾，或从山高，奉承之意。上梗、去敬，翊繼副貳自下奉上。」（頁331）其篆體字形亦收有「[illegible]、[illegible]」兩種，綜上可知此該字之形構有二，是爲同字異體之例子，並非因時間先後而產生歧異的現象。但「丞」部下收有「拯（拯、承）、蒸（烝）、脀（膥）、鞏（輊）、巹、巹、亟、極、惬、殛」諸字，其偏旁皆从「丞」而非「氶」，故田藝蘅選擇以「丞」字爲部首。

五十卷中所收「也」部，以「乀」字爲首字，「也」字爲次字。於「乀」字下注曰：「从反𠂆，流也。轉注。」（頁527），而「也」字下注曰：「沃盥器，似羹魁柄中有道可以注水，象瀉水形，隸作也。借爲語助辭。《說文》象女陰，非也。」（頁527）田藝蘅認爲「乀」字爲反文，象流水之形。綜觀也部下所收「匜、池（沲）、詑、貤、迆（迤）、馳、杝、笹、酏、施（岐）、暆、葹、椸、褷、箷、謻、弛、衪（袘）、炧、髢、地、庡、乜」諸字，均從也字之偏旁，「乀」與「也」字，其義皆與水流相關，兩字皆有「平支」一音，故以此爲部首。

（3）以部首繫聯相關性為部首

《大明同文集》二十六卷中收有「㐅」部，並於正文中將「五、㐅」二字並列，篆體爲「㐅」。其注曰：「上姥，本从二畫交午，定四方中央之位，象中數之交陽也。小篆加二畫以象上天下地也。」（頁383）「㐅」部下所收「五（㐅）、伍、吾、齬、衙、浯、郚、鋙、珸、梧、牾、䮏、語、峿、圄、敔、鋙、悟（𢘓）、寤、晤、俉（铻、逜）」諸字，偏旁皆从「五」，然田藝蘅選擇以「㐅」爲部首，是爲了部首據形繫聯之原則，下繫形近之「爻」部與「㸚」部。

（4）以文字本形為部首

四十九卷中收有虎部，然虎部下所收首字爲「虍」字，其次才是「虎」字。其後所收「虍、虎、虎、虒、虑、箎、虪、琥、虢、虒、禠、褫、縒、箎

〔註27〕〈自引〉一文，收錄於《大明同文集舉要》，頁191。

（䶂）、滮、䁦、唬（謕）、𧿒、㡧、䮳、䖘、搋、䱰、遞、䖙、𧇮、𧈅、虘、虘攴、𧬤、𪓵、瘧」諸字，从虍或从虎偏旁者皆有。田藝蘅於「虍」字下注曰：「象虎頭文，章屈曲之形。又古虖字。」（頁 509）另於「虎」字下注曰：「山獸之君。《說文》下从人象人足形，非也。」（頁 509）雖以虍字爲首字，然此字爲虎字之省形，是爲省體象形，後人習作偏旁之用。而田藝蘅選擇以原形之虎字爲部首，是爲還原字之本形。

二、目錄與內文部首之差異

《大明同文集》一書之目錄與內文所收部首數量不盡相同，〈大明同文集目錄〉所收部首有四百四十一部〔註 28〕，而內文所收部首僅有三百八十二部〔註 29〕。經比對後可知目錄所收部首較內文所收部首多出五十九部，細校其分部後，則發現目錄所收分部雖較內文爲多，然少數部首並未列於正文之中，故〈大明同文集目錄〉所收部首雖多於正文，但應以正文所收部首分部爲依歸。

巫俊勳於〈明代大型字書編纂特色探析〉文中，曾提及《大明同文集》的特色之一爲「全書收字約一萬四千字，部首分爲三百七十，各部之下又立若干小目……全書主要以聲符歸部，故多聲符部首。」〔註 30〕筆者統計《大明同文集》內文所收部首共有三百八十二部，若扣除卷一所收十二部與易圖相關之分部，則餘三百七十部。巫俊勳所言「部首分爲三百七十」，應是將正文所收部首分部扣除卷一之易圖所得。

田藝蘅於〈大明同文集目錄〉中，將各卷次之部首及收字以大、小字體區分，然其中或有內文未納爲部首，或有內文將二字歸爲一部，而目錄中分列爲二部者，以致兩者所收部首數量有所出入。巫俊勳一文以正文所收部首，扣除卷一所收易圖爲分部標準。兩者所收部首數量實有出入，探究其因，筆者以爲田藝蘅編輯〈大明同文集．目錄〉部首分部，目的在於方便讀者檢索內文部首及收字。但未能依正文所收部首分部編輯目錄，應是當時目錄編輯之觀念尚未確立，而田藝蘅將目錄所收部首定位爲檢索用途，故選擇各卷次中形構差異較

〔註 28〕此處所言之目錄部首分部依〈大明同文集目錄〉文中所收之大字體爲主，包含卷一所收易圖，共計有 441 部。

〔註 29〕參照本文「附錄二」之統計結果。

〔註 30〕巫俊勳撰：〈明代大型字書編輯特色探析〉，頁 250。

大之文字及其下字例數字編為目錄，因此未能反映正文所收之部首分部情形，此為《大明同文集》一書目錄與正文部首分部差異之所由。

三、部首編目及排序條例

（一）由甲迄癸的部首編目

《大明同文集》全書分有五十卷，書中除標明卷次外，亦於目錄及各卷之前標有「甲之一」迄「癸之三」的部首編目，卷次及編目細況以表格呈現。

表二：《大明同文集舉要》部首編目及卷數對照表

甲之一	第一卷	戊之三	第二十一卷	辛之六	第四十一卷
甲之二	第二卷	戊之四	第二十二卷	辛之七	第四十二卷
甲之三	第三卷	己之一	第二十三卷	壬之一	第四十三卷
甲之四	第四卷	己之二	第二十四卷	壬之二	第四十四卷
乙之一	第五卷	己之三	第二十五卷	壬之三	第四十五卷
乙之二	第六卷	己之四	第二十六卷	壬之四	第四十六卷
乙之三	第七卷	己之五	第二十七卷	壬之五	第四十七卷
乙之四	第八卷	己之六	第二十八卷	癸之一	第四十八卷
乙之五	第九卷	己之七	第二十九卷	癸之二	第四十九卷
乙之六	第十卷	庚之一	第三十卷	癸之三	第五十卷
丙之一	第十一卷	庚之二	第三十一卷		
丙之二	第十二卷	庚之三	第三十二卷		
丙之三	第十三卷	庚之四	第三十三卷		
丙之四	第十四卷	庚之五	第三十四卷		
丙之五	第十五卷	庚之六	第三十五卷		
丁之一	第十六卷	辛之一	第三十六卷		
丁之二	第十七卷	辛之二	第三十七卷		
丁之三	第十八卷	辛之三	第三十八卷		
戊之一	第十九卷	辛之四	第三十九卷		
戊之二	第二十卷	辛之五	第四十卷		

田藝蘅於《大明同文集》中並未針對此種編目方式作解釋，並且甲至癸之編號排序，然所收之卷數並不一致。經統計甲編收有四卷，乙編收有六卷，丙編收有五卷，丁編收有三卷，戊編收有四卷，己編收有七卷，庚編收有六卷，

辛編收有七卷，壬編收有五卷，癸編收有三卷。綜上可知，作者並非將《大明同文集》五十卷均分至甲至癸編目內，此編目或與部首分部性質較爲相關，探析於後。

筆者參考〈大明同文集‧目錄〉及書中各部所收部首及文字，將《大明同文集》編目差異依收字類型分爲十一類。

1. 甲編：天文類

《大明同文集》卷一所收易圖闡述田藝蘅對於宇宙生成之想法，而卷二所收「天、乙、气、云、雨」等部、卷三所收「日、旦、冥、月、夕」等部和卷四所收「雷、氤、圖、牆」等字。綜觀看來，甲編所收卷一至卷四部首分部及收字，與天文氣象較爲相關，故歸爲天文類。

2. 乙編：地理類

乙編範圍涵括《大明同文集》卷五至卷十部首及收字。綜觀看來，部首方面收有「土、田、里、火、光、山、伴、水、仌、谷」等部，收字方面則有「社、疆、丘、岳、皀、衹、石、原、源、冰、壑」等字，與自然景觀較爲相關，故歸爲地理類。

3. 丙編：人事類

丙編所收範圍涵括《大明同文集》卷十一至卷十五部首及收字。綜觀看來，部首方面收有「人、夫、凡、兄、仁、巫、从、衣、玄、目、耳」等部，收字方面則有「亦、簪、覭、子、鼻、見、眉、珥」等字，與人情倫理、髮飾用品和人體部份器官較爲相關，故歸爲人事類。

4. 丁編：器官類

丁編所收範圍涵括《大明同文集》卷十六至卷十八部首及收字。綜觀看來，部首方面收有「心、囟、面、身、牙、肉、口」等部，收字方面則有「首、脊、胃、骨、死、軀」等字，與人類的身體器官及部位多有關連，故歸爲器官類。

5. 戊編：肢體類

戊編所收範圍涵括《大明同文集》卷十九至卷廿二部首及收字。綜觀看來，部首方面收有「手、奉、又、爪、左、足、止、彳、夂」等部，收字方面則收有「扌、右、左、捉、趾、行、辵、登」等字，皆與人類肢體和行走之字義相關。故歸爲肢體類。

6. 己編：神祇倫理類

己編所收範圍涵括《大明同文集》卷廿三至卷廿九部之部首及收字。綜觀看來，部首方面收有「王、主、玉、圭、毛、老、爻、父、女、母、入、更」等部，收字方面收有「祇、宦、皇、羽、考、耆、壽、奴、姆、化、氓」等字。因收錄範圍橫跨七卷，所收文字較爲繁雜，但大抵與神祇祭典和五倫關係較爲密切，故歸爲神事倫理類。

7. 庚編：方位及工具類

庚編所收範圍涵括《大明同文集》卷三十至卷卅五部之部首及收字。綜觀看來，部首方面收有「丨、中、上、下、午、甲、申、車、舟、刀、太、戈、戉、矛、弓」部，收字方面據部首偏旁繫聯故較爲龐雜，但以所收部首看來，與方位、交通工具、各式武器較爲相關，故歸爲方位及工具類。

8. 辛編：建築及日常用品類

辛編所收範圍涵括《大明同文集》卷卅六至卷四十二之部首及收字。綜觀看來，部首方面收有「宮、戶、門、酒、舍、巾、几、豆、鬲、皿、豐、斗」等部，收字方面據部首偏旁繫聯故較爲龐雜，但以所收部首看來，與建築物和日常生活用品較爲相關，故歸爲建築及日常用品類。

9. 壬編：植物蔬果類

壬編所收範圍涵括《大明同文集》卷四十三至卷四十七之部首及收字。綜觀看來，部首方面收有「屮、艸、禾、來、華、竹、木」等部，收字方面據部首偏旁繫聯故較爲龐雜，但以所收部首看來，與植物、蔬果等字義較爲相關，故歸爲植物蔬果類。

10. 癸編：動物類

癸編所收範圍涵括《大明同文集》卷四十八至卷五十部首及收字。綜觀看來，部首方面收有「隹、鳥、虎、鹿、馬、彑、羊、牛、犬、兔、它、黽、龜、魚、虫」等部，收字方面據部首偏旁繫聯故較爲龐雜，但所收部首包含鳥禽、走獸、爬蟲和水生生物，故歸爲動物類。

綜上所述，可知《大明同文集》書中由甲迄癸的部首編目，大致可依所收部首及部內收文字爲分類標準，筆者據此將部首編目分爲天文、地理、人事、器官、肢體、神事倫理、方位及工具、建築及日常用品、植物蔬果和動物十大類。其中或因各卷次所文字據所從部首偏旁繫聯，以致編目下的收字看似龐雜無序，但作者仍有其編排用意，故於卷次之外，另以甲迄癸的部首編目分類之，今將其編目與收字類型作一彙整，可藉此釐清田藝蘅編列部首編目之用心所在。

（二）部首編目排序條例

田藝蘅於卷次外另行編排之甲迄癸編的部首編目，筆者依收字類別分爲十大類，並整理其編目排序條例於後。

1. 由大至小

綜觀甲編至癸編之部首分部及收字類別，由天文地理之自然景觀以至人事和神事等人倫事理，可知田藝蘅在編排部首分部及收字之時，先搜羅與自然環境等大範圍的相關的部首偏旁及收字，進而談及人倫事理、肢體器官、用具方位等類別和文字，此即甲迄癸編部首編目排序條例之一。

2. 先人後物

田藝蘅於甲迄癸編之部首分部，於人事類後收有器官類和肢體類，於神事後收有工具、建築物和日用品等類別。而田藝蘅將《大明同文集》書中部首分部和收字依先人後物的方式排列，先搜羅與人事稱謂相關之部首，再搜羅與個人及其生活相關之分部和文字，最末以植物蔬果和動物類列於壬編和癸編，與《說文》中編收文字排序的原則或有關聯。

《大明同文集》書中所收甲迄癸編的部首編目排序條例，約可分爲由大至小的分部條例和先人後物的收字條例兩大要點。其中，先人後物的部首排序觀念沿用許愼編排《說文解字》收字原則，而由大至小的分部條例可能源於類書的編排觀念。孫永忠於《類書淵源與體例形成之研究》書中歸結《藝文類聚》的體例創新，其要點之一即爲「訂定類目依照天地人事物的順序」，並言及：「《藝文類聚》即是依循漢代以降的儒家宇宙觀，將之實踐到《藝文類聚》的編撰體例，創立了歷代類書以天、地、人、事、名物爲順序先例。……所以官類書的大類順序多依照天、地、人、事、物的順序。人們運用類書時，依循這個順序思索、查考資料，君權神授的尊王思想，也無形的烙印人們心中。」〔註 31〕而陳信利於《藝文類聚》文中則說：「可證天、地、人、事、物的大類順序，是由《藝文類聚》開始實行。」〔註 32〕

綜上可知，田藝蘅於《大明同文集》書中編排甲迄癸編之部首編目條例，其淵源可上溯漢代儒家宇宙觀之形成，而《說文解字》亦受此影響。迄至唐代《藝文類聚》的編撰，影響後世類書以天、地、人、事、物五大分類的編排原則，而田藝蘅於編撰字書時亦受此影響，故另立甲迄癸編之部首編目，嘗試於傳統的卷次編目之外，融入類書分類的編排原則，試圖爲字書編排找尋新方向。

第二節　收字原則及異體字例分析

筆者整理「《大明同文集舉要》所收部次及文字輯錄列表」〔註 33〕時，發現《大明同文集舉要》（以下簡稱《大明同文集》）搜羅異體字例甚多，故於此節整理此書之收字原則，並將書中之異體字例作一整理及字例分析，析論如下。

一、收字原則歸納

《大明同文集》一書之收字原則，可分爲正例及變例兩大方面論述。正例方面，分點歸納書中收字之通則；變例方面，探析書中所收異體字編輯原則和反文收字的現象，並針對一字多形之字例偏旁互換情形作一探析，分點敘述於後。

（一）正　例

1. 以當代正字為首

〈田藝蘅於自引〉文中說：「因稽《說文》、《玉篇》、《書統》、《正譌》諸家，輯爲此編。首之以楷，欲其易曉也；次之以小篆，欲其知原也。」〔註 34〕自唐代以來，楷體字形盛行於世，成爲最常使用的書體，故田藝蘅將楷體字形置於首字，欲使讀者對所收文字之字形能一目瞭然。

〔註 31〕孫永忠著：《類書淵源與體例形成之研究》，（臺北：花木蘭出版社，2007），頁 144～145。

〔註 32〕陳信利著：《藝文類聚研究》，頁 35～42。

〔註 33〕詳見本文「附錄二」。

〔註 34〕田藝蘅著：《大明同文集舉要》，頁 191。

《大明同文集》書中分有正俗字之差別，例如卷二之「蚕」字下注曰：「上銑、寒蚓，俗作蠶字用，非。」（頁 211），由此可知作者對當代正字和俗字有所區別。而卷三中所收「亘」字下注曰：「平先，从二从回，象陰陽回轉宣暢形。今文从日。」（頁 215）「亘」字下收有「[illegible]」和「[illegible]」兩個古文字形，作者注解古文字形乃象陰陽回轉宣暢之形，而今文所從之「日」實由回字演變爲形近之日字，但本形非由日字得其本義，故注曰：「从二从回」。由此亦可知，作者將古今字的差異於書中注解加以區隔。而田藝蘅於《大明同文集》書中劃分正俗字和古今字的差異，其用意所在，無非是爲了凸顯當代標準正字的普及性和重要性。

田藝蘅於《大明同文集》書中收錄文字時，將同字異體之文字以楷體並列收錄，其所從之部首偏旁相同，如卷三所收之「邅、趲、蹎」（頁 215）皆從旦部，而「烜、晅」（頁 215）皆從亘部，然書中卻未提及排序依據。筆者由正俗字和古今字之編輯原則推知，作者應是以當代正字爲同字異體文字排序之首字，此爲《大明同文集》收字原則正例之一。

2. 先楷後篆的編輯方式

田藝蘅爲《大明同文集》編收字例時，以楷體字形置於首位，另以小篆字形置於楷書之後的方式。其於〈自引〉中說：「因稽《說文》、《玉篇》、《書統》、《正譌》諸家，輯爲此編。首之以楷，欲其易曉也；次之以小篆，欲知其原也。」〔註 35〕可知田藝蘅以此方式編排的用意，在於藉楷體使讀者容易辨識其字形，再附以小篆字體使讀者便於查索字義本源的功用。

田藝蘅對於楷體字形通行之看法可見於〈楷書所起〉一文，其言：「楷書雖始于漢，而實猶有古意。……自唐天寶三年，詔集學士衛包改六經古文，更作楷書以便習讀，而俗體雜之，安知無錯簡遺字也哉？」〔註 36〕一方面對楷書承繼篆、隸字形而來，故存有古意持肯定態度。然又質疑唐玄宗命令衛包另制字體，對於俗體和錯簡遺字未必能明辨，爲了補足「安知無錯簡遺字也哉」的缺失，田藝蘅選擇於楷書字形之下另附小篆字形的方式編排。

〔註 35〕田藝蘅著：《大明同文集舉要》，頁 191。

〔註 36〕田藝蘅著：《大明同文集舉要》，頁 194。

對於田藝蘅採取先楷後篆的收字方式，劉賢於〈大明同文集序〉中說：「每字則先楷使知字之名也，次篆使知字之形也，次隸、次草使知字之變也，楷之下四聲備焉，篆之下大小殊焉。」〔註 37〕呼應田藝蘅於〈自引〉中所言之內容。歸而統之，可知《大明同文集》之收字原則條例之一爲：知字之名，以其易曉也；知字之形，以知其原也。讀者可依各字所收字形不同，判斷古今字之差別，並另有字例附以隸書及草書者，顯見田藝蘅編輯此書字例，有涵括各代字形，以廣其書的用心所在。

3. 古文旁證的字例收輯

除先楷後篆的收字編排方式外，田藝蘅還附加古文字形於《大明同文集》中。田氏於〈自引〉中說：「然後證之以古文，博以鐘鼎〔註 38〕，幷隸與艸而略載焉。使龍文龜畫重見目前，商鼎周彝並陳几上，豈不爲學書者一大快事也哉。」〔註 39〕鐘鼎彝銘等古文字相關研究，自宋代之後漸趨興盛，唐蘭說：「由周至漢，是文字學的初始時期，魏晉以後，日漸衰微，唐至宋初爲復興時期，宋元爲革新時期，明代又衰落，清代重振，就開出一個時期。」〔註 40〕唐蘭認爲明代是文字學研究的衰落時期〔註 41〕，然明人仍多承繼宋元以來對《說文解字》及六書學的研究種種，田藝蘅承襲前人看法，並考量到字書理應涵括各種字形的重要性，故將鐘鼎、周彝等各類古文字形搜羅於書中，雖非每字皆有古文旁證，然對於古文字例的留存亦有所貢獻。

田藝蘅建立古文旁證的概念源自《說文解字》書中的「重文」觀念，許

〔註 37〕黃崗劉賢撰：〈大明同文集序〉，此文於《四庫全書存目叢書》中未收，收錄於臺灣國家圖書館藏《大明同文集舉要》善本，內文標點參考《國立中央圖書館善本序跋集錄》頁 599～600。

〔註 38〕〈大明同文集・自引〉原文作「鍾鼎」，應爲訛誤，以「鐘鼎」更正之。

〔註 39〕田藝蘅著：《大明同文集舉要》，頁 191。

〔註 40〕唐蘭著：《古文字學導論》，（山東：齊魯書社，1981），頁 381。

〔註 41〕唐蘭於《古文字學導論》中列有「宋元人的文字學革新運動」及「清代的文字學」，但未列出明代文字學研究發展細況，僅於「清代的文字學」小節中言及：「明代的文字學最衰微，魏校的《六書精蘊》，不過推衍楊桓的學說，楊愼的六書索隱，摭拾古文字而未備，趙㧑光的《說文長箋》尤多荒謬。」唐蘭認爲明代的文字學發展較宋元並無突破之處，故略而不提。

師錟輝曰:「所謂重文,是指正篆之外重複出現的字形,即一般所稱的異體字。」〔註 42〕並將《說文解字》所收之重文字形細分爲二十類。而唐蘭於《古文字學導論》中亦曾提及，宋代亦有夏竦撰《古文四聲韻》搜錄鐘鼎文字，及《學古編》和《廣鐘鼎篆韻》等相同性質的書籍。《大明同文集》承繼許慎和前人的作法，將前人所搜羅的古文字形納於書中，亦可反映當代所見之古文字概況。

爲《大明同文集》刊刻的汪以成於〈後序〉中說:「先生于學無所不通，著述布天下，嘗以聖王之制字也，天地、山川、艸木、鳥獸與夫生人之理罔弗攸寓，于是作《大明同文》一書。屬余纂千字文就正，因獲盡閱祕藏，上溯頡籀，用心詎不謂之勤勞也哉！」文中除讚譽田藝蘅之才識外，對於其「上溯頡籀」的用心也加以肯定。

（二）變　例

1. 異體字之收字原則

《大明同文集》書中收有許多異體字形，曾榮汾於《字樣學研究》中說：「異體字者，乃泛指文字於使用過程中，除『正字』外，因各種因素，所歧衍出之其它形體而言，於正統文字學上，因偏於以《說文》爲宗之六書系統研究，對異體字之討論，似有不及，然異體現象之存在，實正顯示文字使用之實象。」〔註 43〕參照教育部所編之《異體字字典》，於〈字形編輯體例〉中說:「本字典所稱異體字乃指對應正字的其他寫法。」〔註 44〕對於「異體字」一詞的定義，各家說法略有歧異。本文以曾榮汾之說法爲主，認爲異體字乃是對應於當代正字之外，所產生的其它通用字形，亦與《異體字字典》所言：「本字典所稱異體字乃指對應正字的其他寫法。」之說法相符。

《大明同文集》所收之異體字，常見方式爲兩楷體字形並列呈現，如「靁

〔註 42〕許師錟輝著:《文字學簡編》，頁 123。

〔註 43〕曾榮汾著:《字樣學研究》,（臺北：臺灣學生書局，1988），頁 120。

〔註 44〕參考中華民國教育部國語推行委員會編輯:《教育部異體字字典》之〈編輯略例〉，其網址爲 http://dict.variants.moe.edu.tw/bian/fbian.htm，查詢日期爲 2010 年 6 月 20 日。

霥」二字並列〔註45〕，又如「鞘鞘」二字並列〔註46〕。二字並列爲此書收篇異體字之常見編排方式，多則有三字、四字和五字並列的情形，例如「容、滘、濬」（頁 245）、「纏、纕、襹、籭」（頁 231）、「廛、厘、壥、壥、鄽」（頁 229）等一字多形的字例。另如「倢婕」二字並列，其下同注：「入葉，女字婦官，斜出便利。」（頁 352）；另如「堤隄」二字並列，其下同注：「平齊、上薺，防岸。」（頁 360）。以此方式呈現，代表此二字（或多字）除字形差異外，音義皆可通用。其他另有古今字、正俗字、同形字等異體字，今彙整《大明同文集》書中之異體字類型，依其編輯方式差異分點說明如下。

（1）今古文

田藝蘅對於今古文分別之概念，可於四十三卷「屮、艸」部下注釋察其一二。其於「屮」字下注：「上篠，即今之草字，从丨半莖中，初生萌芽，象艸之形也。」另於「艸」字下注：「即古之草字，以二屮竝植，象草芽竝出，叢叢向上形。」〔註47〕「屮」與「艸」字之字形相異，然皆爲「草」字之意涵，由此可明古今字體之形變，而田藝蘅在編輯《大明同文集》收字時，確有今古文判別差異之觀念。

觀察《大明同文集》書中所收今古文的編輯體例，可由其例彙整說明之，以下分別敘述。

《大明同文集》書中所收之今古文，今文部份舉例於後。

i. 「囧」字下收有古文異體「四」字，田藝蘅於注釋中說明：「今文從此而變之也。」（頁 218）

ii. 「石」字下注曰：「今从篆隸，中加一點一畫，象碎石形。」（頁 239）；「思」字下注曰：「平支，从心囟聲。頂門骨空，自囟至心，如絲相貫不絕。……今文从田，非。」（頁 294）

iii. 「合」字下注曰：「入合，从亼从口，與台从口不同。會意，會偶，兩龠輕重，多少等則。」其下另收「合」字注曰：「今从人、从一口。」（頁 312）

〔註45〕田藝蘅著：《大明同文集舉要》，頁 243。

〔註46〕田藝蘅著：《大明同文集舉要》，頁 250。

〔註47〕田藝蘅著：《大明同文集舉要》，頁 469。

綜上字例，可知此書於今古文之今文部份，編輯通例是在注釋中標明「今文」、「今从」或「今通用」等詞句，用以解釋當時用字狀況，並說明文字結構組成，可藉此得知作者判別今古文的標準所在。

關於《大明同文集》所收之今古文的古文部份，列舉於後。

i.　「瀁」字下注曰：「去瀁，復加水，作水動皃。隴水名。」其下收有「瀁」字並注曰：「从古」二字。（頁 242）

ii.　「白」字下注曰：「古文白字。从口上象气出形，言語以白心事，見白字部。」（頁 309）

iii.　「曰」字下注曰：「古文。口字中象舌形，見聲類。」（頁 309）

iv.　「𢪒」字下注曰：「古屮又字，見下拜字从此。」（頁 327）

v.　「丂」字下注曰：「古奏字，从反卩。」（頁 330）

綜上字例，可知此書於古今字之古文部份，編輯通例是在注釋中標明「古文」、「古某字」或「从古」等詞句，用以解釋古文與當時通行正字之字形，亦可明瞭當代正字演變之形體來源。

（2）正俗字

俗字包含於異體字中，此概念與當時通用之正字相對而言。正字即爲當時官方頒令通行，與民間所使用的俗字形成對比之字形。曾榮汾說：「文字學上所謂的俗字有廣狹二義：廣義的俗字義同異體字，是泛指文字於使用過程中歧衍出來的其他形體，大致與『異體字』義同。……『俗字』另有一種狹義的意義，是專指一種通俗的、非雅正的用字而言。它與正字的關係，是呈字級對比的。」〔註 48〕綜此可知，俗字字形於民間通用，其發展有歷史背景及意義，是字書編收文字時重要的一環。以下針對《大明同文集》所收正俗字，舉例說明之。

《大明同文集》書中對正字的說明不多，因正字乃當時通行之字形，故無須特別解釋。然所收俗字之例不勝枚舉，例舉於後。

i.　「迻」字下注曰：「平支，遷徙。俗作移字。」（頁 218）

ii.　「珽」字下注曰：「上梗，玉圭。珵同。俗作王任。」（頁 223）

〔註 48〕黃沛榮、許師錟輝計畫主持：《歷代重要字書俗字研究：《字彙補》俗字研究》，（臺北：東吳大學中文系出版，1997），頁 1。

iiii. 「船」字下收有「船、舩」二字，並注曰：「俗，皆非。」（頁 245）

iv. 「卻」字注曰：「入藥，从卩从谷聲。節欲退讓不受意。」其下收有「郤、郄、却」三字，並注曰：「俗从谷、从邑、从丕、从去，並非。」（頁 246）

v. 「迴」字下收有「逈」字，其下注曰：「俗从向，非。」（頁 251）

vi. 「朁」字下注曰：「上感。从曰从兓聲，會也。俗作昝。」（頁 265）

綜上字例，可知作者編收俗字時，常於注釋中註明「俗」、「俗作」等詞語，藉此辨別當時正字與俗字的差異。藉此可明作者訂正俗字之看法，可見田氏對於俗字字形校定之用心，亦可辨別明代正俗字觀與現今用字之差異。

（3）訛誤字

《大明同文集》書中有作者藉注釋說明校定文字形體訛誤的情形，其說解方式約可分爲「正譌」和「訛誤」兩大類，以下分別說明。

田藝蘅於注釋中標明「正譌」之字例頗多，例舉於後。

i. 「巠」字下收有「巠」字，其下注曰：「正譌：从壬、水行地中，會意。余按：巠原从工、亦轉聲。」（頁 248）

ii. 「小」字下注曰：「上篠。《說文》从八、从丨見而分之，物之微者也。正譌：云水之微也，从半水，水之出至微，象形是也。」（頁 249）

iii. 「夗、夗」二字下注曰：「上銑。从夕、从卩臥，展轉有節。正譌：作夗，延龍皃，非。（305）

iv. 「告」字下注曰：「去效、入屋。以言啓人。《說文》：『牛觸人，角箸橫木，所以告人从口从牛，引易童牛之告，非也。』正譌：古者告廟用牲，必有祝辭，故从牛口，亦非也。古敔敦、汗簡、南嶽碑諸『告』字，俱从㞢，今之字。从口與今文相合，是口之所之。若詿字然，以告人也。若以告字通口从牛，則朱字亦將从牛耶？故特爲辯正。」（頁 311-312）

v. 「丏」字下注曰：「上銑。蔽矢短墻，从正而曳之。象壅蔽不見之形。正譌：从倒正，非也。即俾倪、埤堄也。去泰、入合，匄同乞。」（頁 360）

綜上可知，田藝蘅以「正譌」一詞，爲《說文》或古書中釋形之誤加以辯證，

其中或以古文異體爲旁證辯駁之，此亦爲許師錟輝所言重文價值在於正形誤的特點佐證之。〔註 49〕

《大明同文集》書中所收之訛誤字，若無字形或字義上需特別解說，單純爲訛誤字形者，田藝蘅通常於注釋中加上「訛」、「誤」、「謬」或「非」等詞語，以下舉例說明。

i. 「眾」字後附有異體「[illegible]、[illegible]、[illegible]」三字，並注曰：「今从此，訛。」（頁 269）

ii. 「耇」字下注曰：「平尤。二音：上有、去宥。《說文》从灾又聲，老者衰惡，大謬。」〔註 50〕（頁 412）

iii. 「埀」字下注曰：「平支。从土，邊垂地。今通用之，誤。」〔註 51〕（頁 477）

iv. 「虎」字下注曰：「上老。山獸之君。《說文》下从人象人足形，非也。」（頁 509）

綜上諸例，可知田藝蘅所注解之訛誤字，以更正文字本形本義爲多數，由此亦可明察作者之六書觀點。

2. 反文收字之現象

文字反寫的現象，自甲骨文中即有。歷代字書收錄反寫文字，通常視其爲異體字或另造新字，列舉《大明同文集》所收反寫文字如下。

i. 卷七「厂」部下所收「[illegible]」字，其注曰：「从上反，象右厓形。司字从此，今補足。」（頁 239）

筆者案：作者將此字視爲「厂」字之異體字。

〔註 49〕「重文」的價值有五大要點：存初文、考古音、正形誤、證許說、保留文獻資料。參考許師錟輝著：《文字學簡編．基礎篇》，頁 128～129。

〔註 50〕其下收有古文異體「[illegible]」字，注曰：「正譌：从夾腋也，老者腋之，亦未得也。」爲上文所言「大謬」提出解釋。

〔註 51〕其上收有「[illegible]」字，注曰：「平支、平灰、去隊。象屮木、斜枝、華葉重[illegible]下之形。正譌：於《字原》既作『[illegible]』，下垂，于平支韻內。又云从手，象手[illegible]下形，可謂自相矛盾者矣。今正。」作者又於「埀」字下云：「今通用之，誤。」兩相比較後，可知田藝蘅枝葉下垂之「[illegible]」字視爲本形本義，而後衍生之「埀」雖於當時與「[illegible]」字意義用法相通，仍視爲訛誤字。

ii. 卷八立有「㐆」部，其注曰：「去泰。从永，反象水分流形。轉注。楷文不類。（頁 243）

筆者案：作者將此字視爲另造新字。

iii. 卷十一立有「𠂎」部，其注曰：「平寒。反仄爲𠂎，轉注。仄而反之，可左右，傾側而圜轉者。」（頁 261）

筆者案：作者將此字視爲另造新字。

iv. 卷十八「丂」部下收有「丅（𠀀）」字，其注曰：「平歌。反丂爲𠀀，轉注。气之已舒也。叵字从此。」（頁 324）

筆者案：作者將此字視爲另造新字。

v. 卷十九卷「丮」部下收有「𠃨」字，其注曰：「入屋。从丮反，轉注。左手執持也。」（頁 336）

筆者案：作者將此字視爲另造新字。

vi. 卷廿二卷「止」部下收有「𣥂」字，其注曰：「入陌、入轄。反止爲𣥂，轉注。足反蹈也，步字从此。」（頁 357）

筆者案：作者將此字視爲另造新字。

vii. 卷廿二中收有「乏」部，其注曰：「入合。反正爲乏，轉注。藏矢之具正，所以受矢，乏所以藏矢，乃相反也。故一名容射或曰尙書，惟正之供，反正不供也，故曰乏匱也。」（頁 360）

viii.卅四卷「矛」部下收有「𢦏」字，其注曰：「上巧。矛之逆鉤者。」（頁 429）

筆者案：作者將此字視爲另造新字。

綜上諸例，可知《大明同文集》書中確有收錄反寫文字的現象，田藝蘅於注釋中說明此字爲某字之反體結構，且常將反寫文字視爲原字的字義轉注。筆者列舉《大明同文集》所收之七字反文中，除「丅」字被視爲「厂」字之異體字，和「𢦏」字被視爲矛之逆鉤之形外。其餘五字，作者皆認爲與六書中的轉注字相符，可爲田藝蘅轉注觀念之佐證。作者更將「𠂎」字和「乏」字立爲部首，認爲可以此衍生新字，因此對田藝蘅而言，此二字已非侷限於反體書寫文字的範圍，而成爲文字發展中不可或缺的演進過程之一。

3. 同字異形文字之偏旁互換現象

田藝蘅於《大明同文集》一書中，將同字異形的文字並列編排，經筆者細察，發現其中有偏旁互換而另成一字的現象，可分爲形符互換和聲符互換兩方面，以下分別說明。

同字異體之形符偏旁互換的現象，例舉於後。

i. 卷二所收「貆（狟）」字，其注曰：：「平寒。貉獾。」（頁 215）；「鶾（雗）」字，其注曰：「去翰。雉肥。」（頁 216）。

ii. 卷三所收之「綳（䙖）」字，注曰：「平庚。束小兒衣。」（頁 219）；卷七所收「磓（塠）」字，注曰：「平灰、去隊。聚石。」（頁 237）

綜上諸例，「豸」與「犬」同屬獸類，而「鳥」與「隹」據鳥的形體不同描摹而成，習而通用之。「綳」字義爲束小兒衣，所從偏旁爲「糸」部之絲線，或「衣」部之衣物類皆可相通。「磓」字之義爲石塊聚集之土堆，故從石或從土，義皆可通。因此書著重於相同聲符文字之收輯，田藝蘅又將同字異形之文字並列編收，使異體字間形符偏旁互換的情形更爲明顯。此類形符偏旁互換的異體字中，偏旁字義常有相通之類別，使世人習而沿用之，故成爲另造一字之異體字。

《大明同文集》一書因依聲符偏旁爲部首編收文字，故同字異體間聲符偏旁互換的情形較少，通常是聲符偏旁的省筆或增筆造成同字異體的結果，以下舉例說明。

i. 卷十八中收有「艿（芿）」字，其注曰：「平庚、去敬。舊艸不芟，新艸又生。」（頁 324）；「芋（芌）」字，其注曰：「平魚，大。去御，菜。」（頁 325）。

ii. 卷廿九中所收「衾（衿、裣、紟）」字，其注曰：「平侵、去沁。衣襟系，單被。二音。」（頁 401）

綜上諸例，聲符偏旁有所差異的異體字，作者於注釋中皆標明二音或多音，藉此表示此字義有不同的讀法，雖形體相近或共表一義，在讀法上仍有所差異，類似今日所言之破音字。

二、同字異形字例彙整分析

曾榮汾在《字樣學研究》一書中，將異體字滋生的成因歸納爲十一點〔註 52〕。並將異體字以六書原則爲標準，分爲「合乎六書原則者」與「違於六書原則者」兩大類，且引用于長卿之言，將違於六書原則的異體字與俗字並稱。〔註 53〕異體字之成因龐雜，關於此議題，學者著述頗豐。筆者整理《大明同文集》書中的異體字，則針對文字形構及分部原因加以探析。

以下彙整《大明同文集》第十卷、二十卷、三十卷、四十卷及五十卷中同字異形的異體字，針對此五卷字例其分部標準作一整理，藉此釐清《大明同文集》一書對同字異形文字的歸部條例〔註 54〕。

（一）第十卷所收異體字

《大明同文集》書中第十卷收有冂（冋）部、向部、高部及臯部四部，其所收同字異形文字共有四十字，以下將此卷中異體字依形構之差異列表歸納。

<table>
<tr><th>文字部件</th><th>差異要點</th><th>所屬部首</th><th>異　體　字　例</th><th colspan="2">字數統計</th></tr>
<tr><td rowspan="8">構件相同</td><td rowspan="4">左右位移</td><td>冂部</td><td>/</td><td>0</td><td rowspan="4">4</td></tr>
<tr><td>向部</td><td>/</td><td>0</td></tr>
<tr><td>高部</td><td>槀（槁）</td><td>1</td></tr>
<tr><td>臯部</td><td>⿰京尢（⿰尢京）、⿱敦金（鐓）、憝（憞）</td><td>3</td></tr>
<tr><td rowspan="4">上下位移</td><td>冂部</td><td>/</td><td>0</td><td rowspan="4">0</td></tr>
<tr><td>向部</td><td>/</td><td>0</td></tr>
<tr><td>高部</td><td>/</td><td>0</td></tr>
<tr><td>臯部</td><td>/</td><td>0</td></tr>
</table>

〔註 52〕曾榮汾歸納異體滋生原因之要點有：①創造自由②取象不同③孳乳類化④書寫變異⑤書法習慣⑥訛用成習⑦諱例成俗⑧政治影響⑨適合音變⑩方俗用字⑪行業用字，共十一點。參考曾榮汾著：《字樣學研究》，頁 121～136。

〔註 53〕曾榮汾著：《字樣學研究》，頁 137～138。

〔註 54〕此處所稱異體字，專指《大明同文集》書中所收輯之同字異體、一字多形的異體字。

	其他	冂部	/	0	2
		向部	/	0	
		高部	**高**（髙）	1	
		㚃部	复（夏）	1	
構件不同	形符偏旁更動	冂部	㣚（痌）、絅（㡕）	2	24
		向部	韄（鞺）、常（裳）、鄞（鄲）、瞠（瞜）、訔（訔）、樘（撐）、敞（㢢）、惝（懺）	8	
		高部	嗃（嚆、謞）、熇（歊）、毃（敲、敲）、篙（檣）、翯（皜）、犒（饎）、嶠（礄）、屩（臈）	8	
		㚃部	黥（剠）、啍（諄）、鶉（雜）、墪（闋）、偪（逼）、槨（椁）	6	
	聲符偏旁更動	冂部	/	0	3
		向部	/	0	
		高部	/	0	
		㚃部	㦶（嚻）、邉（邊）、履（履）	3	
	省筆	冂部	/	0	1
		向部	/	0	
		高部	/	0	
		㚃部	富（冨）	1	
	增筆	冂部	/	0	5
		向部	问（冏）	1	
		高部	/	0	
		㚃部	孰（熟）、副（疈）、煏（[illegible]）、菖（蕾）	4	
	其他	冂部	/	0	1
		向部	/	0	
		高部	稾（稁、藁、稿、穚）	1	
		㚃部	/	0	

由上表可知，《大明同文集》卷十所收之異體字，在形體結構方面，以構件不同的文字佔多數。其次，在構件不同的異體字中，以形符偏旁改動變易的情形佔多數。第十卷所收構件相同的異體字共有六字，其中歸因爲「其他」有「**高**（髙）、复（夏）」二字，此二字皆因書寫方式略有差異，而分化爲異體字，故將其歸爲其他因素。第十卷所收構件不同之異體字中，歸因爲其他的有「稾（稁、藁、稿、穚）」一字，此字之異體字甚多，無法以單一原因歸類

之。將異體字分別與本字相較，「稾（槀）」屬構件不同之省筆現象、「稾（藳）」屬構件不同之增筆現象、「稾（稿）」屬構件構同之左右位移相象、「稾（穚）」屬構件不同之增筆現象。

在部首分部方面，因構件相同之異體字部件並無差異，故以構件不同之異體字爲主要探討對象。《大明同文集》卷十所收構件不同的異體字中，其歸部之主要考量仍爲相同之聲符偏旁，如冂部下收有「同」字，故將「恫（痌）」和「絅（峒）」亦收於「冂部」。而同字異體中的一字多形文字，例如「嗃（嚆、謞）」、「毃（敲、敲）」和「稾（槀、藳、稿、穚）」三字，亦依多數文字所從之聲符偏旁歸入高部。此部份與《大明同文集》所收文字之歸部條例無異，符合此書之通則。

第十卷所收構件不同之聲符偏旁更動的異體字共有三字，即「㝪（罾）」、「邉（邊）」、和「履（履）」字。細察其聲符偏旁差異多源於書寫筆劃之變易，導致聲符偏旁改變而另成新字，故田藝蘅於歸部之時，仍考量所從之聲符偏旁而分類。如「㝪（罾）」從「䙴」之字形變易，「邉（邊）」從「邊」之字形變易，「履（履）」從「复」之字形變易，故歸類爲「㝵部」。探析同字異形文字之聲符偏旁的原形，而後擇其所從偏旁歸類之，是辨析此書所收異體字分部的一大要點。

（二）第二十卷所收異體字

《大明同文集》第二十卷僅收「又部」一部，然依循據形繫聯的原則，於又部下收有「有、圣、厶、友……」等形符偏旁。此卷所收之文字較多，異體字收有四十三字，以下依形體結構差異列表歸納之。

文字部件	差異要點	所屬部首	異體字例	字數統計	
構件相同	左右位移	又部	谹（𧮫）、鈜（鋐）、羣（群）	3	5
	上下位移	又部	㥦（𢙐）	1	
	其他	又部	鯈（儵、鰷）	1	
構件不同	形符偏旁更動	又部	侑（姷）、軦（鞃）、峵（砿）、軦（鞃）、驟（轢）、綴（裰）、餟（醊、歠）、雄（鴆）、豉（枝）、岋（圾）、㯮（櫽）、缺（鈌）、豿（鵔）、帬（裙）、䅭（檖）、返（彶）、板（版）、阪（昄、坂）、皷（被）、彼（跛）、豭（猳）、鞎（緞）	22	38

	聲符偏旁更動	又部	急（⿱及心）、駛（駛）	2	
	省筆	又部	㩻（岐）	1	
	增筆	又部	蓳（蘁）、庋（庪）、筱（篠）、莜（蓧）、濅（濅）、咿（咿）、窨（僒）、葭（蕸）	8	
	其他	又部	夬（𡗗）、史（叓）、吏（叓）、夋（㚇）、殳（投、炈）	5	

由上表可知，《大明同文集》卷二十所收之異體字，在形體結構方面，以構件不同的文字佔多數。在構件不同的異體字中，又以形符偏旁改動的情形佔多數，此點與卷十的收字情形相符合。第二十卷所收構件相同的異體字共有五字，其中歸因爲「其他」的有「鮍（鯈、鰷）」一字，將異體字和原字分別比較，可將「鮍（鯈）」字列於構件相同的左右位移情形，而「鮍（鰷）」則屬構件不同的增筆現象。第十卷所收構件不同之異體字中，歸因於「其他」的共有五字，其中「夬（𡗗）、史（叓）、吏（叓）、夋（㚇）」四字形構相近，僅部份筆畫略有差異，是傳寫過程中產生的異體字。而「殳（投、炈）」爲一字多形的異體字，分別比較後，可知「殳（投）」爲構件不同的增筆現象，「殳（炈）」爲構件不同的符形偏旁更動現象。

在部首分部方面，主要探討構件不同之異體字的歸部情形。《大明同文集》卷二十所收構件不同的異體字中，仍以形符偏旁更動、聲符偏旁不變的文字部件組成佔多數。其中聲符偏旁更動的異體字有「急（⿱及心）、駛（駛）」二字，細察「急（⿱及心）」於卷二十中的收字位置，界於「及」字和「⿱⺈彐」字之間，其下收有從「及」與「⿱⺈彐」偏旁的文字。作者將「急（⿱及心）」字置於「及」和「⿱⺈彐」字之間，表示此字字形與「及」和「⿱⺈彐」字相關連，而「及」字從「又部」，然「⿱⺈彐」在字形上與「又部」較無相關，故將「急（⿱及心）」之同字異體文字置於此，可顯示「及」與「⿱⺈彐」的關聯性甚高，才可並列爲異體字，又可上溯「及」字所從爲「又部」，故將「及」、「急（⿱及心）」和「⿱⺈彐」同歸於「又部」之下。另收有「駛（駛）」字，則爲文字傳寫之誤，以致「史」與「吏」相混淆成爲異體字，應以「駛」字爲正字。

（三）第三十卷所收異體字

《大明同文集》第三十卷收有「丨部、中部、上部、下部、卞部、卝部和丱部，共計七部。此卷所收文字較少，所收同字異形文字只有八字，以下依形體結構差異列表歸納，若形構類別下無例子可列，所屬部首則略而不述，以「略」字表示。

<table>
<tr><th>文字部件</th><th>差異要點</th><th>所屬部首</th><th>異　體　字　例</th><th colspan="2">字數統計</th></tr>
<tr><td rowspan="3">構件相同</td><td>左右位移</td><td>略</td><td>/</td><td>0</td><td>0</td></tr>
<tr><td>上下位移</td><td>略</td><td>/</td><td>0</td><td>0</td></tr>
<tr><td>其他</td><td>略</td><td>/</td><td>0</td><td>0</td></tr>
<tr><td rowspan="19">構件不同</td><td rowspan="8">形符偏旁更動</td><td>丨部</td><td>吲（訠）</td><td>1</td><td rowspan="8">7</td></tr>
<tr><td>中部</td><td>/</td><td>0</td></tr>
<tr><td>上部</td><td>/</td><td>0</td></tr>
<tr><td>下部</td><td>/</td><td>0</td></tr>
<tr><td>卞部</td><td>/</td><td>0</td></tr>
<tr><td>卜部</td><td>⿰卜刂（⿰卜刀）、佻（⿰卜兆）、跳（趒）、銚（⿰兆斗）、鞉（鼗）、⿰丰兆（⿰丰兆）</td><td>6</td></tr>
<tr><td>卝部</td><td>/</td><td>0</td></tr>
<tr><td>丱部</td><td>/</td><td>0</td></tr>
<tr><td>聲符偏旁更動</td><td>略</td><td></td><td>0</td><td>0</td></tr>
<tr><td>省筆</td><td>略</td><td>/</td><td>0</td><td>0</td></tr>
<tr><td rowspan="8">增筆</td><td>丨部</td><td>冲（沖）</td><td>1</td><td rowspan="8">1</td></tr>
<tr><td>中部</td><td>/</td><td>0</td></tr>
<tr><td>上部</td><td>/</td><td>0</td></tr>
<tr><td>下部</td><td>/</td><td>0</td></tr>
<tr><td>卞部</td><td>/</td><td>0</td></tr>
<tr><td>卜部</td><td>/</td><td>0</td></tr>
<tr><td>卝部</td><td>/</td><td>0</td></tr>
<tr><td>丱部</td><td>/</td><td>0</td></tr>
<tr><td>其他</td><td>略</td><td>/</td><td>0</td><td>0</td></tr>
</table>

此卷所收同字異形文字不多，經歸類後，並無構件相同的同字異形文字。細察此卷所收同字異體字之結構，除「冲（沖）」之異體字增加「卜」字，列爲增筆現象外，其餘七字皆爲形符偏旁更動的現象，分別爲「吲（訠）、⿰卜刂（⿰卜刀）、佻（⿰卜兆）、跳（趒）、銚（⿰兆斗）、鞉（鼗）、⿰丰兆（⿰丰兆）」七字。其中「吲（訠）」、

「⿰卜刂（⿰卜刀）」、「跳（趒）」和「鞉（鼗）」四字為意義相同或相近之形符更動；「佻（恌）」和「⿰兆兆（⿰兆兆）」二字為筆畫相近之形符更動；「銚（⿸广⿰兆斗）」字除將形符「金」更替成「斗」外，又加上「广」的字形，亦可列於構件不同之增筆現象中。

在部首分部方面，主要依循各字所從之聲符偏旁為歸部準則。例如「鞉（鼗）」字所從聲符為「兆」，而「兆」字收於「卜部」，故歸於「卜部」；另如「銚（⿸广⿰兆斗）」、「⿰兆兆（⿰兆兆）」、「⿰卜刂（⿰卜刀）」等字皆因此歸於「卜部」，此卷無例外之異體字。

（四）第四十卷所收異體字

《大明同文集》第四十卷收有冂部、巾部、帝部、㡀部、⿵冂一部、冃部及㒺部，總計七部。此卷所收異體字共有二十字，以下依形構差異列表分別歸納。

文字部件	差異要點	所屬部首	異　體　字　例	字數統計	
構件相同	左右位移	略	/	0	0
	上下位移	冂部	/	0	1
		巾部	擻（擎）	1	
		帝部	/	0	
		㡀部	/	0	
		⿵冂一部	/	0	
		冃部	/	0	
		㒺部	/	0	
	其他	略	/	0	0
構件不同	形符偏旁更動	冂部	/	0	12
		巾部	掃（埽）、帰（⿰丨帚）、寑（寢）、鋟（⿰禾𠬶）、葠（⿱艹浸）、⿸疒帶（⿰月帶）	6	
		帝部	/	0	
		㡀部	/	0	
		⿵冂一部	/	0	
		冃部	鏝（槾、墁）、饅（⿺麥曼）、僈（嫚、慢）	3	
		㒺部	⿰扌㒺（⿰車㒺）、⿰虫㒺（⿺鬼㒺、⿱㒺鬼）、⿰土㒺（⿰㒺瓦）	3	
	聲符偏旁更動	略	/	0	0

	省筆	略	/	0	0
	增筆	冂部	/	0	6
		巾部	駸（騣）、蔘（蔘）、濅（濅）	3	
		帝部	褅（禘）	1	
		㡀部	弊（弊）	1	
		冃部	/	0	
		月部	鄮（鄮）	1	
		罔部	/	0	
	其他	冂部	/	0	1
		巾部	浸（浸、寖、浸）	1	
		帝部	/	0	
		㡀部	/	0	
		冃部	/	0	
		月部	/	0	
		罔部	/	0	

由上表可知，此卷所收之異體字，仍以構件不同的異體字佔多數。其中，形符偏旁更動的情形較多，但增筆現象的例子較他卷爲多。細察此卷所收形符偏旁更動的十二字中，主要仍爲形符意近相互更替，而另成一字的情形。增筆現象所收的六字中，則於原字形外附加其他偏旁，而另成一字。列爲「其他」的有「浸（浸、寖、浸）」一字，爲一字多形之異體字，分別檢視後，筆者將「浸（浸」和「浸（寖）」字歸於增筆；「浸（浸）」字歸於形符偏旁更動。

在部首分部方面，依循聲符歸部的原則將異體字歸入部首。如「巾部」下收有「帚」字，繼而繫聯「掃（埽）、歸（帰）、寑（寢）、鋟（稄）、葠（蓡）」等字，與一般文字歸部原則相同。然在字形差異較大的異體字方面，例如此卷所收之「蝄（魍、罔）」字，作者將「蝄」視爲本字，以「魍」爲異體，而「网」爲「罔」字之異體，因而另造「罔」字。故「罔」與「魍」字同意，而「魍」爲「蝄」之異體字，雖形構有異，但田藝蘅在選擇部首時，以三字相通之「罔」字爲部首。

（五）第五十卷所收異體字

《大明同文集》五十卷收有巳部、己部、巴部、它部、也部、黽部、龜部、魚部和虫部，共計九部。此卷所收異體字有三十字，以下依形構差異列表歸納。

<table>
<tr><th>文字部件</th><th>差異要點</th><th>所屬部首</th><th>異　體　字　例</th><th colspan="2">字數統計</th></tr>
<tr><td rowspan="20">構件相同</td><td rowspan="9">左右位移</td><td>巳部</td><td>⿸戶巳（戺）</td><td>1</td><td rowspan="9">1</td></tr>
<tr><td>己部</td><td>／</td><td>0</td></tr>
<tr><td>巴部</td><td>／</td><td>0</td></tr>
<tr><td>它部</td><td>／</td><td>0</td></tr>
<tr><td>也部</td><td>／</td><td>0</td></tr>
<tr><td>黽部</td><td>／</td><td>0</td></tr>
<tr><td>龜部</td><td>／</td><td>0</td></tr>
<tr><td>魚部</td><td>／</td><td>0</td></tr>
<tr><td>虫部</td><td>／</td><td>0</td></tr>
<tr><td>上下位移</td><td>略</td><td>／</td><td>0</td><td>0</td></tr>
<tr><td rowspan="9">其他</td><td>巳部</td><td>／</td><td>0</td><td rowspan="9">1</td></tr>
<tr><td>己部</td><td>屺（岂、⿰山忌）</td><td>1</td></tr>
<tr><td>巴部</td><td>／</td><td>0</td></tr>
<tr><td>它部</td><td>／</td><td>0</td></tr>
<tr><td>也部</td><td>／</td><td>0</td></tr>
<tr><td>黽部</td><td>／</td><td>0</td></tr>
<tr><td>龜部</td><td>／</td><td>0</td></tr>
<tr><td>魚部</td><td>／</td><td>0</td></tr>
<tr><td>虫部</td><td>／</td><td>0</td></tr>
<tr><td rowspan="12">構件不同</td><td rowspan="9">形符偏旁更動</td><td>巳部</td><td>／</td><td>0</td><td rowspan="9">4</td></tr>
<tr><td>己部</td><td>／</td><td>0</td></tr>
<tr><td>巴部</td><td>鈀（䩻）</td><td>1</td></tr>
<tr><td>它部</td><td>／</td><td>0</td></tr>
<tr><td>也部</td><td>／</td><td>0</td></tr>
<tr><td>黽部</td><td>鼂（⿱亠鼂）</td><td>1</td></tr>
<tr><td>龜部</td><td>／</td><td>0</td></tr>
<tr><td>魚部</td><td>⿰月魚（⿰目魚、⿰馬魚）</td><td>1</td></tr>
<tr><td>虫部</td><td>勵（礪）</td><td>1</td></tr>
<tr><td rowspan="3">聲符偏旁更動</td><td>巳部</td><td>佀（似）、⿰女㠯（姒）、苡（苢）</td><td>3</td><td rowspan="3">9</td></tr>
<tr><td>己部</td><td>／</td><td>0</td></tr>
<tr><td>巴部</td><td>／</td><td>0</td></tr>
</table>

		它部	佗（他）、拕（拖、拸）、跎（踱）、酡（酡）、駝（駞）、柁（柂）	6	
		也部	/	0	
		黽部	/	0	
		龜部	/	0	
		魚部	/	0	
		虫部	/	0	
	省筆	巳部	/	0	
		己部	/	0	1
		巴部	/	0	
		它部	/	0	
		也部	/	0	
		黽部	/	0	
		龜部	龜（龜）	1	
		魚部	/	0	
		虫部	/	0	
	增筆	巳部	/	0	
		己部	/	0	8
		巴部	郒（葩）	1	
		它部	沱（沲、沲）	1	
		也部	池（沲）、迆（迤）、袘（袘）	3	
		黽部	黿（黿）、竈（竈、竈）	2	
		龜部	/	0	
		魚部	/	0	
		虫部	糲（糲）	1	
	其他	巳部	以（㠯）、相（粈、耙）	2	
		己部	/	0	
		巴部	/	0	
		它部	陀（岮、阤、陁）、鉈（鉇、鍦、秡）、施（䞨）	3	
		也部	/	0	6
		黽部	/	0	
		龜部	/	0	
		魚部	魰（戲、漁）	1	
		虫部	/	0	

由上表可知，《大明同文集》卷五十所收的異體字，據形體結構分類後，仍以形構不同的異體字佔多數。列於形構相同中「其他」的有「屺（岊、峊）」一字，其中，「屺（岊）」爲形構相同、排列不同的異體字，而「屺（峊）」爲形構不同的增筆現象。列於形構不同的「其他」因素異體字有六，除「以（㠯）」字因時代差異形成同字異體，其餘五字多爲偏旁文字意義相近或相關，造成形構雖異，但意義相同的同字異體文字。

在部首分部方面，細察此卷所收聲符偏旁和增筆現象之異體字，可發現作者歸部時，採取本字和異體字相通之偏旁文字爲入部準則。「巳部」下所收「佀（似）、娟（姒）、苡（苢）」三字，和「它」部下所收「佗（他）、拕（扡、拖）、跎（跑）、酡（醃）、駝（馳）、柁（椸）」六字，乃因「以」與「㠯」字、「它」與「也」字互爲通同字，故前人另造異體字。田藝蘅於《大明同文集》五十卷中收有「它部」和「也部」，察「它部」所收異體字，皆以從「它」字偏旁的文字爲本字，從「也」字偏旁的文字爲異體字。反之，「也部」下所收同字異體的文字，則無從「它」字偏旁構成的文字。由此可知，田藝蘅將「也」字視爲「它」字的衍生字，故將從「它」字偏旁的文字列爲本字，並以此爲歸部標準。

三、同字異形文字歸部條例及成因探究

綜合前文彙整《大明同文集》書中五卷所收的異體字，並經筆者依形構差異分別歸類後，可知此書所收異體字的歸部條例，以下分點說明。

（一）《大明同文集》所收異體字歸部條例

1. 此書所收的異體字，以本字和異體字所從之聲符偏旁為歸部準則

「以偏旁統字的歸部原則」是田藝蘅編輯此書部首分部的正例〔註 55〕，書中所收的異體字，多爲會意字，可由形符和聲符偏旁探析字形結構。田藝蘅編輯《大明同文集》部首分部時，主要以文字的聲符偏旁爲歸部原則，此點亦反映於異體字的歸部條例中。例如第十卷中將「嗃（嚆、譹）、熇（歊）、敲（敲、敲）、篙（檣）、翯（皜）、犒（餢）」諸字同歸於「高部」，因其所從聲符偏旁皆爲「高」字。

〔註 55〕詳細說明請見本文第三章第一節「部首分部分析」內文。

2. 若本字與異體字之聲符偏旁相異，則以本字所從之聲符偏旁為歸部準則

假若書中所收的同字異體文字，其本字與異體字的聲符偏旁有所更動，則以本字所從之聲符偏旁爲歸部標準，此爲同字異體文字歸部條例的另一要點。例如第十卷中所收「嚊（嚻）、邉（邊）」二字，並非歸入「口部」或「辵部」，而是歸於「鼻部」。而五十卷中所收「佗（他）、拕（扡、拖）、跎（𧿹）、酡（酏）、駝（馳）、柁（杝）」諸字，亦非歸入「也部」，而是歸入「它部」，由此可證。

3. 若為傳抄過程導致的異體字，則依作者認定所從的偏旁文字為歸部準則

異體字的成因之一即爲世人在傳寫過程中，致使字形相近的異體文字衍生。由前文彙整《大明同文集》同字異體文字分析中，可知因傳抄失誤造成的同字異體字形，作者通常爲判別字形生成的時間先後，並將本字置於前，歸部時則依作者認定該字所從的文字偏旁考量，以此爲歸部標準。例如第二十卷中所收「夬（叏）、史（叓）、吏（𠭷）、夋（𡕥）」諸字，因並無另立「夬部」，而此四字的異體字又含有「又」字形體，故田藝蘅將此四字歸於「又部」。

4. 若為一字多形的異體字，則以多數字形所從偏旁為歸部準則

《大明同文集》書中所收一字多形的異體字，因字形差異較大，比一般異體字難以分類和歸部。察此書所收的一字多形異體字，例如第十卷中歸於「高部」的「槀（槁、藁、稿、穚）」字、第二十卷中歸於「又部」的「阪（畈、坂）」字，和第四十卷中歸於「巾部」的「浸（濅、𡪢、寖）」字，本字和異體字間皆有相同或形近的偏旁文字，故作者以此作爲歸部標準。

（二）《大明同文集》所收同字異體文字，歸部條例成因探析

綜述《大明同文集》所收同字異體文字的歸部條例後，筆者針對這些條例的成因提出幾點看法，分點說明於後。

1. 作者據文字偏旁搜羅分類，不易有歧出之字形

田藝蘅在搜羅《大明同文集》書中收字時，即以文字所從偏旁分門別類，將所從偏旁相同的文字歸類後，再納入部首中。作者編列部首分部時，以較多文字所從的聲符偏旁爲部首，跳脫一般字書僅以形符歸部的方式。因此即便是一字重出的異體字字形，也容易因偏旁文字相同或近似而並列，並歸於相同偏旁的部首。

2. 本字與異體字間常有意義相近的文字偏旁

觀察《大明同文集》書中所收同字異體的文字，可發現本字與異體字的字形，大部份有相同的偏旁文字，此爲作者考量歸部的一大因素。假若本字和異體字的字形差異較大，通常是意義相近的偏旁文字相互調換，二字或多字間仍保有相同或近似的偏旁文字字形，並不影響作者歸部的原則。

3. 因傳抄訛寫形成筆劃增省的異體字，文字形構變動不大，故不影響歸部

《大明同文集》書中所收的同字異體文字，於形構分析方面，包含增筆和省筆的變化。其中，筆劃增加的現象較省筆現象爲多。省筆現象方面，察其文字字形，多爲省略某部份形符或點劃缺漏的變化，和本字字形相較差異不大。增筆現象方面，察其文字字形，多爲某部份形符的增加，本字形體結構仍維持不變。故筆劃增省的同字異體文字，在字形結構方面和本字並無太大變易，不影響作者歸部的原則。

第三節　部首分部特色

本文第二章第四節「《大明同文集》編輯特色」分析此書收輯文字的特色，此節則針對《大明同文集舉要》（以下簡稱《大明同文集》）部首分部的特色，分點敘述如下。

一、聲符偏旁統字

筆者於〈部首分部分析〉文中說明以聲符偏旁統字的歸部原則，乃貫穿全書分部的重要概念〔註 56〕，亦爲此書部首分部的特色之一。除前文所引田藝蘅於〈自引〉列舉字例外，於十七卷「甘部」下收有「邯、泔、柑、酣、蚶、箝」等字，於第廿五卷「而部」下收有「髵、耏、耐、侕」等字，於第四十四卷「來

〔註 56〕詳見本文第三章第一節〈部首分部分析〉之「部首分部原則歸納」內文。

部」下收有「來、萊、勑、俆」等字，此皆可證田藝蘅欲以聲符偏旁歸納文字的用心。

綜觀全書部首及收字，田藝蘅以聲符偏旁統整文字的概念，源自《說文解字》以來字書形符歸部的編輯傳統。以聲符偏旁統整收字的歸部原則，可將形體偏旁相近的文字統整歸納，易於明瞭各字間的音變和借音關係，此爲優點所在。然或有歧出字形無可統而歸之，對於部首文字的音韻來由無法解釋探析，則爲其缺失。

二、部首類例歸納

《大明同文集》的部首分部特色之二，爲部首類例歸納的特點。筆者於「部首編目及排序條例」文中，說明作者將部首依卷次歸類爲十類〔註 57〕，並認爲此種分類方式可能受到類書編纂的影響。唐蘭在《古文字學導論》書中，將甲骨文字依象物、象人、象工、象用四大類別，於各類之下分立部首，部首之下彙整相近字形。唐蘭說：「創立自然分類法的目的，是要把文字的整部的歷史用最合理的方法編次出來。因此，我決定完全根據文字的形式來分類，而放棄一切文字學者所用的勉強湊合的舊分類法。」〔註 58〕又說：「部和部間的繫連，我廢棄了許叔重的據形繫連法，而分象形字爲三類。第一是屬於人形或人身的部份；第二是屬於自然界的；第三是屬於人類意識，或由此產生的工具和文化。用這三大類來統屬一切象形文字，同時也就統屬了一切文字。」此種以字義類別爲區分的分類方式，與《大明同文集》將部首依類別歸納整理，有異曲同工之妙。

田藝蘅將部首依卷次分爲甲迄癸的順序編目，藉此彙整各卷次的部首，但對於字書部首的整理是項突破。王玉哲說：「甲骨辭書中據我們所知，敢於打破《說文解字》，衹有日人島邦男《殷墟卜辭綜類》和立厂先生這部《甲骨文自然

〔註 57〕詳見本文第三章第一節〈部首分部分析〉內文。

〔註 58〕此四類爲：①象身：即鄭樵所謂「人物之形」，《易．繫辭》說：「近取諸身。」②象物：凡自然界的一切所能劃出的象形字。③象工：一切人類文明所製成的器物。④象事：凡是抽象的形態、數目等屬之。參考《甲骨文自然分類簡編》書序，收錄於唐蘭著：《古文字學導論》，（山東：齊魯書社，1981），頁 280。

分類簡編》兩書，……把約三千多的甲骨文字，真正作到了以類相從。」〔註 59〕筆者認爲《大明同文集》書中的部首類例歸納，亦達到以類相從的效果。

三、母子相生

《大明同文集》中有「母子」一詞，其涵意據田藝蘅在〈自引〉文中所言：

> 自漢叔重開先，字書之學多矣，惜乎偏旁之學未講也。訓詁之不明，繇于形聲之未從。如東之爲字，起于木而成於日，日疑曰而東疑柬，凡涷、棟、煉、鍊等字，皆以東而生文，固非由於水、木、火、土、金也。今諸書既棄其母，而反從其子，又析其類，而復分其韻。則貢數與啜之十音、敦與哆之十一音、摽之十二音、卷之十四音、咥與苴之十五音，皆將散漫而無所統屬矣。學者彼此互見，平仄莫諧、目眩心疑、曾不可以成句，況能窮其奧旨也哉。〔註 60〕

「偏旁之學」一詞，是承繼前人探究文字形體偏旁之觀點而形成。胡樸安於《中國文字學史》書中列有「偏旁學」一節，並言及：「此即字形分部之說也。」〔註 61〕而田藝蘅所言「偏旁之學未講」乃編撰《大明同文集》的動機之一，可知其對於先前的文字學家對於部首分部方式有所不滿。

呂瑞生云：「字母：明．田藝蘅《大明同文集》前有『諸家字母考』，以『字母』稱說文部首，另日人井人叏菴則著有《說文字母集解》。」〔註 62〕該書作者以爲田藝蘅將「字母」作爲部首一詞的代稱，而田藝蘅也曾在回覆廣德守吳公的〈復耆一首〉文中提及：「至于字母之說，則倡于叔重五百四十部，而《玉篇》略之，伯溫《字原》分爲十二門，似有可取，而又易其十餘部，大似有誤。」〔註 63〕綜上所述，可知田藝蘅所言之「字母」觀念，的確源於《說文解字》五百四十部之分部觀念。除「字母」的概念外，田藝蘅較常提及「母子」的概念，黃衮在〈大明同文集敘〉中說：「斯集之彙要，在指摘偏旁、發

〔註 59〕唐蘭著、唐復年整理：《甲骨自然分類簡編》，頁 2。

〔註 60〕田藝蘅著：《大明同文集》，頁 191。

〔註 61〕胡樸安：《中國文字學史》，（臺北：臺灣商務印書館，2006），頁 238。

〔註 62〕呂瑞生撰：《歷代字書重要部首觀念研究》，頁 2。

〔註 63〕田藝蘅著：《大明同文集》，頁 196。

明子母，破諸家之拘攣，直從所生彙析焉……」〔註64〕黃衮以爲「子母」的概念爲田藝蘅所發明，然宋‧鄭樵在〈六書序〉中已言及：「小學之義，第一當識子母之相生；第二當識文字之有閒。」〔註65〕田藝蘅所提「子母」概念，應是承襲前人而來。

田藝蘅對於「母子」一詞的解釋，可見於〈《玉篇》字原之異〉文中所言：「大元至正十一年，鄱陽周伯琦以許氏五百四十字定其次敘，複者刪之，缺者補之，點畫音訓，譌者正之。字系于文，猶子隨母，分爲十二章，以應十二月之象，疏六書于下，名之曰《說文字原》，然亦互有得失也。」〔註66〕其言「字系于文，猶子隨母」即可明白表示田藝蘅將部首之首字視爲「母」，而歸屬於部母的各字則爲「字」，此觀點與許師錟輝在《文字學簡編》中對「一首之說」的說明之一：「首、字首，謂，初文、母字。」〔註67〕較爲近似。

然田藝蘅於〈自引〉說：「今諸書既棄其母，而反從其子，又析其類，而復分其韻。則賁數與啜之十音、敦與哆之十一音、摽之十二音、卷之十四音、咥與苴之十五音，皆將散漫而無所統屬矣。」〔註68〕察其上下文意，可知作者將文字之聲符稱爲「母」，並將文字之形符稱爲「子」，而所謂「既棄其母，而反從其子」即指一般字書皆將形符做爲歸部的依據，而較爲忽略聲符對於文字的重要性。田藝蘅將偏旁之學另分爲母和子兩部份，並言及「今諸書既棄其母，而反從其子，又析其類，而復分其韻。」，並由此發展出以聲符統字的歸部原則。

田藝蘅於《大明同文集》書中所提的母子概念可歸納出以下特點：母字，爲統字之母，爲文，多爲聲符；子字，爲衍生之子，爲字，多爲形符。此概念是由字母分部之想法延伸而來，作者以母字爲主，而子字爲從，這樣的主從概念在《說文解字》中便有，田藝蘅於〈字學舉要〉中說：「从古從字，每

〔註64〕莆田黃衮撰：〈大明同文集敘〉，此文於《四庫全書存目叢書》中未收，收錄於臺灣國家圖書館藏《大明同文集舉要》善本。

〔註65〕參考〔宋〕鄭樵著、何天馬校：《通志略》，（臺北：里仁書局，1982），頁112。

〔註66〕田藝蘅著：《大明同文集舉要》，頁198、199。

〔註67〕許師錟輝著：《文字學簡編‧基礎篇》，頁193。

〔註68〕田藝蘅著：《大明同文集舉要》，頁191。

字母下曰从某从某者，此也。」〔註 69〕推溯其源，田藝蘅所言「母子」一詞乃由《說文解字》書中之主從概念而得之。

四、異體歸部

《大明同文集》搜羅許多異體字，其歸部原則與「聲符偏旁統字」的條例大致相符。《說文解字》編列重文，於各字形下分別釋義，如「剛」字和「副」字〔註 70〕。而田藝蘅收字以楷體字形為主，若遇異體字例，則並列字形後一同釋義，如「珉瑉」下注：「平眞。石玉。砇、玟同。」〔註 71〕。與《說文解字》編列重文的方式相較，《大明同文集》所收異體字以當時通用的楷體字形為主，對於古文、彝銘等字體僅以附錄字形的方式呈現。

故作者將異體字歸部時，容易以訛變後的字形歸類分部，也許無法以造字時的本形入部，此為其缺失。然中國文字自楷體定形後沿用迄今，田藝蘅將楷體正字及其異體字編收書中，對於文字楷定後的演變，亦有保存資料的貢獻。《大明同文集》將異體文字以相近之字形分類，再依字形所從的相同偏旁納入部首，此為部首分部特色。

五、部首不成文

《大明同文集》之部首觀念主要承繼《說文》而來，故作者以「从某从某」為釋形用語〔註 72〕。許師錟輝說：「『从』是從的初文，義為『由』，意謂其字由某某二字會合而成。」〔註 73〕是以「从某」之「某」字應為形音義兼備的文或字。然《說文》中卻偶有以不成文之圖畫或符號為部首的現象，王筠於〈說文釋例・序〉中說：「今《說文》之詞，足從口，木從屮，鳥鹿足相似，從匕，斷

〔註 69〕田藝蘅著：《大明同文集舉要》，頁 200。

〔註 70〕篆體「剛」字下注：「古文剛如此，从刀岡聲。」另收異體「㓻」，其注曰：「古文剛如此。」而篆體「副」字下注：「判也，从刀畐聲，《周禮》曰：『副辜祭』。」，另收異體「[illegible]」，其注曰：「籀文副，从畐畐。」此二字收於《說文解字注》四篇下「刀部」

〔註 71〕田藝蘅著：《大明同文集舉要》，頁 239。

〔註 72〕詳見本文第二章第三節「《大明同文集舉要》之編輯觀念」內文。

〔註 73〕許師錟輝著：《文字學簡編・基礎篇》，頁 118。

鶴續鳧，既悲且苦。非後人所竄亂，則許君之志荒矣。」〔註74〕蔡信發亦於《說文部首類釋》中分析《說文》所收部首不成文之字例〔註75〕，由此可見《說文》書中確有部首不成文之現象。

《大明同文集》所立部首亦有不成文之現象，筆者分析此書分部，扣除卷一所收之易圖外，以上列舉《大明同文集》部首不成文之字例分別說明。

1. **𤇾：平庚。从炏从冂。冂中火光上見。（頁233）**

案：此部收於《大明同文集》卷六「火部」之下，查《說文》無𤇾字。然此字下收有「熒」字，注曰：「平庚。从炏、从冂。又从火，屋下燈燭光。會意。上梗。灼後皆以此省。」〔註76〕《說文》亦收有「熒」字，納入「焱部」中，許慎注曰：「屋下鐙燭之光也。从焱冂。」〔註77〕筆者推測作者將「𤇾」視爲「熒」字之省筆，並沿用「熒」字之音義而成。「𤇾」部於《大明同文集》卷六中前繫「炏部」、後接「光部」，部中所收諸字，如「營」、「鶯」、「犖」均有共同偏旁「𤇾」，田藝蘅立此字爲部首以便收納相同偏旁之字例，但未考量此字立爲部首之合理性。

2. **屮：平寒。从屮，與山字不同。象中初生尚弱未正之形，即上文入質「𡳿」字之上文也。从一地也。諸家皆闕。此字今為補足。（頁462）**

案：此部首收於《大明同文集》卷四十二「七部」之下。查《說文》無此字。「屮部」前繫「帀部」、下接「微」部，田氏明言此非山字，並認爲「屮」字演而爲「𡳿」字〔註78〕。《說文》立有「耑部」，其篆體爲「耑」，與《大明同文集》所收「屮」字之篆體「屮」字形近似，許慎於「耑」字下注曰：「物初生之題也。上像生形，下象

〔註74〕〔清〕王筠著：《說文釋例》，（北京：中華書局，1998），頁1。

〔註75〕蔡信發著：《說文部首類釋》，（桃園：臺灣學生書局，2002），頁327～328。

〔註76〕〔明〕田藝蘅著：《大明同文集舉要》，頁233。

〔註77〕〔東漢〕許慎著：《說文解字》，頁495。

〔註78〕「𡳿」字注曰：「入質。中一出，見《香嚴經》。」，收錄於《大明同文集舉要》四十二卷「出部」之下。

根也。凡耑之屬皆从耑。」〔註 79〕《大明同文集》之「屮部」下亦收有「耑」字，田氏於「耑」字下注曰：「平寒。从屮，象物初生之題。形从𠕁，乃古文大字，與而字不同。楷書从山从而，誤也。象屮在下之根蔓形。」〔註 80〕田藝蘅屢次強調「屮」字與「山」字之差異，並認爲此字與「屮」字較爲相關，其義爲「象屮初生尙弱未正之形」。然「屮部」下所收文字，如「端」、「歂」、「瑞」等字，所從偏旁均爲「耑」，田氏未立「端部」，反而立「屮部」之原因爲何？筆者推測應受古文「乒」字之影響，「屮」字下收有「乒」字，其注曰：「『段』字从此。舊云：從耑省聲，亦非也。失于考據耳。」〔註 81〕田氏認爲「乒」字和「耑」字皆由「屮」字演變而來，以此立爲部首可達正本清源之效。然「屮」字或爲「耑」字之部份形構，是否能成爲文字，並立爲部首？則有待商榷。

〔註 79〕〔東漢〕許愼著：《說文解字》，頁 340。

〔註 80〕〔明〕田藝蘅著：《大明同文集舉要》，頁 462。

〔註 81〕〔明〕田藝蘅著：《大明同文集舉要》，頁 462。

第四章　《大明同文集舉要》與歷代字書分部比較研究

本章探析歷代字書與《大明同文集舉要》（以下簡稱《大明同文集》）的部首分部差異，前半部份針對各書部首作比較，第一節以共時概念比較明代四本大型字書〔註 1〕和《大明同文集》的分部異同，第二節以歷時概念比較明代以外四本重要字書和《大明同文集》的分部異同。後半部份分爲歸納和評析兩方面探討《大明同文集》之分部，第三節分析右文說與《大明同文集》之關聯性，並統整聲類歸部字書發展脈絡，第四節針對《大明同文集》受前代字書的承繼與影響作評議，分別析論於後。

第一節　明代字書部首分部比較

此節以《六書正義》、《說文長箋》、《字彙》和《正字通》四本明代字書，與《大明同文集》部首分部作爲比較。《六書正義》、《說文長箋》和《大明同文集》三書兼收楷體與篆體，而《字彙》和《正字通》以楷體字形爲主，於部首分部方面，各書編者皆有不同看法。筆者將此四書之部首收字以表格方式，收

〔註 1〕此處所言之大型字書，乃指收字全面、逐字音釋且依部首編排之字書。至於以韻編次之韻書，雖與字書之功用無異，但本文不列入討論。參考巫俊勳撰：〈明代大型字書編纂特色探析〉，頁 249。

錄於本文附錄三：「明代字書部類表」呈現。並針對此四書與《大明同文集》之部首偏旁、部首排序、部首類別、部首數量和主要差異等五大要點統整之，以下分別說明。

一、《大明同文集舉要》與《六書正義》之分部比較

明代吳元滿編寫《六書正義》，〈自序〉標明成書時間爲「皇明萬曆乙巳仲秋吉旦」〔註2〕，可知此書成於萬曆三十三年（1605）。此書雖以「六書」爲名，實質上仍爲字書，全書分爲十二卷，於各卷開頭收有此卷部首分部目錄，並將部首分類歸納，如第一卷中收有「數位」和「天文」二類。書中所收分部，吳氏於自序中說：「統部五百三十四。」〔註3〕然據筆者整理統計，此書部首數量應有 536 部〔註4〕。

《六書正義》所收部首總計 536 部，吳氏並將部首分爲十二類〔註5〕，先以類別統籌部首，繼以部首收編文字。與《大明同文集》的部首數量相較，《大明同文集》所收部首共 370 部〔註6〕，比《六書正義》的分部少 206 部。二書在分部上的共通點，爲以類統部的編輯方式。《大明同文集》雖無明確標識類別，僅以「甲迄癸編」統籌部首，實質上仍有爲部首分門別類的用意〔註7〕。《大明同文集》成書於明神宗萬曆九年（1581），而《六書正義》成書於明神宗萬曆三十三年（1605），成書時間較《大明同文集》晚二十四年，然以類統部的觀念一致。

兩書分部的差異之處在於，《六書正義》的分部原則承續《說文》而稍作更動，但《大明同文集》意圖打破《說文》分部舊例。巫俊勳說：「吳元滿《六書

〔註2〕〔明〕吳元滿撰：《六書正義》。收錄於《續修四庫全書．經部．小學類》第 203 冊，（上海：上海古籍出版社，1995），頁 4。

〔註3〕〔明〕吳元滿撰：《六書正義》，頁 3。

〔註4〕請參考本文附錄三：「明代字書部首表」。

〔註5〕因各類收字數量不一，某些類別分有上、中、下的區別，此視爲同一類。《六書正義》劃分部首類別爲「數位、天文、地理、身體、飲食、衣服、宮室、器用、鳥獸、蟲魚、艸木」等十二類。

〔註6〕此部首數量依正文所收部首爲主，因《大明同文集》目所收部首數量較正文爲多，以致目錄部首數量達 441 部。詳見本文第三章第一節〈部首分部分析〉「目錄與內文部首之差異」內文。

〔註7〕相關論述詳見本文第三章第一節〈部首分部分析〉「部首編目及排序條例」內文。

正義》承《六書故》，參酌當時古文字學以修訂《說文》，其分部五百三十六部，與《說文》相近，部首多所增刪。計刪併一百零一部，增立九十七部。」〔註 8〕《六書正義》以《說文》爲基礎，進行部首刪併與新增，故分立 536 部，與《說文》分立 540 部數量相近，且部首排序亦遵循《說文》「始一終亥」的排序原則。而《大明同文集》採聲符偏旁分部，在部首數量上，較《六書正義》少 206 部，部首排序則依「始一終萬」的原則，與《說文》有所差別。

二、《大明同文集舉要》與《說文長箋》之分部比較

明代趙宧光編寫《說文長箋》，〈自序〉標明成書時間爲萬曆丙午年（1606）。其子趙均撰作〈後序〉，題於崇禎辛未年（1631），此爲付梓年份。《中華漢語工具書書庫》所收版本爲崇禎四年（1631）刻本〔註 9〕，與〈後序〉之時間點相符。全書分爲一百卷，並編有〈總目〉收輯部首。

《說文長箋》除卷次外，另依平、上、去、入四聲不同排列部序，於〈總目〉中的卷次下有所註明〔註 10〕，聲類分爲上平一至上平十六（卷一～卷十六）；下平一至下平十六（卷十七～卷三十二）；上聲一至上聲三十七（卷三十三～卷六十九）；去聲一至去聲八（卷七十～卷七十七）；入聲一至入聲二十三（卷七十八～卷一百）。全書收有 527 部，部首中收字依四聲不同亦有差異，如卷十爲「人部（平、上聲）」，卷十一爲「人部（去、入聲）」；又如卷十三爲「言部（平、上聲）」，卷十四爲「言部（去、入聲）」。巫俊勳說：「詞就《說文》，次從《韻譜》……從本書各部首下均注出大徐本《說文》與《玉篇》部次，可知趙宧光雖以《五音韻譜》爲次，應是有參考大徐本的。」〔註 11〕綜上述可知，《六書長箋》載錄聲類依《五音韻譜》爲主，文字釋義方面則以《說文》爲主。

《說文長箋》成書於萬曆三十四年（1606），《大明同文集》成書於萬曆九

〔註 8〕巫俊勳撰：〈《六書正義》刪併《說文》部首初探〉，收錄於《輔仁國文學報第二十八期》，（臺北：輔大中國文學系出版，2009），頁 135～161。

〔註 9〕〔明〕趙宧光著：《說文長箋》，收錄於李學勤主編：《中華漢語工具書書庫》第 20～22 冊，（合肥：安徽教育出版社，2002）。

〔註 10〕如第一卷下註明「上平一：凡六部，合四十解」，並羅列此卷部首爲「東、工、豐、風、蟲、熊」。

〔註 11〕巫俊勳撰：〈明代大型字書編纂特色探析〉，頁 252。

年（1581），《說文長箋》較《大明同文集》晚二十五年，約與《六書正義》同時完成。《說文長箋》在分部納入四聲差異，並依此將部首排序，而《大明同文集》依聲符偏旁歸納部首，顯見二書作者對於以音韻統字的觀念相近。《說文長箋》依四聲不同分列部首及收字，所收部首多達536部，與《說文》部首數量相近。於書中並附有〈說文表〉，將《說文》部首依數位、天官、形气、地輿、宮室、人民、肞體、事為、器用、服飾、動物、植物等十二類重新編排，於各類下再將部首分列層次，巫俊勳說：「每類獨體部首列第一層，由此部首衍出者列第二層，再次第三層、第四層，次第井然。」〔註12〕此種分類方式亦與《大明同文集》將部首編目的概念相近。

《說文長箋》和《大明同文集》皆以聲韻為出發點，據此編列部首及收字，然《說文長箋》僅依四聲差異羅列部首及部序，在分部及收字方面略顯龐雜無序。而《大明同文集》依聲符偏旁統字，能將《說文》以來據形繫聯的分部原則，和文字的音韻來源統整歸納，不失為兩全其美的方法。

三、《大明同文集舉要》與《字彙》之分部比較

梅膺祚所撰作《字彙》為明代重要字書，對於《康熙字典》及現今辭書分部亦有深遠影響。查其成書時間，〈自序〉題於萬曆乙卯年（1615），《中國漢語工具書書庫》所收版本亦為同年刊本。〔註13〕此書部首將《說文》部首簡化為214部，對於《正字通》、《康熙字典》和現今辭書的編輯體例皆有深遠影響。

《字彙》是明代最具代表性的大型字書，《中國字典史略》評價《字彙》的創舉有：「第一是簡化了從《說文解字》以來的字典的部首，共分二百十四部，糾正了分部過於繁瑣的毛病……；第二是凡部首的排列和各部中文字的排列都按筆畫多少為先後，不像從前的字典那樣漫無秩序；第三是首卷後附『檢字』，排列不容易辨明部首的難查字，使讀者可以按照筆畫在這裡尋檢；每卷卷首，還都有一個表，載明該卷所有各部及每部所在的頁數。」〔註14〕關於此書對後世字書的影響，巫俊勳說：「到梅膺祚《字彙》（公元1615年），對《說文》部首作了大量的刪併，以二百一十四部統攝三萬三千三百七十九字；此後〔明〕

〔註12〕巫俊勳撰：〈明代大型字書編纂特色探析〉，頁252。

〔註13〕〔明〕梅膺祚著：《字彙》，收錄於《中華漢語工具書書庫》第5、6冊。

〔註14〕劉葉秋著：《中國字典史略》，（北京：中華書局，1992），頁131～132。

張自烈《正字通》、〔清〕張玉書等奉敕編《康熙字典》（公元 1716 年），都依循《字彙》二百一十四部的分部，奠定了今日字書編排的面貌。」〔註 15〕綜上可知《字彙》改革先前字書的編輯體例，而清代《康熙字典》和現今辭書皆沿用其分部和檢索方式，故《字彙》在明代字書中佔有重要地位。

《字彙》成書於萬曆四十三年（1615），《大明同文集》成書於萬曆九年（1581），《字彙》較《大明同文集》晚三十四年刊定。關於《大明同文集》對《字彙》分部的影響，巫俊勳說：「全書大部分依聲符歸部，其中的艮部可能提供了《字彙》艮部立部的參考，其餘與《字彙》的關係不大。」〔註 16〕《說文》將「艮」字納入「匕部」，《大明同文集》則另立「艮」部，其下收有「恨、硍、琨、銀、垠、根、痕、齦、跟、鞎、艱、狠（佷、很）、眼、限、貇（懇）、墾、退、䨓、裉」等字〔註 17〕，而《字彙》將「艮部」收於〈未集〉中，巫俊勳認爲此屬二書分部相同之處。

比對《大明同文集》與《字彙》的分部，可發現兩者的歧異點有三。**第一、部首字體差異**：細察《大明同文集》、《六書正義》和《說文長箋》三書分部，雖以楷體正字爲主，但部份字形採篆文隸定的方式，與後世通用的楷體字形相去甚遠，不易辨識，而《字彙》部首皆以楷體字形呈現，方便讀者辨書與檢索。**第二、卷次與分部差異**：《大明同文集》、《六書正義》和《說文長箋》，皆以卷次區別分部和收字，而《字彙》以地支分集別，並以筆畫多寡編收部首和收字，此爲《字彙》與《大明同文集》較大的歧異處。**第三、部首數量**：《字彙》收有 214 部，較《大明同文集》少 156 部，較《說文》少 326 部。《大明同文集》以聲符偏旁爲部首統歸文字，和《說文》以形符偏旁爲部首有別，而《字彙》進一步刪併《說文》部首，分爲 214 部。兩者在部首數量上的差別，主要源於形符與聲符偏旁分部的差別，以及作者整理部首的編輯觀念不同。

四、《大明同文集舉要》與《正字通》之分部比較

張自烈撰作《正字通》一書，目的在於補正《字彙》缺失。成書時間據

〔註 15〕巫俊勳著：《《字彙》編纂理論研究》，頁 162。

〔註 16〕巫俊勳著：《《字彙》編纂理論研究》，頁 167。

〔註 17〕「艮部」及其收字收於《大明同文集》卷十五，頁 290。

洪明玄所言：「可以判定張自烈於己亥年（1659 年）之前成《字彙辨》一書，因其書中所論，大多是對於梅膺祚《字彙》的辯駁及增補，且張自烈好以『辨』字作爲著作名稱，故以此稱之。然受他人影響（疑爲趙嶷）下即改名爲《正字通》，且終其生未能以張自烈之名出版。」〔註 18〕故知《正字通》之成書時間爲明永曆十三年（1659），由其師廖文英以自己名義付梓出版。版本約有白鹿書院刊本、劉炳修補本、弘文書院刊本、清畏堂刊本、潭陽成萬材、芥子園刊本和三畏等刊本等〔註 19〕，《中華漢語工具書書庫》所收版本爲清畏堂刊本，今依此版本比較此書與《大明同文集》之分部差異。

《正字通》是張自烈補正《字彙》之作，其分部與《字彙》相同，皆分爲十二集 214 部，並依筆畫多寡排序。二書的差異在聲韻編排體例上較爲明顯，林芳如說：「在音韻方面，兩本字書的編纂觀念明顯不同，語音的注解兩相比較下，也有不少差異。」〔註 20〕此書分部體例承襲《字彙》，與《大明同文集》分部的差異亦與《字彙》相同。

《正字通》與《大明同文集》成書時間相差 78 年，其分部與《大明同文集》的關聯性較小。兩者相關性在於聲韻編輯方面，《大明同文集》標注文字音韻依《洪武正韻》爲主，然《正字通》強調文字標音須以當時的語音爲主，故對前人編寫的韻書多所批評。洪玄明說：「其對《洪武正韻》等過去韻書的批判是相當地嚴苛。……其實這個情況的產生是因爲張自烈他在標明切語時，有著『遵時』的觀念。」〔註 21〕張自烈強調字書的標音應以當時的發音狀況爲主，但田藝蘅則遵循韻書標音，此爲二書在編輯體例上的主要差別。

綜合上述《大明同文集》與明代四本大型字書的比較，可將各書於分部上的異同列表歸納，並歸結出分部差異的三大要點，說明如下。

〔註 18〕洪明玄著：《《正字通》音韻問題研究》，（臺北：輔仁大學中國文學系碩士論文，2010），頁 26。

〔註 19〕參考林芳如著：《《正字通》俗字資料及其學理研究》，（臺北：臺北市立教育大學中國文學系碩士論文，2008），頁 32。

〔註 20〕林芳如著：《《正字通》俗字資料及其學理研究》，頁 30～31。

〔註 21〕洪明玄著：《《正字通》音韻問題研究》，頁 33。

表三：《大明同文集舉要》與明代四大字書部首分部比較表

書名／分部	《大明同文集》與《六書正義》	《大明同文集》與《說文長箋》	《大明同文集》與《字彙》	《大明同文集》與《正字通》
偏旁	《同文集》從聲符；《六書正義》從形符。	《同文集》從聲符；《說文長箋》從形符。	《同文集》從聲符；《字彙》從形符。	《同文集》從聲符；《正字通》從形符。
部序	《同文集》始一終萬；《六書正義》始一終亥。	《同文集》始一終萬；《說文長箋》始東終甲。	《同文集》始一終萬；《字彙》始一終龠。	《同文集》始一終萬；《正字通》始一終龠。
類別	《同文集》將部首分類歸納；《六書正義》則以十二類區別部首。	《同文集》將部首分類歸納；《說文長箋》則附〈說文表〉區分部首類別。	《同文集》將部首分類歸納；《字彙》則依筆畫多寡區別部首。	《同文集》將部首分類歸納；《正字通》無以類統部的觀念。
數量	《同文集》370 部；《六書正義》536 部。	《同文集》370 部；《說文長箋》527 部。	《同文集》370 部；《字彙》214 部。	《同文集》370 部；《正字通》214 部。
主要差異	《同文集》分部打破《說文》舊例；《六書正義》分部體例承續《說文》稍作更動。	二書皆以聲韻為出發點編列部首和文字，然《同文集》著重於聲符偏旁；《說文長箋》著重於四聲差異。	《同文集》與《字彙》部首分部主要差異有三：部首字體、卷次與分部、部首數量。	《同文集》遵守韻書標音；《正字通》則強調文字標音須以當時的發音狀況為主。

（一）部首字形由篆入楷

上述四本明代大型字書中，《六書正義》和《說文長箋》仍保有篆體字形，並以篆體楷定後之文字為部首，而《字彙》與《正字通》則全以楷體字形為部首，由此可發現字書部首字形由篆入楷的趨向。而《大明同文集》的部首與收字仍以楷體字形為主，然受《說文》影響，篆文與古文字形在書中佔有重要地位，故與《六書正義》和《說文長箋》分部相仿，仍有少數以篆文楷定字形為部首的情形，如丶（主）、丨（針）等。然《字彙》和《正字通》皆採以楷體字形為部首，不將篆體字形納入立部考量，與現今辭書之部首字形相近，檢閱查索時較無辨識上的障礙。兩者相較下，以篆字楷定之字形為部首，較能留存字形原貌，缺點是若不知篆字本形則不易辨識，然由篆入楷已成為明代以後字書編輯體例的主要趨勢。

（二）部首數量繁簡不一

比較五書之部首數量，約可分爲「與《說文》分部相近」和「與《說文》分部數量差距較大」兩種。前者如《六書正義》536 部、《說文長箋》527 部；後者如《大明同文集》370 部、《字彙》和《正字通》同爲 214 部。《字彙》編者刻意刪併《說文》分部，故部首數量大幅減少，而《正字通》遵從《字彙》分部，二書部首數量相同。《大明同文集》、《六書正義》和《說文長箋》三書，則依作者編輯觀念不同，於部首數量上增減不定，其中《大明同文集》推翻《說文》形符偏旁爲部首的原則，改以聲符偏旁爲部首，以致部首數量與《說文》540 部相差較多。其餘二書所收部首數量，則與《說文》540 部相近。《說文》立部原意爲以部統字的分類管理概念，發展至明清時期，字書漸趨工具化，爲使讀者檢索方便，部首數量的刪減整併成爲主流。

（三）部首排序原則有別

比較此五書的部首排序原則，約可分爲以形爲主和以聲爲主兩大面向。以形爲主的排序原則，例如《六書正譌》遵循《說文》「始一終亥」體例，和《字彙》、《正字通》依筆劃多寡將部首排序，所收部首首字爲一（一畫），末字爲龠（十七畫）。以聲爲主的排序原則，如《大明同文集》以始一（入聲）終萬（去聲）爲排序原則〔註 22〕、《說文長箋》則依聲類不同排序，如《說文長箋》所收部首首字爲東（上平聲），末字爲甲（入聲）。

第二節　明代以外重要字書分部比較

此節將《大明同文集舉要》（以下簡稱《大明同文集》）與明代以外四本重要字書作比較，依時代先後排序，分別爲〔東漢〕《說文解字》、〔南朝·梁〕《玉篇》、〔宋〕《類篇》及〔清〕《康熙字典》四書。此四書所收部首和分部條例，前人著述頗豐，於此不多加贅述，僅針對《大明同文集》與此四書在部首偏旁、部首排序、歸部觀念、部首類別和部首數量等五大要點，及《大明同文集》與此四書之主要差異相互比較，並以表格統整，以下分別說明。

〔註 22〕關於《大明同文集》部首排序原則說明，請參考本文第三章第一節子目「部首編目及排序條例」內文。

一、《大明同文集舉要》與《說文解字》之分部比較

許慎編寫《說文》，首開字書以部首統字之先河，對於後世字書編輯體例影響深遠。《大明同文集》之編輯體例亦受《說文》影響，巫俊勳將《大明同文集》歸類爲「承繼《說文》以篆體爲依據的六書學系統」〔註 23〕，可知二書的承續關係，其分部比較，可分爲三大要點說明之。

（一）依字形偏旁歸類部首：一從形符，一從聲符

《大明同文集》以文字所從的聲符偏旁爲部首，此爲該書分部的正例和編輯特色。〔註 24〕《說文》則以形符偏旁爲部首，將部首分立爲 540 部。呂瑞生認爲《說文》的歸部功能有字形及字義兩方面的功能：「（一）字形上之功能：從文字形體結構觀察，《說文》之分部，爲一字形分類體系，凡俱同一組成部分者，皆歸爲一部。（二）字義上之功能：從文字意義歸類觀察，《說文》之分部，爲一字義分類體系，凡屬同一類別或自同一字源演變而來之字，皆歸一部。」〔註 25〕《大明同文集》依文字形構，將偏旁近似的字形歸爲一部，此爲字形方面的歸部功能；另以字義考量劃分部首類別，可知此書承續《說文》的歸部功能，然作者以文字聲韻考量爲重，故以聲符偏旁爲部首。

（二）部首排序原則差別：始一終亥與始一終萬

《大明同文集》的部首排序原則爲「始一終萬」，與《說文》「始一終亥」的編排方式有別〔註 26〕。關於《說文》始一終亥的分部原則，許師錟輝說：「五百四十部的排列次序是始於『一』部，終於『亥』部。許慎之所以如此安排，是受了漢代陰陽五行家學說的影響。」〔註 27〕田藝蘅提出「始一終萬」的排序原則，與陰陽五行學說亦有相關，又加入四聲觀念，改動《說文》「始一終亥」

〔註 23〕巫俊勳撰：〈明代大型字書編纂特色探析〉，頁 249。

〔註 24〕關於《大明同文集》部首分部原則之正例，請參考本文第三章第一節「部首分部分析」正文；關於此書部首分部特色，請參考本文第三章第三節「部首分部特色」內文。

〔註 25〕呂瑞生著：《歷代字書重要部首觀念研究》，頁 31。

〔註 26〕關於《大明同文集》部首排序的詳細說明，請參考本文第三章第一節「部首編目及排序條例」中的「部首編目及排序條例」內文。

〔註 27〕許師錟輝著：《文字學簡編》，頁 107。

的排序原則又不相違背，故說「與許氏大同而小異焉」〔註 28〕。

（三）陰陽五行理論的反映：部次編排與易圖說解

承前文，《說文》「始一終亥」的觀念受陰陽五行學說影響，林明正對此表示：「『陰陽五行』講的是天道，是自然的一個理。許叔重對於這一個道理的體認，表現在《說文》這一部著作的體例中，最明顯的莫過於部次上『始一終亥』的安排。」〔註 29〕《大明同文集》承繼此編輯觀念，改動爲「始一終萬」的部序原則，除部序編排外，《大明同文集》卷一所收易圖亦受陰陽五行學說的影響〔註 30〕，由此可知二書體例皆有陰陽五行理論的反映。

二、《大明同文集舉要》與《玉篇》之分部比較

《玉篇》成於梁代大同九年（543），乃顧野王奉梁武帝詔命所編寫。此書相較於《說文》最大的特色是全書以楷體撰寫，脫離《說文》以篆文爲主體的編輯方式。劉葉秋說：「在南北朝字書中，最值得重視的爲南朝梁顧野王編撰的《玉篇》，這是我國現存的第一部楷書字典。」〔註 31〕《玉篇》對於《大明同文集》的編輯體例有所影響，〈目錄〉前收有〈玉篇字源之異〉一文〔註 32〕比較《說文》和《玉篇》的分部差異，又有〈諸家字母考〉一文比較各書部首數量的多寡。

顧野王所編撰的原本《玉篇》經後人履次修訂、增補，原已佚失。幸而清末時期，羅振玉等人於日本發現原本殘卷，將其集佚成書，使原本《玉篇》殘卷得以見世〔註 33〕。然殘卷內容不全，故筆者以今本《玉篇》〔註 34〕所收部首

〔註 28〕田藝蘅著：《大明同文集舉要》，頁 194。

〔註 29〕林明正著：《《說文》陰陽五行觀探析及對後世字書之影響》，（臺北：中國文化大學中國文學系碩士論文，1990），頁 120～121。

〔註 30〕此部份相關說文請參考本文第二章第四節「《大明同文集》編緝特色」之「五行相應」內文。

〔註 31〕劉葉秋著：《中國字典史略》，頁 70。

〔註 32〕田藝蘅著：《大明同文集舉要》，頁 198～199。

〔註 33〕黎庶昌、羅振玉先後在日本發現原本《玉篇》殘卷，並各自集佚成書，今有中華書局將黎本和羅本匯集影印成書。參考〔梁〕顧野王編撰：《原本《玉篇》殘卷》，（北京：中華書局，2004）。

〔註 34〕所謂「今本《玉篇》」即《大廣益會玉篇》一書，爲宋眞宗時所改定。吳憶蘭說：「宋眞宗大中祥符六年（1013 A.D.）翰林學士陳彭年、史館校勘吳銳、和直賢院

與《大明同文集》分部比較，列點分析如下。

（一）據形歸部

今本《玉篇》分三十卷，所收部首爲 542 部。此書刪併《說文》部首，又另增十三部〔註 35〕。其部首與屬字的關系，呂瑞生認爲可分爲三大要點，分別爲：屬字與部首本義有關、屬字與部首假借義有關和屬字與部首無意義關係。針對屬字與部首無意義關係一點，呂氏列舉字例如「尳」字歸入「尣」部、「畫」、「晝」二字歸入「書」部等。其言：「至若第三項，屬字與部首間不存在意義上之關係，而純由字形繫聯，則已突破《說文》『方以類聚，物以群分，同條牽屬，共理相貫。』之觀念，而有純粹『據形系聯』之意味。」〔註 36〕細察《大明同文集》的部首及收字，亦有此現象，例如十九卷「奉」部收有「搼、棒、琫」諸字，廿九卷「亼」部收有「肣、扲、岑」諸字，皆可見「據形繫聯」的收字原則。自《說文》成書後，文字繁衍孳乳的狀況增多，後人編輯字書時，無法恪守「方以類聚，物以群分，同條牽屬，共理相貫」的概念，將與部首字形相似之文字編收歸部，成爲字書作者整理文字的共通趨勢。

（二）同類相聚

今本《玉篇》與《說文》分部的最大差異，呂瑞生認爲在於部次之安排，並說：「今細觀其部次，野王似有意以『義類相聚』之概念，以安排其部首次序。」〔註 37〕另依卷次將各卷收字分爲二十類〔註 38〕。此種以類相聚的歸部觀念，與

丘雍等奉詔據孫強本重加刊定，改名爲《大廣益會玉篇》，即今通行本。」此爲今本《玉篇》成書之由。參考吳憶蘭著：《說文解字與玉篇部首比較研究》，（臺中：東海大學中國文學系碩士論文，1989），頁 11。

〔註 35〕《玉篇》刪除《說文》部首有二，爲「白」和「𣳾」部；合併之部爲「哭」、「延」、「畫」、「教」、「眉」、「歓」、「后」、「穴」、「弦」等九部；增立部首有「父」、「云」、「喿」、「冘」、「處」、「兆」、「磐」、「索」、「書」、「牀」、「弋」、「單」、「丈」等十三部。參考呂瑞生著：《歷代字書重要部首觀念研究》，頁 36~38。

〔註 36〕呂瑞生著：《歷代字書重要部首觀念研究》，頁 41。

〔註 37〕呂瑞生著：《歷代字書重要部首觀念研究》，頁 41。

〔註 38〕呂瑞生分類今本《玉篇》部次，依各卷次收字內容分爲地理、人物、身體、人事、宮室、人事、植物、農務、器用、地理、天文、時令、數量、顏色、火、動物、衣巾、符節、數目、干支等二十種類別。詳細內容請參考呂瑞生著：《歷代字書重要部首觀念研究》，頁 41～42。

田藝蘅以甲迄癸編爲《大明同文集》部首編目的理念不謀而合。筆者於本文第三章第一節之子目「部首編目及排序條例」文中，將《大明同文集》部首收字依編目分爲天文、地理、人事、器官、肢體、神祇倫理、方位及工具、建築及日常用品、植物蔬果和動物等十類，與《玉篇》部首之分類近似。可知自魏晉南北朝時期，將文字以類別彙集於同一部首的概念已逐漸形成。

三、《大明同文集舉要》與《類篇》之分部比較

《類篇》爲宋代官修字書，歷經王洙、胡宿、掌禹錫、張次立、范鎮諸人之手，編纂時間費時 27 年，於宋英宗治平四年（1067）由司馬光總呈上書。全書分十四篇、四十五卷，〈目錄〉所載部首爲 543 部，然與正文所收部首數量並不相符，呂瑞生說：「唯目錄所載，其總部數爲五百四十三，似較《說文》多出三部，然實際上其所立部首與《說文》全同，而爲五百四十部。」〔註 39〕《類篇》分部實與《說文》相同，則《類篇》與《大明同文集》的分部差異可參考前文分析〔註 40〕，針對《類篇》與《大明同文集》分部相同之處說明如下。

（一）目錄與正文所收部首有別

《類篇》和《大明同文集》二書，皆有〈目錄〉所收部首數量和正文所收部首不一致之處。針對此情形，孔仲溫在《類篇研究》說：「夫目錄乃爲方便檢視正文，收舉綱張目之效者也，故應與正文一致，無所參差，然今《類篇》之目錄與正文之參差不一，甚爲嚴重。」〔註 41〕此與〈大明同文集・目錄〉所收部首爲 441 部，然正文所收部首爲 382 部的現象相符〔註 42〕。筆者於前文提及《大明同文集》目錄與正文所收部首有所落差的原因，乃作者爲顧及讀者檢索方便，將字形歧異度較大的文字列於〈目錄〉，另有二字或多字實爲同一部的現象，以致〈目錄〉所收部首數量與正文有所落差〔註 43〕。

關於《類篇》之〈目錄〉與正文部首數量有別的原因，孔仲溫認爲與楷體

〔註 39〕呂瑞生著：《歷代字書重要部首觀念研究》，頁 66。

〔註 40〕請參考本節前文「〔東漢〕許愼《說文解字》」內文。

〔註 41〕孔仲溫著：《類篇研究》，（臺北：臺灣學生書局，1987），頁 86～87。

〔註 42〕《大明同文集》正文所收分部爲 382 部，此數量涵括卷一所收易圖，參照本文附錄二：「《大明同文集舉要》所收部次及文字輯錄列表」統計結果。

〔註 43〕相關論述請參考本文第三章第一節子目「目錄與內文部首之差異」。

通行和收字過多導致部序變更的原因有關〔註 44〕。《類篇》主要依循《說文》分部而稍加更動，故其目錄所收部首為 543 部；而《大明同文集》考量讀者檢索字形之便，故其目錄所收部首較正文多出 59 部。二書目錄與正文所收部首數量有別的現象相同，但成因並不一致，此為同中有異之處。

（二）一字多形之異體字歸部原則

《類篇》對一字多形之異體字的歸部原則，孔仲溫歸納要點為：「凡形異義同之字，各依形歸部，若同部首則合併為異體字。」〔註 45〕《類篇》歸部的主要原則是依形符歸部，至於一字多形的異體字，則依所從形符歸入不同部首，假如部首相同才合併收錄為異體字。《大明同文集》編收一字多形之異體字歸部，先將本字與異體字並列，再據本字與異體字形偏旁異同考量歸入之部首〔註 46〕，並無分別歸部之情形，此為二書對於一字多形之異體字歸部原則的差異所在。

四、《大明同文集舉要》與《康熙字典》之分部比較

《康熙字典》乃清代康熙皇帝下諭編撰，成書於清康熙五十五年（1716），全書體例大致以《字彙》及《正字通》為本，此書所收部首數量實為 214 部〔註 47〕。《康熙字典》之〈凡例〉與部首分部相關者有三，分別為第五、第十和第十四條。以下就《康熙字典》部首相關之編輯體例，與《大明同文集》分部列點分析比較。

（一）分部觀念的差異

《康熙字典》所收〈凡例〉之五：

> 《說文》、《玉篇》分部最為精密，《字彙》、《正字通》悉从今體，

〔註 44〕參考孔仲溫著：《類篇研究》，（臺北：臺灣學生書局，1987），頁 87～90。

〔註 45〕孔仲溫著：《類篇研究》，頁 144。

〔註 46〕相關論述請見本文第三章第二節「收字原則及異體字例分析」內文。

〔註 47〕參考呂瑞生說法：「《四庫全書薈要提要》與《四庫全書總目提要》皆稱此書分部『凡一百一十九部』，今觀全書則同於《字彙》、《正字通》，而為二百一十四部。」呂瑞生認為此乃提要說法之誤。呂瑞生著：《歷代字書重要部首觀念研究》，頁 108。

> 改併成書，總在便於檢閱。今仍依《正字通》次第分部，間有偏旁雖似，而指事各殊者，如煛向收日部，今載火部；霴字向收隶部，今載雨部；潁、熲、穎、頴四字，向收頁部，今分載水、火、禾、木四部，庶檢閱既便，而義有指歸，不失古人製字之意。〔註 48〕

此條凡例強調以字義爲主的歸部觀念，編者認爲《字彙》和《正字通》僅以形符偏旁將文字入部，忽略文字本義，故更而改之，以求達到「檢閱既便，而義有指歸」的效果。對此，呂瑞生認爲：「《康熙字典》雖立此項原則，然察其歸部，未依者在所多有。」〔註 49〕可知編者雖欲改正前人入部之過失，但文字形義相依，無法一分爲二，「義有指歸」的目標也難以完全落實。綜觀《大明同文集》全書，採以聲符偏旁歸部的方式，此種歸部方式與字義牽涉較少，不若《康熙字典》無法釐清字形與字義的歸部原則，此爲二書分部觀念之差異。

（二）今古文的歸部方式

《康熙字典》所收〈凡例〉之十：

> 集內所載古文，除《說文》、《玉篇》、《廣韻》、《集韻》、《韻會》諸書外，兼采經史音釋及凡子集字書，於本字下既並載古文，復照古文偏旁筆畫分載各部各畫，詳註所出何書，便於考證。〔註 50〕

此項說明《康熙字典》處理古文異體的歸部方式，編者將古文異體置於本字之下，並依偏旁筆畫分載於各部首。例如「人部」下收有「以」字，以「古文」小字標註「㠯」字爲異體，注解中再說明相關字義及出處，於文字考定和查索方面頗有助益。綜觀《大明同文集》，田藝蘅處理古文字〔註 51〕的歸部方式，亦考量古文異體之字形，如「以（㠯）」字收於「巳部」，因「以」字之篆體「㠯」，爲「巳」字之篆體「巳」之反文。

〔註 48〕〔清〕張玉書、陳廷敬等編：《康熙字典》。收錄於《中華漢語工具書庫》第 7~9 冊，（合肥：安徽教育，2002），頁 9、10。

〔註 49〕呂瑞生著：《歷代字書重要部首觀念研究》，頁 111。

〔註 50〕〔清〕張玉書、陳廷敬等編：《康熙字典》，頁 11。

〔註 51〕關於《大明同文集》收錄古文字的編輯體例，可參照本文第三章第二節子目「收字原則歸納」內文。

二書相較，《大明同文集》和《康熙字典》兼收正字與古文異體，二書對於「以」字之歸部考量則有所差別，《康熙字典》以楷體字形爲主，將「以」字納入「人部」，《大明同文集》則以篆體字形爲主，將「以」字納入「巳部」，此爲兩者對於異體字歸部的差別。

（三）文字重載的現象

《康熙字典》所收〈凡例〉之十四：

> 《正字通》承《字彙》之譌，有兩部疊見者，如垔字則襾、土兼存；羆、字則网、火互見，他若虍部已收彪、虓，而斤、日二部重載；舌部並列舐、憩，而甘、心部已收。又有一部疊見者，如酉部之酧、邑部之郪，後先矛盾，不可殫陳，今俱考校精詳，併歸一處。〔註 52〕

《康熙字典》編者考量《正字通》和《字彙》編收文字時，有一字歸入二部的現象，故將此類文字併歸一處說明。然《康熙字典》編者眾多，在體例與實際收字狀況互有矛盾之處，李淑萍說：「其書中卻也存有許多兩部疊見之例，如『穌』字於『禾』、『革』兩部互見；『辮』字於『辛』、『糸』兩部互見；『辭』字於『舌』、『辛』兩部互見；『敌』字於『舌』、『攴』兩部互見……等。」〔註 53〕文字依形體偏旁重載於二部的現象，雖與《康熙字典》體例不相謀合，但對讀者檢索文字時較爲便利，不全然爲字書編輯體例之缺失。綜觀《大明同文集》全書分部及收字，並無文字重覆收錄於二部之現象，然於分部時有一部二字之文字重載情形〔註 54〕，此與異體字例較爲相關，與部首分部較無關連。

綜上所述，《大明同文集》與明代以外四本大型字書的分部比較，可列表統整如下〔註 55〕：

〔註 52〕〔清〕張玉書、陳廷敬等編：《康熙字典》，頁 11。

〔註 53〕李淑萍著：《《康熙字典》及其引用《說文》與歸部之探究》，（臺北：花木蘭出版社，2006），頁 166。

〔註 54〕相關內容請參照本文第三章第一節「部首分部分析」內文。

〔註 55〕受限於表格長寬，《大明同文集舉要》於此表中以《同文集》簡稱之。

表四：《大明同文集舉要》與明代以外四大字書之部首分部比較表

書名／分部	《大明同文集舉要》與《說文解字》	《大明同文集舉要》與今本《玉篇》	《大明同文集舉要》與《類篇》	《大明同文集舉要》與《康熙字典》
偏旁	《同文集》從聲符；《說文》從形符	《同文集》從聲符；《玉篇》從形符	《同文集》從聲符；《類篇》從形符	《同文集》從聲符；《康熙字典》從形符
部序	《同文集》始一終萬；《說文》始一終亥	《同文集》始一終萬；《玉篇》始一終亥	《同文集》始一終萬；《類篇》始一終亥	《同文集》始一終萬；《康熙字典》始一終龠
歸部	《同文集》受《說文》分部條例影響深遠，《說文》分部原則有三：分立 540 部、始一終亥和據形繫聯，後二項對於《同文集》歸部觀念影響頗深	《同文集》和《玉篇》的屬字與部首關連性，皆趨於「據形繫聯」之歸部方式	針對一字多形之異體字，《同文集》以本字和異體字所從相同偏旁為歸部考量；《類篇》對一字多形之異體字則依各字所從形符歸部	《同文集》以聲符偏旁歸部，今古跟之異體歸部考量以篆體為主；《康熙字典》欲以義為歸，但有歧出之例，對於今古字歸部之考量以楷體字形為主
類別	《同文集》有以類統部之觀念，《說文》部首則無	《同文集》沿用《玉篇》分部以類統字部念形成	《同文集》有以類統部之觀念；《類篇》則無	《同文集》有以類統部之觀念；《康熙字典》部首則以筆畫多寡區別，無類別考量
數量	《同文集》370 部；《說文》540 部	《同文集》370 部；《玉篇》542 部	《同文集》370 部；《類篇》540 部	《同文集》370 部；《康熙字典》214 部
其他	二書皆有陰陽五行理論的相關內容	二書皆以楷體字形為正字	二書之目錄與正文所收部首數量均不一致	二書皆有文字重載的現象，然成因不一

關於《大明同文集》與此四書之分部差異，可歸結出三大要點：

（一）以形符偏旁為部首之字書仍為大宗

比較《大明同文集》與明代以外四本大型字書之分部，大致上可分為遵照《說文》體例和改制《說文》二種。前者部首數量與 540 部相近，例如《玉篇》和《類篇》；後者部首數量與 540 部有較大差距，例如《大明同文集》和《康熙字典》。而《說文》、《玉篇》、《類篇》和《康熙字典》皆以文字形符偏旁爲部首，與《大明同文集》以聲符偏旁爲部首的立意不同。自《說文》成書以來，後世學者編輯字書或承續《說文》體例，或改正《說文》缺誤，或有顛覆《說文》體例而另創新制者，歷經編者和讀者檢索的種種考量，以文字形符偏旁爲部首的字書仍佔多數。

（二）文字形義相依不易取捨，此為字書歸部之兩難

《字彙》於〈凡例〉中說：「蔑也，而附於艸；朝从舟也，而附於月。揆之於義，殊涉乖謬，蓋論其形，不論其義也。」強調以字形爲主的歸部方式。然《康熙字典》於〈凡例〉中又說：「庶幾檢閱既便，而義有指歸，不失古人製字之意。」強調以字義爲主的歸部方式，書內收字卻未能與此項凡例相合。中國文字的字形與字義相互依存，無法一分爲二，且文字本義易受編者主觀看法影響，想達到「不失古人製字之意」的目標，在字書分部原則上實屬兩難。故呂瑞生說：「於歸部原則上，『從形』與『從義』本就難以融爲一體，『檢閱既便，而義有指歸，不失古人製字之意。』亦只是一難以達成之理想。」〔註 56〕文字的字形與字義難以割捨，成爲編輯字書時的困難所在，而田藝蘅選擇以文字聲符偏旁爲部首，對於字書一貫相承的體例，有破舊立新的意味。

（三）以類統字的觀念，因時代背景不同有所差別

據前文比較，僅《玉篇》和《大明同文集》有以類別統整部首和收字的觀念。筆者認爲此觀念受到魏晉南北朝時期類書興盛的影響甚大，後世學者編撰字書，偶有以類別統歸全書分部和收字的現象。然自《字彙》之後，部首依筆畫多寡排序的方式於檢索上較爲方便，成爲部首檢索的主要編輯方式，以類統字的觀念逐漸不受重視。

第三節　右文說與聲類歸部字書發展脈絡

《四庫全書總目提要》對《大明同文集舉要》（以下簡稱《大明同文集》）分部多所抨擊，其評語曰：「是編割裂《說文》而以其諧聲之字爲部母。……《夢溪筆談》非僻書，藝蘅不應不見，殆剿襲其說而諱所自來。不知王聖美之說，先不可通也。」〔註 57〕編者認爲田藝蘅不知右文說全貌。故筆者於此節

〔註 56〕呂瑞生著：《歷代字書重要部首觀念研究》，頁 111。

〔註 57〕〔清〕永瑢、紀昀編：《四庫全書總目提要・經部四十三・小學類存目一》，（臺北：

探析右文說與《大明同文集》歸部之關聯性，並對歷代聲類歸部字書作一統整，釐清其演變脈絡。

一、《大明同文集舉要》歸部與右文說之關聯性探析

探析《大明同文集》歸部與右文說之關聯性，分為三方面述說。首先說明右文說之源流及發展，再者分析《大明同文集》分部是否受右文說影響，末尾對《四庫全書總目提要》評《大明同文集》之評議提出看法，細述如下。

（一）右文說源流及發展

1. 源　流

據諸家學者考訂右文說之源流，始於晉人楊泉《物理論》〔註 58〕。楊泉舉「堅、緊、賢」三字為例，「堅」字收於《說文》「臤部」，注曰：「土剛也。从臤土。」；「緊」字收於《說文》「臤部」，注曰：「纏絲急也。从臤、絲省。」；「賢」字收於《說文》「貝部」，注曰：「多財也，从貝臤聲。」楊氏以此說明字義以右文為重的看法。

胡樸安對此三字的說明為：「《說文》『堅』：剛也，从臤从土。朱駿聲云：『剛，土也，本土之堅，亦用為金之堅。』；《說文》『緊』：纏絲急也，从臤从絲省，本絲之緊，亦用為草木之緊。《說文》『賢』：多才也。賢本以財分人之稱，引伸為以善教人之稱。」〔註 59〕可補足楊泉舉此三字為例的用心。

2. 正　名

右文說的名稱，由宋人王子韶（字聖美）所提出，王氏著有《字解》一書，然此書今已不傳。僅《夢溪筆談》中載錄：「王聖美治字學，演其義為右文。古之字皆从左右，凡字其類在左，其義在右。如木類，其左皆從木，所謂右文者，如『戔』，小也，水之小者曰淺，金之小者曰錢，歹而小者曰殘，貝之小者曰賤，如此之類，皆以『戔』為義也。」〔註 60〕當時亦有王觀國、鄭

臺灣商務印書館，1983），頁 902～903。

〔註 58〕《物理論》言及：「在金石曰堅，在草木曰緊，在人曰賢。」，收錄於《太平御覽‧卷四百二》。參考〔宋〕李昉等奉敕撰：《太平御覽》，（臺北：新興書局，1959），頁 1884。

〔註 59〕胡樸安著：《中國文字學史》，頁 236。

〔註 60〕〔宋〕沈括著：《夢溪筆談》，（臺北：錦繡文化，1992），頁 270。

樵及戴桐等人提出相關看法，清代和民初學者對此論述亦豐。王聖美所言之右文說，引起後人對文字偏旁的重視和辯析，此為右文說在文字學史上之價值。

3. 影　響

右文說對於後人研究文字學的影響，主要在字義訓詁方面，沈兼士撰有〈右文說在訓詁學上之沿革及其推闡〉一文〔註 61〕，說明右文說的來歷、發展和諸家評議。沈氏認為藉由右文說概念之延伸，應用聲符探尋語根的方法是可行的，他說：

> 或謂右文所據之對象，多為晚周以來之字，奚足以語古？余以為形聲字固為後起之音符字，然研尋古代語言之源流反較前期之意符字為重要，蓋意符字為記載事蹟之文字畫之變形，直接固無與於語言也。……雖然，欲憑古文字以考古語言，則捨形聲字外，實無從窺察古代文字語言形音義三者一貫之跡。故右文之推闡，至少足以為研究周代以來語言源流變衍之一種有效方法，此固為吾人所不能漫加否認者也。〔註 62〕

右文說提供後世學者探析字源時，因聲求義的分析方式，沈氏對右文說抱持肯定的態度，此說對於後世學者於字義解說和探源方面，也有所影響。

（二）《大明同文集》受右文說影響與否

探討《大明同文集》之分部是否受右文說影響？可由《大明同文集》之分部動機和分部依據，兩方面析論之，分述於下。

1. 《大明同文集舉要》分部之動機

《大明同文集》原名為《二書形聲彙編》，〈《大明同文集》章則舉要〉收有〈二書形聲彙編解〉一文：

> 「形聲」者何？天地之間，仰觀俯察，近取遠求，惟形可睹，惟聲可聞，於是廣為六書以肖之。其指事、會意，皆象形之所生也。轉

〔註 61〕此文收錄於沈兼士著：《沈兼士學術論文集》，（北京：中華書局，2004），頁 73～185。

〔註 62〕沈兼士著：《沈兼士學術論文集》，頁 170～171。

> 注、假借，皆諧聲之所生也。故形立而事意自諧，聲叶而注假自寓矣。『彙編』者何？但取其體皃之相類，又求其音韻之相從，則檢閱者既便，反切者易明，如此而諸家可以會萃矣。文之所由，同者其在茲乎。〔註63〕

田藝蘅對於六書中的象形和形聲字特別重視，認爲「形立而事意自諧，聲叶而注假自寓矣」，而指事、會意、轉注、假借四者，皆源自象形和形聲。田氏主要以「取其體皃之相類，又求其音韻之相從」的方式編輯《大明同文集》，此書分部立意爲「檢閱者既便，反切者易明，如此而諸家可以會萃矣。」田藝蘅認爲以聲符偏旁立部的方式，不僅檢索上較爲方便，亦可對文字的音韻關係一目瞭然。

1. 《大明同文集舉要》部首分部之依據

影響《大明同文集》收字的書籍，田藝蘅於〈自引〉說：

> 蓋訓詁之不明，繇于字學之無本；反切之罔會，繇于形聲之未從。……今諸書既棄其母，而反從其子，又析其類，而復分其韻。……因稽《說文》、《玉篇》、《書統》、《正譌》諸家輯爲此編。〔註64〕

田藝蘅彙整《說文》、《玉篇》、《六書統》和《六書正譌》四書之收字，並以聲符偏旁編爲部首，遵循其所倡導之母子相生的概念〔註65〕。

綜上所述，田藝蘅編輯《大明同文集》之分部，似無受右文說影響。然田氏於〈形聲辯異〉說：「說者曰字皆左形而右聲，或曰右形而左聲，要皆不可以執一論也。……古之人象意制文，曷嘗有定形哉？」田藝蘅對於形聲字特別重視，於此對前人所言文字左形右聲的說法提出質疑。文中並未明言說者爲何人，然此說法與右文說相近，或可以此判斷田藝蘅已知右文說，但並不贊同此說法，亦不因此影響《大明同文集》之立部原則。

（三）論《四庫全書總目提要》對《大明同文集》之評議

《四庫全書總目提要》評《大明同文集》：

〔註63〕田藝蘅著：《大明同文集舉要》，頁193。

〔註64〕田藝蘅著：《大明同文集舉要》，頁191。

〔註65〕關於田藝蘅對於母子相生概念的詳細說明，請見本文第三章第三節「部首分部特色」之子目「母子相生」內文。

> 是編割裂《說文》部分，而以其諧聲之字爲部母。如「東」字爲部母，即以「棟」、「涷」之屬从之。顛倒本末，務與古人相反。又自造篆文，詭形怪態，更在魏校《六書精蘊》之上。考沈括《夢溪筆談》曰：「王聖美治字學，演其義以爲右文。如水類，其左皆从水。所謂右文者，如戔，小也。水之小者曰淺，金之小者曰錢，貝之小者曰賤。如斯之類，皆以戔爲義也。」云云。《夢溪筆談》非僻書，藝蘅不應不見，殆剿襲其說而諱所自來。不知王聖美之說，先不可通也。〔註66〕

《四庫全書總目提要》對《大明同文集》的批評有三：割裂《說文》分部、自造篆文，並認爲田藝蘅抄襲右文說以成此書。首先，在割裂《說文》分部方面，據前文所述，《大明同文集》分部乃承繼《說文》而改以聲符爲部母統籌文字，《四庫提要》批判此法「顛倒本末，務與古人相反」。田藝蘅認爲象形和形聲二者爲文字增衍的關鍵，而形聲字數量爲多，以形聲字聲符統歸文字是適當的作法，《四庫提要》編者恪守形符歸部字書的傳統觀念，以爲《大明同文集》分部只求標新立異，卻忽略作者的六書觀念和編輯用意。

其次，在自造篆文方面，《四庫全書總目提要》認爲田藝蘅所收古文字形，並非其來有自，乃田藝蘅杜撰而成。然田藝蘅在〈大明同文集舉要章則〉諸篇文章中，已交待收字的來源爲《說文》、《玉篇》、《六書統》、《六書正譌》諸書，於部份古文字形下亦注明字形出處，且田氏在文字學上涉獵已久，必知杜撰古文的嚴重性。然明代出土文物數量不及清代，摹寫、判斷古文字形出錯的機會較高，田藝蘅並非以金石學見長，《四庫全書總目提要》若批評此書對古文字形出處標注不明尚有道理，以自造篆文的罪狀扣之，則淪爲過猶不及之弊。

再者，在抄襲右文說方面，右文說旨在因聲求義，故後世學者多於訓詁學理上演繹之。然《大明同文集》分部僅就形聲字聲符偏旁統整歸部，並收輯與部首字形相近之文字，採取以聲符分部、以形符繫聯的編輯體例，原意在於整飭聲符偏旁與歷代字形差異，並非以聲求義的訓詁方式。二者雖皆以文字的聲符偏旁爲主，但一重字義，一重字形，不細究其理誤以爲抄襲，此爲《四庫全書總目提要》

〔註66〕〔清〕永瑢、紀昀編：《四庫全書總目提要》，頁902～903。

之缺失。綜上所述，關於《四庫全書總目提要》對《大明同文集》之評議，可知編者對該書編體例和作者立意並未深入探究，以致在評論方面失於偏頗。

二、聲類歸部之相關字書

所謂聲類歸部相關字書，筆者以爲其必備條件有二：一爲立有部首及收字之字體體例，一爲以文字聲韻或聲符偏旁爲部序者。以下針對歷代聲類歸部的相關字書作一統整，藉此釐清《大明同文集》聲符歸部體例之脈絡發展。

黃侃先生在〈論字書編制遞變〉文中將歷代字書的發展分爲九類：

> 自始制文字以迄於今，字書體裁，凡經幾變，権而論之，分爲九種：一曰，六書之教；二曰，附之詁訓；三曰，編爲章句；四曰，分別部居；五曰，以韻編字；六曰，以聲編字；七曰，計畫編字；八曰，分類編字；九曰，專明一類。〔註 67〕

其中，以文字聲韻歸部之字書可區別爲以韻編字和以聲編字兩種，以韻編字之字書又細分三類〔註 68〕。筆者參考黃氏說法，並以各書分部體例爲主軸，將歷代聲類歸部相關字書分爲以四聲爲部序之字書、形符偏旁爲部首之字書特例和全以聲符偏旁歸部之字書三者，以下分別說明。

（一）以四聲為部序之字書

自韻書發展以來，字書受韻書編輯體例影響，歷來以四聲差異排列部首順序者在所多有。例如唐代顏元孫撰作之《干祿字書》，宋代郭忠恕撰作之《佩觿》、張有撰作之《復古編》、樓機撰作之《班馬字類》，遼代僧人行均撰作之《龍龕手鑑》，元代李文仲撰作之《字鑑》，金代韓孝彥撰作之《四聲篇海》、韓昭道撰作之《五音集韻》等，此爲以四聲爲部序之字書代表。

（二）形符偏旁為部首之字書特例

此處所言形符偏旁爲部首之字書特例，乃指以形符偏旁爲部首的字書，書

〔註 67〕黃侃著：《黃侃國學文集》，（北京：中華書局，2006），頁 17。

〔註 68〕黃侃先生認爲以韻歸字之字書可分爲三類，分別爲：①體爲韻書，而意兼在存字。如《廣韻》、《切韻》、《集韻》諸書；②就韻書之體而列字。如《說文篆韻譜》；③部首字依《說文》次序，部中字則始東終乏之次。如《類篇》。參考黃侃著：《黃侃國學文集》，頁 20～21。

中卻收有以聲符歸部之字例。此類字書數量不多，學者或以為此乃字書入部之誤，應以特例視之，於此載而備考之。

1. 《說文解字》

許師錟輝說：「至於祥、詳、翔、庠、恙、痒、䰜、養、洋、養、洋、羕、蛘、姜等十二字，皆由羊字得聲，非由羊字構形，不當歸入羊部，而應各歸入示、言、羽、广、心、疒、鬲、食、水、永、虫、女等各字所从構形之部，此即許慎所說『物以群分』。《說文》部首原則上應是形旁，只有少數幾個部首是聲旁，如句部中的拘、笱、鉤等三字从句得聲，ㄐ部中的𦫳、糾等二字从ㄐ得聲，這是例外的，有些學者甚至認為這是許慎釋形的錯誤。」〔註 69〕這些以聲符偏旁入部的文字，對《說文》以形符歸部的原則而言，也許是歸部或釋形上的訛誤。但這些特殊的字例，對於後世學者編輯字書，或許有某種程度的影響。

2. 《康熙字典》

《康熙字典》部首以形符偏旁為主，然其中亦有保留《說文》字例，以聲符歸部之文字。李淑萍說：「以《說文》形構中聲符歸部之例，如《說文》攴部『（孜）』字：『汲汲也，从攴子聲。』今《康熙字典》歸入子部；斤部『（所）』字：『伐木聲也，从斤戶聲。』今《康熙字典》歸入戶部；馬部『（篤）』字：『馬行頓遲，从馬竹聲。』今《康熙字典》歸入竹部；立部『（靖）』字：『立竫也，从立青聲。』今《康熙字典》歸入青部；革部『（勒）』字：『馬頭絡銜也，从革力聲。』今《康熙字典》歸入力部……等，皆屬之。」〔註 70〕《康熙字典》以聲符偏旁歸部的文字，主要承繼《說文》而來，再進行改易、保留和整併。李淑萍認為這些字例乃編者斷以己意歸部，並說：「觀察此類之字例，非但不以筆順起部之偏旁為部首，又往往以字之聲符來歸部，既不合實用性，也無學理依據，令人費解。」〔註 71〕李淑萍認為以文字之聲符歸部，並不合於實用性和學理依據，或許編者僅就《說文》歸部

〔註 69〕許師錟輝著：《文字學簡編．基礎篇》，頁 108～109。

〔註 70〕李淑萍著：《《康熙字典》及其引用《說文》與歸部之探究》，頁 180。

〔註 71〕李淑萍著：《《康熙字典》及其引用《說文》與歸部之探究》，頁 185。

之特殊字例加以保留，並無考量全書歸部條例之合理性。

（三）全以聲符偏旁歸部之字書

歷代字書中全以聲符偏旁爲部首的字書，除明代田藝蘅編寫之《大明同文集》外，尚有宋代鄭樵撰作之《象類書》，然此書今已不傳。鄭樵於《通志・六書略・第五・論子母》說：「臣舊作《象類書》，總三百三十三母，爲形之主；八百七十子，爲聲之主，合一千二百文，而成無窮之字。」鄭樵與田藝蘅同以子母觀念編輯字書，然鄭樵採取形符與聲符兼顧的方式，以 330 個形母和 870 個聲子，合爲統字之初文，此書雖不復見全貌，以聲符偏旁統字的概念尚可窺知。

第四節　《大明同文集舉要》部首分部之承繼與影響

此節總理前文，論述《大明同文集舉要》（以下簡稱《大明同文集》）部首分部之承繼與影響。分爲三方面述說，首先探析《大明同文集》分部觀念與前代字書的承繼關係，並歸納此書分部觀念的成因；再者針對此書分部觀念對後世字書，及文字學相關書籍的影響作一敘述；文末統歸此書分部之優點和缺失，說明如下。

一、《大明同文集舉要》分部與前代字書的承繼關係

田藝蘅於〈《大明同文集》章則舉要〉一文中，說明《大明同文集》之成書受到《說文》、《玉篇》、《六書統》、《六書故》和《復古編》諸書的影響，在部首分部方面，則受《說文》的影響較多。《說文》開創字書以部首統字之先河，後世字書莫有不受其影響者，《大明同文集》雖改以聲符偏旁立爲部首，但始一終萬的部首排序、陰陽五行學說的反映等觀念，皆由《說文》編輯體例改易而來。

關於《大明同文集》部首分部觀念之成因，筆者以爲有三大要點，以下分別述說。

（一）形聲字增衍的現象

《說文》所收 9353 字，發展至明代《字彙》已有 33,179 字，其中多數文字爲形聲字，田藝蘅注意到此種現象，並認爲象形和形聲字是文字孳乳的兩大

重心，故以形聲字聲符偏旁作爲《大明同文集》的部首。

（二）學說理論的發展

在田藝衡之前，亦有其他學者注意到形聲字在漢字演進過程中的特殊性，故提出聲訓、右文說等的概念，欲達因聲求義的成效。然右文說與《大明同文集》分部牽涉不多，反而是鄭樵及前人所提出的子母概念，影響此書分部觀念較大。

（三）作者自身之學養和見識

依《大明同文集》全書體例看來，作者雖以《說文》爲本，又希望能另闢蹊徑，故以聲符偏旁爲部首，冀望與前代形符歸部字書有所所區別。田藝衡編撰此書深受舊學影響，又因自身學識和六書觀念的獨到看法，使此書在歷代字書編輯體例上自成一格。

二、《大明同文集舉要》分部對後代字書的影響

田藝衡以聲符偏旁爲部首編輯字書，明代未有從者。清代有錢塘撰作《說文聲系》、陳澧撰作《說文聲表》二書，均以聲符爲部首，呂瑞生說：「錢、陳二氏相繼以聲符分部建首，其中亦自含一套文字學之理論，於討論部首觀念書，實不能置之不理。」〔註 72〕清代說文學盛行，此二書並非以整理文字爲目的之傳統字書，乃針對《說文》收字作重新編排，此類書籍在清代並不少見，其中以朱駿聲撰作之《說文通訓定聲》最負盛名。

林明波在《清代許學考》收有辨聲類，將清代以聲符整理《說文》之書籍細分爲五類〔註 73〕，由此反映出清代學者對於聲符偏旁的重視與反思。《四庫全書總目》提要對《大明同文集》以聲符立部雖多所批判，然清代學者對聲符偏旁多所重視，甚而以此重整《說文》部首和收字，故知田藝衡以聲符偏旁立部，並非但求標新立異，而是爲傳統字書分部觀念另創新局，對於清代學者研治小

〔註 72〕呂瑞生著：《歷代字書重要部首觀念研究》，頁 6。

〔註 73〕林明波將清代研究《說文》之專書另別爲辨聲類，其下分有聲義之屬、舊音之屬、訂聲之屬、孳乳之屬、古音之屬等五類，於各類下羅列書名，並詳述各書之編輯體例和簡要評論。參考林明波著：《清代許學考》，（臺北：國立臺灣師範大學中國文學系碩士論文，1964），頁 239～278。

學亦有某種程度的影響。

三、《大明同文集舉要》分部之得失

綜合前文論述，筆者分析《大明同文集》分部之優缺及全書評要如下。

（一）《大明同文集舉要》分部之優點

1. 打破以形符為部首之字書傳統，為字書分部另闢新徑

自《說文》採用部首統籌文字以來，歷代字書沿用部首觀念編輯字書，然多侷限於形符偏旁。其後因時空環境變化，文字增衍情況普遍，宋明以來，學者逐漸注意到文字聲符的重要性，學理論述漸增。然實際以聲符歸部之字書，現今可見者僅有《大明同文集》一書。關於《大明同文集》以聲符歸部的現象，近人亦持肯定之態度。呂瑞生說：「雖田氏之書頗有爭議，唯其以聲符爲部首之觀念，則於部首觀念上，略可一述。」〔註74〕巫俊勳亦言：「以聲符歸部雖非部首歸部的主要方式，但是在歷來字書部首刪併過程中，以聲符歸部卻是一種權宜辦法。」〔註75〕田藝蘅勇於打破以形符爲部首之字書傳統，試圖爲字書分部另闢新徑，使此書分部在歷代字書中獨具特色。

2. 將聲韻觀念引入部首排序，與其他字書有別

《大明同文集》改動《說文》始一終亥的排序原則，採取始一終萬的部首排序方式，亦涵納奇偶相對和四聲音韻的概念，作者自言此法與《說文》大同而小異。綜觀歷代字書之部首排序，可以《字彙》之成書爲分界點，在《字彙》之前沿用《說文》部序者爲多；《字彙》之後，則以筆劃多寡排序爲主流。《大明同文集》成書於《字彙》之前，卻能不囿於《說文》部序，試圖將聲韻觀念導入部首排序，與其他字書有別。

3. 採取以形為輔的繫聯原則，兼顧文字形符與聲符二者

《大明同文集》雖以聲符爲部首立部、排序之原則，在部首繫聯和文字歸部方面，仍以相同字形偏旁爲主要考量。田藝蘅採取以聲爲主的分部方式，以形爲主的繫聯原則，力求兼顧文字的形符與聲符。

〔註74〕呂瑞生著：《歷代字書重要部首觀念研究》，頁21。

〔註75〕巫俊勳著：《《字彙》編輯理論研究》，頁11。

（二）《大明同文集舉要》分部之缺失

1. 將易圖納入部首實為不妥

《大明同文集》卷一收有易圖，並編目爲甲之一，可見作者視其爲部首。筆者於計算此書部首數量時並未納入，因易圖非文字之形符或聲符，將其視爲部首並不妥當，然作者認爲以此可明天地生成之理、文字孳乳之由，故爲此書之開端，實爲分部之缺失。

2. 未能考量讀者檢索方便性

明代眾多字書中，以《字彙》之編輯體例對後世字書影響最大，此書整併《說文》部首，並改以筆劃多寡爲部首排序方式，使讀者檢索文字時更加便利。然《大明同文集》分部受作者六書觀影響編排，並未考量讀者檢索文字的便利性，故未能廣佈流傳。

3. 楷篆字形之拉距

《大明同文集》收有楷體、篆文、古文和草書，於部首分部上，主要以篆字楷定後的字形爲主。巫俊勳將此書列爲「承繼《說文》系統，以篆文爲字頭，並逐字釋義析形之字書。」〔註 76〕細觀其書，仍以楷體正字爲分部和收字之主要字形，然少數部首受到篆文影響，字形較不易辨識。田藝蘅說：「首之以楷，欲其易曉也。次之以小篆，欲知其原也。」然作者於楷、篆字形之間拿捏不定，立部仍受篆體所牽制，無法全面以楷體呈現，此爲該書分部之缺失。

（三）《大明同文集》全書評要

筆者針對《大明同文集》之分部與收字作一評述，可分爲三大要點說明。

1. 私修字書突破傳統，用心值得肯定

田藝蘅憑一己之力編纂《大明同文集》，在分部方面突破《說文》體例，較其他字書重視形聲字增益的情形，作者對於文字演變觀察細微，且勇於創新字書體例，其編輯字書之用心值得肯定。

2. 文字釋義與異體字收輯尚有改進空間

在文字釋義方面，僅就前代字書釋義作彙整，字義解說過於簡要。異體字

〔註 76〕參考巫俊勳撰：《明代大型字書編纂特色探析》，頁 249。

形收輯方面，雖搜羅字形但並非每字皆註明出處，以致《四庫全書總目提要》質疑田藝蘅自造篆文。《大明同文集》分部觀念有所創新，但文字釋義和異體字形收輯則較要簡略，甚而有所疏漏，有待改進。

3. 重整《說文》分部，但未能開創新局

綜觀全書分部和收字體例，作者意圖將《說文》部首重新編，並彙整前代字書和當時所見之古文字，但未能細辨讀者對於字書檢索的需求，使此書流於作者六書觀之反映，未能引領後代字書開創新局，故爲清代學者所貶抑。

第五章　結　論

第一節　研究成果總結

綜合以上各章論述，探析《大明同文集舉要》（以下簡稱《大明同文集》）之部首分部，其研究成果總結可分爲四大面向，分別爲文獻輯考、撰作動機與目的、分部體例、分部觀念之推源與創新，以下列點說明。

一、文獻輯考

筆者輯考《大明同文集》一書之版本存錄，與此書作者田藝蘅生平事蹟的過程中。發現田藝蘅出身仕宦世家，雖未能位居要職，然其學識涵養頗受當時士人肯定，所出版之書籍內容涵括小學、思想及詩詞散文，可知田氏對於詩文創作和字書編輯頗富理想，但著作未能受到後世學者青睞。

田氏所撰作《大明同文集》一書，清人將其收錄於《四庫全書存目叢書》，四庫版本與現今所留存之善本相較，書序上略有差異，但正文內容皆相同，版本皆爲明代萬曆十年刊本。此書於《四庫全書總目提要》中飽受批評，然筆者細考此書之部首分部，認爲此書分部體例猶有可取之處，《四庫全書總目提要》所言未能盡覽全書面貌，故失之偏頗。

二、分部原則

《大明同文集》的分部體例，可分爲一般文字和一字多形之異體字兩方面述說。

在一般文字分部原則方面，其正例有三：以聲符偏旁統字歸部原則、始一終亥的部次排序、據形繫聯的排列原則三者。其特例亦有三：以義繫聯、一部二字、以異體字爲部首的現象三者。綜觀看來，以聲爲主、以形爲輔的分部原則，是《大明同文集》全書分部的主軸。

在一字多形之異體字分部原則方面，筆者歸納其要點有四：

1. 此書所收的異體字，以本字和異體字所從之聲符偏旁爲歸部準則。
2. 若本字與異體字之聲符偏旁相異，則以本字所從之聲符偏旁爲歸部準則。
3. 若爲傳鈔過程導致的異體字，則依作者認定所從的偏旁文字爲歸部準則。
4. 若爲一字多形的異體字，則以多數字形所從偏旁爲歸部準則。

綜上可知一字多形之異體字分部原則，主要以相同或相近之文字偏旁爲依歸，與以聲爲主、以形爲輔的分部原則不相違背。

三、收字原則

《大明同文集》的收字原則有二，可分爲正反兩面敘說。以當代正字爲首及古文旁證的字例收輯，此爲正例；另有異體字例之收輯、反文收字之現象和同字異體之偏旁互換現象，此爲變例。綜觀看來，此書以篆字楷定後的字形爲部首，近代學者認爲此書爲《說文》派的承繼字書，然作者欲以當時通行之楷體編收文字，卻拘泥於篆文字形，以致部份部首字辨識、傳寫不易，爲該書體例之矛盾之處。

四、分部觀念之推源與創新

宋人雖提出右文說的概念，但囿於字義說解；清人研究文字聲符，將其運用於訓詁方面者較多。明代田藝蘅將聲符偏旁與字書相結合，其分部觀念大抵承繼《說文》的部首觀念而有所創新，《大明同文集》分部改動歷代字書以形符偏旁歸部之體例，試圖將文字之聲符與部首結合。此書分部觀念雖未若《字彙》影響後世字書深遠，但在歷代字書分部觀念中別具一格，可爲後世學者編輯字書之參考。

第二節 研究價値與展望

經筆者由各面向探討《大明同文集》部首分部，綜合上述研究，可瞭解此書之研究價値，以及學術研究上之展望，分述如下。

其一、此書分部承繼前人對形聲字聲符的研究，試圖將字書以聲符立部統歸文字，在歷代字書體例上有所創新。此法雖未獲得清人肯定，然後人研究前代字書時，不應忽略此書在聲符研究和部首分部上之用心。

其二、此書編收篆、隸、眞、草四種書體字形，附以當時所見之異體和銘鼎文字，在字形收輯方面可謂完備。後人研治字書，可藉由此書所收之異體文字瞭解當時的用字情形，對於釐清明代正俗字、古今字等觀念亦有助益。

其三、此書於部首編排上，採取聲符偏旁歸部的方式，另以始一終萬的原則排列部首，與前代字書以四聲差異排列部首的字書有所不同。自韻書出現以來，受到音韻觀念的影響，以四聲差韻編排字書部首的著作頗豐。然文字音韻易隨時代改變，並非文字造字時的本音。於是後人逐漸重視聲符偏旁，明代田子藝編《大明同文集》以聲符立部，相較於以四聲差異排序之字書，對於文字造字時的本音更加重視，並附以《洪武正韻》所標注之字音。後人若欲探析明代語音概況，或藉文字聲符偏旁上溯文字音義本源，皆可以此書部首和收字爲基石。

其四、此書在異體字收輯上別具用心，筆者彙整書中所收同字異字之異體字，探究其歸部條例和成因，發現作者以本字和異體字相近似的文字偏旁爲部首，此點與《說文》收輯重文的方式不同。《說文》收輯重文屬於附錄性質，重文之字形並不影響歸部，然《大明同文集》將楷定後的正字和異體字並列收字，對於作者判別歸部卻有所影響。由此顯現許愼和田子藝對於異體字的看法略有差異，許愼將異體字列爲參考性質，田藝蘅則視異體字的重要性與正字相當，由此可探析田氏之字樣觀念。

綜上所述，《大明同文集》一書之研究價値，在部首體例和異體字收錄方面頗有成就，清人未明此書全貌，故有所批評，今人應謹愼定位此書在文字學史上的地位。筆者藉由本文探析此書分部後，認爲此書在釐清明代異體字用字狀況、文字字形演變現象和文字聲符偏旁的探究方面，皆有深入論述的空間，可作爲個人或後繼學者研治小學之發展方向。

參考書目

一、古　籍（依撰作年代先後排序）

1.〔東漢〕許愼著、〔清〕段玉裁注：《圈點說文解字》，臺北：萬卷樓圖書，西元2002年。

2.〔梁〕顧野王：《原本《玉篇》殘卷》，北京：中華書局，西元2004年。

3.〔遼〕釋行均：《龍龕手鑑》。收錄於《四部叢刊續編．經部》，臺北：臺灣商務印書館，西元1966年。

4.〔明〕聶心湯：《萬曆錢塘縣志不分卷》。收錄於《叢書集成續編．史地類》第231冊，臺北：新文豐出版社，西元1989年。

5.〔宋〕李昉等：《太平御覽》。臺北：新興書局，西元1959年。

6.〔宋〕鄭樵著、何天馬校：《通志略》，臺北：里仁書局，西元1982年。

7.〔宋〕沈括：《夢溪筆談》，臺北：錦繡文化，西元1992年。

8.〔明〕王兆雲：《皇明詞林人物考》。收錄於《明代傳記叢刊》第17冊，臺北：明文書局，西元1991年。

9.〔明〕馮夢禎：《快雪堂集》。收錄於《四庫全書存目叢書．集部．別集類》第164、165冊，臺南：莊嚴文化，西元1997年。

10.〔明〕趙宧光：《說文長箋》。收錄於《中華漢語工具書書庫》第20～22冊，合肥：安徽教育出版社，西元2002年。

11.〔明〕樂韶鳳、宋濂：《洪武正韻》。收錄於《中華漢語工具書書庫》第61冊，合肥：安徽教育出版社，西元2002年。

12.〔明〕梅膺祚：《字彙》。收錄於《中華漢語工具書書庫》第 5、6 冊，合肥：安徽教育出版社，西元 2002 年。

13.〔明〕吳元滿：《六書正義》。收錄於《續修四庫全書．經部．小學類》第 203 冊，上海：上海古籍出版社，西元 1995 年。

14.〔清〕永瑢、紀昀：《四庫全書總目提要》。臺北：臺灣商務印書館，西元 1983 年。

15.〔清〕謝啓昆：《小學考》。收錄於《中華漢語工具書書庫》第 88 冊，合肥：安徽教育出版社，西元 2002 年。

16.〔清〕錢謙益：《列朝詩集小傳》。收錄於《明代傳記叢刊》，臺北：明文書局，西元 1991 年。

17.〔清〕陳田《明詩紀事》。收錄於《明代傳記叢刊》，臺北：明文書局，西元 1991 年。

18.〔清〕張玉書、陳廷敬：《康熙字典》。收錄於《中華漢語工具書庫》第 7~9 冊，合肥：安徽教育，西元 2002 年。

19.〔清〕王筠：《說文釋例》。北京：中華書局，西元 1998 年。

二、近人著作（依出版日期先後排序）

（一）專　書

1. 楊家駱：《明史藝文志廣編》，臺北：世界書局，西元 1963 年。
2. 劉葉秋：《中國古代的字典》，北京：中華書局，西元 1964 年。
3. 國立中央圖書館編：《明人傳記資料索引》，臺北：國立中央圖書館，西元 1965 年。
4. 姜亮夫：《歷代名人年里碑傳總表》，臺北：臺灣商務印書館，西元 1965 年。
5. 楊立誠：《四庫目略》，臺北：中華書局，西元 1970 年
6. 國立中央圖書館編：《臺灣公藏善本書目人名索引》，臺北：國家圖書館，西元 1972 年。
7. 王重民：《美國國會圖書館藏中國善本書目》，臺北：文海出版社，西元 1972 年。
8. 陳國慶、劉國鈞：《版本學》，臺北：西南書局，西元 1978 年。
9. 唐蘭：《中國文字學》，上海：上海古籍出版社，西元 1979 年。
10. 高明：《高明小學論叢》，臺北：黎明文化事業，西元 1980 年。
11. 唐蘭：《古文字學導論》，山東：齊魯書社，西元 1981 年。
12. 華正書局編：《中國書法源流》，臺北：華正書局，西元 1983 年。
13. 黃侃口述、黃焯筆記編輯：《文字聲韻訓詁筆記》，臺北：木鐸出版社，西元 1983 年。
14. 李新魁：《古音概說》，臺北：崧高書社，西元 1985 年。
15. 屈萬里、昌彼得：《圖書板本學要略》，臺北：中國文化大學出版，西元 1986 年。

16. 李清志：《古書版本鑑定研究》，臺北：文史哲出版社，西元 1986 年。
17. 孔仲溫：《類篇研究》，臺北：臺灣學生書局，西元 1987 年。
18. 中國古籍善本書目編輯委員會編：《中國古籍善本書目．經部》，上海：上海古籍出版社，西元 1990 年。
19. 國家圖書館特藏組編：《國家圖書館善本書志初稿》，臺北：國家圖書館，西元 1990 年。
20. 唐濤：《中國歷代書體演變》，臺北：臺灣省立博物館，西元 1990 年。
21. 國立中央圖書館編：《國立中央圖書館善本序跋集錄》，臺北：國立中央圖書館，西元 1992 年。
22. 劉葉秋：《中國字典史略》，北京：中華書局，西元 1992 年。
23. 嚴文郁：《中國書籍簡史》，臺北：臺灣商務印書館，西元 1992 年。
24. 徐芹庭：《易圖源流》，臺北：國立編譯館，西元 1993 年。
25. 陳新雄：《文字聲韻論叢》，臺北：東大圖書，西元 1994 年。
26. 龍宇純：《中國文字學》，臺北：五四書店，西元 1996 年。
27. 寧忌浮：《《古今韵會舉要》及相關韵書》，北京：中華書局，西元 1997 年。
28. 劉志成著：《中國文字學書目考錄》，成都：巴蜀書社，西元 1997 年。
29. 黃沛榮、許師錟輝計畫主持：《歷代重要字書俗字研究：《字彙補》俗字研究》，臺北：東吳大學中文系出版，西元 1997 年。
30. 蔡信發：《說文部首類釋》，臺北：萬卷樓，西元 1997 年。
31. 任繼愈：《中國字典詞典史話》，北京：商務印書館，西元 1998 年。
32. 曾榮汾：《字樣學研究》，臺北：臺灣學生書局，西元 1988 年。
33. 汪根年等：《浙江古今人物大辭典》，南昌：江西人民出版社，西元 1998 年。
34. 張其昀：《說文學源流考略》，貴陽：貴州人民出版社，西元 1998 年。
35. 葉德輝：《書林清話》，北京：中華書局，西元 1999 年。
36. 北京大學圖書館編：《北京大學圖書館藏古籍善本書目》，北京：北京大學出版社，西元 1999 年。
37. 瞿冕良：《中國古籍版刻辭典》，濟南：齊魯書社，西元 1999 年。
38. 許師錟輝：《文字學簡編》，臺北：萬卷樓圖書，西元 1999 年。
39. 崔樞華：《說文解字聲訓研究》，北京：北京師範大學出版社，西元 2000 年。
40. 殷寄明：《語源學概論》，上海：上海教育，西元 2000 年。
41. 唐蘭：《中國文字學》，上海：上海古籍出版社，西元 2001 年。
42. 錢穆：《國學概論》，臺北：素書樓文教基金會，西元 2001 年。
43. 曾昭聰：《形聲字聲符示源功能述論》，合肥：黃山書社，西元 2002 年。
44. 党懷興：《宋元明六書學研究》，北京：中國社會科學，西元 2003 年。
45. 張標：《20 世紀《說文》學流別考論》，北京：中華書局，西元 2003 年。

46. 胡安順：《音韵學通論》北京：中華書局，西元 2003 年。
47. 蔡信發、許師錟輝合著：《《明清俗字輯證》——「明鈔本」俗字輯證Ⅰ、Ⅱ》，臺北：東吳大學中文系出版，西元 2003 年。
48. 沈兼士：《沈兼士學術論文集》，北京：中華書局，西元 2004 年。
49. 張書岩：《異體字研究》，北京：商務印書館，西元 2004 年。
50. 黄永年：《古籍版本學》，南京：江蘇教育出版社，西元 2005 年。
51. 李淑萍：《《康熙字典》及其引用《説文》與歸部之探究，臺北：花木蘭文化，西元 2006 年。
52. 楊旭堂等：《文字與書法學術研討會論文集》，臺北：中華書道學會，西元 2006 年。
53. 黄侃：《黄侃國學文集》，北京：中華書局，西元 2006 年。
54. 胡樸安：《中國文字學史》，臺北：臺灣商務印書館，西元 2006 年。
55. 巫俊勳：《《字彙》編纂理論研究》，臺北：花木蘭出版社，西元 2007 年。
56. 杜澤遜、程遠芬：《四庫存目標注》，上海：上海古籍出版社，西元 2007 年。
57. 孫永忠：《類書淵源與體例形成之研究》，臺北：花木蘭出版社，西元 2007 年。
58. 王力主編：《古代漢語》，臺北：友聯出版社，出版日期未詳。

（二）學位論文

1. 林明波：《清代許學考》，臺北：國立臺灣師範大學中國文學系碩士論文，西元 1964 年。
2. 許師錟輝：《《説文解字》重文諧聲考》，臺北：國立臺灣師範大學中國文學系碩士論文，西元 1968 年。
3. 吳憶蘭：《説文解字與玉篇部首比較研究》，臺中：東海大學中國文學系碩士論文，西元 1989 年。
4. 林明正：《《説文》陰陽五行觀探析及對後世字書之影響》，臺北：中國文化大學中國文學系碩士論文，西元 1990 年。
5. 呂瑞生：《歷代字書重要部首觀念研究》，臺北：中國文化大學中國文學系碩士論文，西元 1994 年。
6. 劉承修：《《説文》形聲字形符綜論》，臺北：東吳大學中國文學系碩士論文，西元 2002 年。
7. 林芳如：《《正字通》俗字資料及其學理研究》，臺北：臺北市立教育大學中國文學系碩士論文，西元 2008 年。
8. 王世豪：《南宋李從周《字通》研究》，東吳大學中國文學系碩士論文，西元 2009 年。
9. 洪明玄：《《正字通》音韻問題研究》，臺北：輔仁大學中國文學系碩士論文，西元 2010。

（三）單篇論文

1. 姚榮松：〈古代漢語同源詞研究探源——從聲訓到右文說〉。收錄於《國文學報》第 12 期，西元 1983 年。
2. 許師錟輝：〈形聲字形符之形成及其演化〉。收錄於《中央研究院第二屆國際漢學會議論文集》，西元 1987 年。
3. 曾榮汾：〈音序辭典編輯觀念改進的構思〉。收錄於《辭典學論文集》，西元 1991 年。
4. 曾世竹：〈形聲字聲符兼義規律之探微〉。收錄於《大連教育學院學報》第 3、4 期，西元 1994 年。
5. 許師錟輝：〈《說文》形聲字聲符不諧音析論〉。收錄於《東吳中文學報》第一期，西元 1995 年。
6. 柯雅藍：〈《說文》从某不成文例試探〉。收錄於《東吳中文研究集刊第六期，西元 1999 年。
7. 許師錟輝：〈形聲字聲符表義釋例〉。收錄於《第十一屆中國文字學全國學術研討會論文集》，西元 2000 年。
8. 曾昭聰：〈從詞源學史看宋代「右文說」的學術背景〉。收錄於《古漢語研究》第 55 期，西元 2002 年。
9. 許師錟輝：〈從四體六法看形聲〉。收錄於《形聲專題學術研討會論文集》，西元 2004 年。
10. 許師錟輝：〈《說文》同構字考略〉。收錄於《李爽秋教授八十壽慶祝壽論文集》，臺北：萬卷樓圖書，西元 2006 年。
11. 巫俊勳：〈明代大型字書編纂特色探析〉。收錄於逢甲大學中國文學系編：《文字的俗寫現象及多元性，通俗雅正九五經典——中國文字學全國學術研討會論文集．第十七屆：隋唐五代《說文》學之傳承及其相關問題之探討》，桃園：聖環圖書出版，西元 2006 年。
12. 巫俊勳：〈《六書正義》刪併《說文》部首初探〉。收錄於《輔仁國文學報》第 28 期，臺北：輔大中國文學系出版，西元 2009 年。
13. 王英明：〈對漢字中「聲符兼義」問題的再認識〉。收錄於《孔孟月刊》第 28 卷第 11 期。

（四）網路資源

1. 中國復旦大學圖書館古籍部：《四庫系列叢書綜合索引》，其網址爲 http://www.library.fudan.edu.cn:8080/guji/skxl2.htm。
2. 中國國家圖書館：《中國古籍善本書目聯合導航系統》，其網址爲 http://202.96.31.45/。
3. 臺灣國家圖書館：《中文古籍書目資料庫》，其網址爲 http://nclcc.ncl.edu.tw/ttsweb/rbookhtml/nclrbook.htm。

4. 臺灣中央研究院歷史語言研究所：《傅斯年圖書館藏善本古籍數典系統》，其網址爲 http://ndweb.iis.sinica.edu.tw/rarebook/Search/index.jsp。
5. 中華民國教育部國語推行委員會編纂：《教育部重編國語辭典修訂本》，其網址爲 http://dict.revised.moe.edu.tw/。
6. 中華民國教育部國語推行委員會編輯：《教育部異體字字典》，其網址爲 http://dict.variants.moe.edu.tw/bian/fbian.htm

附錄一　《中文古籍書目資料庫》所收田藝蘅撰作著述表

排序	題名 / 卷數	作者	版本	現藏地
1.	《大明同文集舉要》五十卷	〔明〕田藝蘅撰	明萬曆十年（西元 1582 年）婺源汪氏刊本	臺灣國家圖書館
2.	《小酒令》一卷	〔明〕田藝蘅撰	刻本	中國國家圖書館
			清順治四年（西元 1647 年）兩浙督學李際期刊本	臺灣國家圖書館
			景印本	東京大學東洋文化研究所
3.	《玉笑零音》一卷	〔明〕田藝蘅撰	刻本	中國國家圖書館
			鉛印本	中國國家圖書館
			版本未詳	臺灣中研院文哲所圖書館
			明崇禎二年（西元 1629 年）刊本	臺灣國家圖書館
			明末刊本	臺灣國家圖書館
			民國五十四年（西元 1965 年）藝文印書館百部叢書集成初編影印本	臺灣國家圖書館
			清順治四年（西元 1647 年）兩浙督學李際期刊本	臺灣國家圖書館

			民國四年（西元 1915 年）上海國學扶輪社排印本	臺灣國家圖書館
			景印本	東京大學東洋文化研究所
			西元 1991 年，上海文藝出版社出版。西元 1913 年初版，西元 1915 年中國圖書公司再版本景印	東京大學東洋文化研究所
	《陳眉公訂正玉笑零音》一卷	〔明〕田藝蘅撰	刻本	中國國家圖書館
			景寶顏堂祕笈本	東京大學東洋文化研究所
4.	《易圖》一卷	〔明〕田藝蘅撰	刻本	中國國家圖書館
			版本未詳	臺灣中研院文哲所圖書館
			明嘉靖三十三年（西元 1554 年）原刊隆萬間增補本	臺灣國家圖書館
			明隆慶二年（西元 1568 年）刋萬曆十二年（西元 1584 年）重編印本	臺灣國家圖書館
			民國二十七年（西元 1938 年）上海商務印書館影印明隆慶刊本	臺灣國家圖書館
			景百陵學山本	東京大學東洋文化研究所
5.	《武林歲時記》一卷	〔明〕田藝蘅撰	明末刋本	臺灣國家圖書館
6.	《春雨逸響》一卷	〔明〕田藝蘅撰	刻本	中國國家圖書館
			版本未詳	臺灣中研院文哲所圖書館
			明嘉靖三十三年（西元 1554 年）原刊隆萬間增補本	臺灣國家圖書館
			明隆慶二年（西元 1568 年）刋萬曆十二年（1584 年）重編印本	臺灣國家圖書館
			民國二十七年（西元 1938 年）上海商務印書館影印明隆慶刊本	臺灣國家圖書館
			景百陵學山本	東京大學東洋文化研究所

7.	《香宇詩談》一卷	〔明〕田藝蘅撰	刻本	中國國家圖書館
			景印本	東京大學東洋文化研究所
8.	《留青日札》三十九卷	〔明〕田藝蘅撰	刻本	中國國家圖書館
			西元 1936 年，上海神州國光社排印。西元 1951 年，四版本	東京大學東洋文化研究所
			明刊本	東京大學東洋文化研究所
			用排印本景印	東京大學東洋文化研究所
	《留青日札摘抄》四卷	〔明〕田藝蘅撰	版本未詳	中研院文哲所圖書館
			明萬曆四年（西元 1617 年）江西巡按陳于庭刊本	臺灣國家圖書館
			景紀錄彙編本	東京大學東洋文化研究所
			版本未詳	中國國家圖書館
			民國二十七年（西元 1938 年）上海涵芬樓影印明萬曆刊本	臺灣國家圖書館
			刻本	中國國家圖書館
9.	《留留青》六卷	〔明〕田藝蘅撰 〔清〕徐汾等重輯	康熙十三年（西元 1674 年）序，刊本	東京大學東洋文化研究所
10.	《煮泉小品》一卷	〔明〕田藝蘅撰	刻本	中國國家圖書館
			明萬曆間繡水沈氏尚白齋刊本	國家圖書館
			明萬曆（西元 1573-1620 年）繡水沈氏尚白齋刊本	國家圖書館
			民國五十四年（西元 1965 年）臺北縣板橋鎮藝文印書館百部叢書集成初編影印本	臺灣國家圖書館
			清順治四年（西元 1646 年）兩浙督學李際期刊本	臺灣國家圖書館
			民國十一年（西元 1922 年）上海文明書局石印本	臺灣國家圖書館

			景印本	東京大學東洋文化研究所
	《寶顏堂訂正煮泉小品》	〔明〕田藝蘅撰	版本未詳	中國國家圖書館
11.	《陽關三疊圖譜》一卷	〔明〕田藝蘅撰	刻本	中國國家圖書館
			清順治四年（西元 1646 年）兩浙督學李際期刊本	臺灣國家圖書館
			景印本	東京大學東洋文化研究所
12.	《詩女史》十四卷	〔明〕田藝蘅編	明嘉靖三十六年（西元 1557 年）刊本	臺灣故宮博物院圖書館
			明嘉靖三十六年（西元 1557 年）刊本	臺灣國家圖書館
13.	《醉鄉律令》一卷	〔明〕田藝蘅撰	刻本	中國國家圖書館
			清順治四年（西元 1647 年）兩浙督學李際期刊本	臺灣國家圖書館
			景印本	東京大學東洋文化研究所

附錄二　《大明同文集舉要》所收部首及文字綜錄

卷數	部首排序	目錄部首	內文部首	所收文字
第一卷甲之一	1.			
	2.			
	3.			
	4.			
	5.			
	6.			
	7.			
	8.			
	9.			
	10.			
	11.			
	12.			、、、、、、、、、、

第二卷甲之二	13.	天	天	天、祅、吞、蚕、昊、䒬、忝（忝）、黍（添）、掭、㮇、䒫、无
	14.	乙	乙	乙、乚、乩、乞、䭲、孔、乳、浮、糺、黰、釓、忆、鼿、尢、抛、亂、乱、亂（乿）、日乙、𠃉、丑、㞢（圠）、空、矶、肊、肌、革乚、扎、紥、札、軋、蚻、魟、耴、䟢、鈪、輒、䮙、鮿、帜、泦、臾、失、央、层
	15.	气	气	气、乞、乞、吃、钦、忥、忔、扢、赹、刏、秔、杚、仡、仡、頎、吃、訖、齕、迄、疙、屹（矻）、汽（汔）、圪、釳、虼（䖑）、籺、麧、芞、紇、乞（气）、氣、餼、𪎭、熂、愾
	16.	云	云	云、雲、妘、紜（員云）、沄（澐）、芸（蕓）、耘、曇、䰟（魂）、会、抎、雲（靀、靅）、靆
	17.	雨	雨	雨、㢢、扇、㶑（漏）
第三卷甲之三	18.	日	日	日、䬁、汨、衵、馹、晶、壘、㬛、疊、疊、氎、轠
	19.		旦	旦、但、坦、舶、狙、怛（怛）、組、袒、旦鳥、妲、笪、亶、僤、壇、檀、驙、顫、邅（䡀、蹎）、膻、氈（氈）、旜、饘、澶、鸇、擅、蟺、鱣、皽、襢、禮、嬗、嬗、擅
	20.	（亘）	亘	亘、宣、暄、烜（晅）、垣、洹、渲、峘（䣢）、萱、萱、桓、楦、貆（狟）、查、絙、暄、咺、喧（諠）、赹、瑄、鞗
	21.	（亙）	亙	亙、恒、恆、亙、揯（搄）、絚（緪）、堩、胻、䱭（䱭）
	22.	倝	倝	倝、乾、漧、鄿、擀、榦、韓、韓、蘒、榦、翰（乾）、瀚、鶾、輶、斡、榦、瀚（澣）、軌、鶾（韓）、戟、朝、潮、廟
	23.	㠯	㠯	㠯、𠈇、㠯（宧）
	24.	（冥）	冥	冥、暝、瞑（䞐）、覭、溟、鄍、䴌、螟、蓂、䄙、幎（幂）、塓
	25.	月	月	月、岄、玥、朝、刖、明
	26.	明	明	明、朙、萌、木萌、鵬、盟、盟、𪗯、𢍀、䁅
	27.	囧	囧	囧、㴄、莔、烱
	28.	夕	夕	夕、穸、汐、夙、夜、腋、掖、液、被、多、眵、趍、迻、移、栘、蓩、簃、滃、誃、扅、黟、鉹、袳（衺）、蓡、䏧、䏧、奓、爹、侈、姼、哆、恀、拸、陊、庈（𢉡）、炵、軫、䳡、

				郊、旇、樣、荖、跢、蛥、家、宜、誼、輡
	29.	（朋）	朋	朋、朋、鵬、倗、惆、掤、焩、棚、刪（斵）、弸、輣、綳（𥜥）、崩、傰、堋（塴）、淜、漰、硼、磞、鄘、蒯
第四卷甲之四	30.	○	○	○、◎、回、迴、佪（徊）、洄、雷、雷、罍、茴、
	31.	□	□	□、回、囚、泅、魺、茵、因、捆、姻、恩、氤、烟、茵、筃、栶、鞇、裀、絪、駰、咽、欭、胭、刵、困、悃、齫、捆、閫、田（畐）、稇、梱、稇、囷、稛、菌、箘、麕、攟、蜠（賱）、頵、踙
	32.	（亩）	亩	亩、廩、廩（廪）、稟、懍、懔、凜（癝）、壈（壜）、畣、轃、㐭（啚）、啚、鄙、圖、嗇、穡、牆（墻、廧）、檣（艢）、薔（蘠）、嬙、歡、轖
	33.	四	亖 四	亖、四、泗、言四、怬（㤅）、柶、駟、牭、肆
第五卷乙之一	34.	土	土	土、土、吐、赴、肚、杜、莊、社、社、牡、地、坓
	35.	壬	𡈼	𡈼、廷、庭、廷、霆、女廷、挺、鞓、綎、㹶、颋、蜓、筳、莛、梃、侹、頲（頙）、脡、鋌、珽、𪏰、艇、壬、呈、婬、淫、霪、呈、呈、程、理、裎、緹、鞓、酲、郢、逞、鋥、聖、聖、檉、蟶
	36.	圭	圭	圭、封、釸、尌、葑、犎、鞤、髮、幫、緊（紨）
	37.	（垚）	垚	垚、堯、僥
	38.	凵	凵	凵、凷、屆、届、齝、甴、凶、匈（兇）、匈（胷、胸）、恟（恼）、呁（哅、詾）、跔、洶、酗（酌）、㚇、玃、鬉、嵏、騣、猣、緵、鬷、艐、輚、葼、椶、稯、堫（稯）、鍐、狐（匈）
	39.	缶	缶	缶、缶、缻、缶刂、寶、寶、罌、䍃、㧪、傜（傜、繇）、愮、嗂、謠、搖、遙、飆、瑤、鰩、鷂、䍃、繇、櫾、𩿧、繇、䌛、𨞺、窰、窯、陶、淘、啕（謟）、掏、掏、騊、醄、鞠、裪、綯、萄、橐（橐）、囊
	40.	六	六	六、宍、坴、陸、稑、駐（雓）、蛙、逵、𪔂、𡴘
	41.		夌	夌、陵、淩、倰、惏、捘、綾、鯪、庱、輘、菱（蔆、薐）、稜（棱）、掕（勑）、婈、蔆、夂
	42.	田	田	田、畋（佃、畑）、甸、踋、鈿、畊、畐、疇、

				画、苗、苗、描、緢、貓（猫）、媌、男、嬲、叟、稷、謖、由、甹、苗、妯、抽、紬、油、鮋、冑（伷）、冑、咄（詘）、怞、岫、宙、柚、駎、鼬、頔、軎（軸）、裦（袖）、迪、邮、舳、軸、笛、彽、甹、聘、諤、僋（徥）、娉、鐍、躲、騁、梬、甹
	43.	畕	畕	畕、疆（壃）、彊、薑（薑）、僵、韁（繮）、礓、橿、犟、蠝、鼉、鱷
	44.	（畾）	畾	畾、壘、儡、擂、轠、櫑、纍、藟、皭（巋、礧、礨）、讄、獵、勴、鑘、累（纍）、儽、摞、藟（蘗、虆）、樏（欙）、縲、騾、螺、鏍、禾累、虆、漯
	45.	（里）	里	里、梩、狸（貍）、霾、薶、埋、悝、罜、郹、俚、娌、理、裏（裡）、鯉、廛（厘、塰、壥、鄽）、躔、瀍、纏
	46.	重	重	重、鍾、衝（衝、艟）、鍾、董、湩、瘇（瘇）、種、動、慟（憅）、蓮、童、僮、憧、瞳、曈、朣、潼、董、橦、穜、鐘、艟、獞、罿、劏、窿、犝、穜、蟑（蝩）、橦（穜）、氃、籦、幢、撞、曈（腫）、甂、量、糧
	47.	黑	黑	黑、黒、黷、墨、默、嘿（嚜）、纆（纆）、熏、燻（勳）、薰、曛、櫄、纁（纁、褌、韇）、醺、勳、勲、臐、獯、壎
第六卷乙之二	48.	火	火	火、熉、熂、疢、炅、熨、耿、嫛、狄、逖、愁、荻、灰、恢、詼、脥、炭、炭、赤（灻）、赩、赦、赧（赧）、郝、螫、赫、爀、嚇、秋、啾、揫（揪）、愁（愀）、湫、湬、鍫、箂、萩、楸、鞦、鰍、鶖（鶖）、甃
	49.	炎	炎	炎、倓、惔、談、郯、痰、錟、餤、燅、帛炎、裧、緂、啖、淡、毯（毴）、緂、菼（菼）、琰、睒、剡（剡）、錟、睒（覢）、掞、棪、剡、灁、灁、欻
	50.	炏	炏	炏、燮、燮、爕、躞
	51.	（𤇾）	𤇾	𤇾、熒、罃、膋、螢、榮（蘂、褮）、嵤（嶸）、禜、塋、營（8、吕）、瑩、謍、鎣、瑩、勞、甇、僗、學、罃、簝、縈、褮、榮、鶯、鷰、螢、蠑、縈、犖、蘶、嫈、瀅、犖、勞、撈、蕚、簩、橯、僗、澇、焱、燊、燚
	52.	光	光	光、晃（晄）、洸（滉）、垙、胱、觥、侊、咣、恍（愰）、晃、榥、幌
	53.		黃	黃、黄、債、潢、璜、簧、横、鈜、黌、觵、

			礦（卝、磺）、爌、櫎、彍、獷、廣、壙、爌、穬、懬、懭、黋、獷、曠、纊、擴
	54.		庶（度）	庶、遮、蔗、樜、䗪、嗻、摭、蹠、席、墌、度、鍍、敷、渡、剫、慶
	55.		堇	堇、墐、堇、鄞、僅、勤（懃、慬）、廑（勱）、瘽、蓳、謹、穜、槿、覲、饉、摼、瑾、殣、難、虋、攤、灘（灘）、儺、蘸、戁、戁、日堇、暵、熯、嘆（歎）、漢、糢
第七卷乙之三	56.	山	山	山、訕、邖、岔、仙、岦、汕、疝、岫
	57.	丠	丘	丘、蚯、岳
	58.	𠂤	𠂤	𠂤、餌、師、獅、螄、蒒、篩、追、搥、鎚、槌、磓（塠）、膇、縋、官、倌、涫、菅、棺、帵、闇、錧、琯、館（舘）、輨、痯、悺（悹）、綰、逭、捾
	59.	阜	阜	阜、阝、阝、㠯（𠂤）、書、遺、讉、繾、邵、𩞁
	60.	氏	氏	氏、祇、秖、衹、低、疷、芪、軝、帋（紙）、眡、舐、扺、跊、阺、底、昏、昬、婚、惛、睧、唔、殙、癏（瘖）、婚（䏝）、棔、緡（緡）、閽
	61.	（氐）	氐	氐、呧、坻、泜（泜）、邸、砥、厎（底）、疷、抵、胝（跃）、彽、趆、祗、秪、茋、軧、舐、雖（鴟）、鞮、貾、蚳（蟁）、衣、低、詆、眡、牴、弤、氐
	62.	民	民	民、岷（峄）、泯、珉（瑁）、蟁、怋、眠、敃、敯、湣、愍、殙
	63.	厂 （广）	厂 广	厂、㇕、广、启、石、后（后）、柘、宕、若、固、橐、橐、祏（襛）、拓、斫、祏、碩、跖、剢、䟽
	64.	井	井	□（○）、井、丼
	65.	丹	丹	丹、冊、彤、蚒、浵、旃、旃、𩓥、般、肜、炐、彤、䑣
	66.	（青）	青	靑、青、清、晴、睛、精、情、請、綪、菁、圊、鯖（鯖）、鯖、蜻、崝、猜、婧、靖、彰、倩、蒨、觪、輤、靚、瀞、掅、鼱、腈
第八卷乙之四	67.	水泉	水	水、蘗、屎、粡、休、氵、氺、林、淼、淼、淼、泉、線、緐、蠡、灝、原、源、䝳、豲、縓、謜、騵、厵、榞、嫄、傆、愿、願、邍、沓、汩、涾、嗒、嗒（諮）、踏（話）、踏、錔、

				黯、楷、䵽、騇、碏
	68.	永	永	永、泳、昶（㳟）、栐、咏（詠）、萾、漾、漾、㨾、樣
	69.	𠂢	𠂢	𠂢、派、鋠、霢（霢）、脈（衇、脉）、覛
	70.	桼	桼	桼、漆、榛、㯃、藤、䰍、㓻
	71.	𣶒	𣶒	𣶒、淵、渊、婣、㴊、䆀、棩、䳑、𥦗、㴊、肅、飀、鷫、𦒎、驌、橚
	72.	（簫）	簫	𣶒、簫、蕭、飀、潚（瀟）、繡、蠨（蟰）、蠨（蟰）、熽、膷（䐹、鱐）、嘯（歗）
	73.	仌	仌	仌、冰、冫、凝、馮、凴（憑）、𨛵
	74.	（冬）	冬	夂、終、冬、汷、雺、佟、炵、㣚、鼕、鉖、秱、袳、炵、疼、疼（胗）、酘、鴤、豨、鼨、䲵、螽、鼜、苳、柊、笗
	75.	㕣	㕣	㕣、兗（渷）、沿、沿、詒、匜、鉛、船、船（舩）、衮、鯀、蓘、棍、兌、悅、說、娧、稅、梲、銳、剁、鞔、帨、祱、涚、餟、駾、蛻、侻、脫、敓、敓、閱、鴕
	76.	谷	谷	谷、欲、慾、裕（衮）、俗、鋊、鵒、䜭（豁）、容、睿（濬、濬）、睿、璿、壑、壑、叡、叡
		𧮫	𧮫	𧮫、卻、郤（郄、却）、郤、㗁、腳、脚、綌（綌、㱿）、嘟
第九卷乙之五	77.	𡿨	𡿨	𡿨、畎、甽
	78.	巜	巜	巜、澮
	79.	巛	巛（川）	川（巛）、巡、訓、馴、紃、㶴、順、釧、目川
	80.	（𠂢）	𠂢	𠂢、𠂢、侃、㫬、𩑔
	81.	（歺）	歺	歺、歺、列、例、迾、栵、袝（裂）、颲、洌、冽、烈（㤠）、㽟、茢、鴷、蛚、䴕、挒
	82.	（邕）	邕	邕、雝（雍）、壅、壅、擁、廱、噰（噰）、禮、饔、癰、甕（甕）、軈、鞰
	83.	巛	巛（甾）	巛、甾、甾、甾、淄、緇、颸、菑、鄑、錙、災（菑、穞）、椔、輜、錙（鶅）、鯔
	84.		巠	巠、巠、巠、涇、經、婬、誙、硜、岖（陘）、謦、莖、輕、謦（罄）、脛（踁）、牼、羥、鯉、桱、剄、頸、俓、徑（逕）、啞、醽、勁、桱、鄄、窒、痙
	85.	州	州	州、洲、訓、酬、㖡、𠛎
	86.	小	小	小、𨈖、尖、鈔、木、杪、雀、少、䰘、訬、

				抄、鈔、杪、秒、眇、渺、篎、省、箵、妙、紗、沙、砂、砦、娑、髿、莎（抄）、毿（毵）、紗（紫）、裟、莎、魦（鯊）、𡭔、肖、腈、哨、捎、逍、痟、霄、宵、消、硝、銷、綃、蛸、梢、稍、筲、鞘（鞘）、弰、旓、髾、悄、趙、俏、峭（陗）、潲、郞、稍、削、揱、箾、蔳、屑、僁、髍、貟、貨、鎖、瑣、麨、腨
第十卷乙之六	87.	冂（冋）	冂冋	冂、冋（囧）、坰、扃、扄、絅、駉、鬩、泂、炯、詗、迥、逈、巿、伂、迊、吏、鬧、市、同、侗、詷、恫（痌）、挏、峒、衕、筒、桐、絧（㓪）、酮、舸、戙、鮦、眮、銅、洞、詷
	88.	向	向	向、嚮、扃、郇、餉、珦、尙、倘、郋、党、趟、堂、鏜、鼞（鞺）、螳、鄞（鄞）、瞠（瞜）、常（裳）、棠、眥（営）、鱨、掌、樘（撐）、撑、掌、𡍼、賞、敞（儆）、惝（惝）、廠、氅、賞、償、當、鐺、璫、艡、襠、簹、儅、擋、闣、黨、鄺、儻、讜、矘、曭、臓、欓、黨
	89.	高	高	高、髙（髙）、嵩、滈、鄗、塙、嗃（嚆、謞）、膏、髇、熇（歊）、鬲、毃（敲、敲）、篙（槁）、蒿、鎬、藁、暠（皜）、稾（槀、藳、稿、穚）、稾（槁）、潐、縞、鰝、犒（鎬）、歊、蔓、毫、翯、喬、僑、蕎、嬌、憍、敿、趫、蹻、矯、嶠（礄）、燆、轎、橋、鷮、鷸、驕、獢、蟜、橋、蕎、譑、撟、敲、屩（屫）
	90.	𦤎	𦤎	亯、嚳、櫋、邊、𡨄、𦤎（𦤎）、𨘢、趨、𩯠、邉（邉）、豪、毫、嵃、噱、濠、壕、譹、蠔、京、勍、麖、鯨、黥（剠）、颹、凉、涼、醇、椋、輬、㹁、鶁（猄）、倞、倞、晾、諒、亮、掠、弶、景、影、顥、灝、璟、憬、亨、脝、哼（諄）、醇、敦、惇、淳、錞、弴、焞、燉、墩、鶉（雗）、犉、犉、蜳、暾、蘋、捊、憝（懟）、鐜（鐓）、箰、孰（熟）、塾（闋）、孰、郭、漷、廓、霩、鞹、槨、椁（槨）、厚、畐、福、富（冨）、副（鬸）、輻、幅、匐、菖（菖）、楅、蝠、偪（逼）、畗、塭、煏（㷟）、稫、蔔、楅、夏（夏）、復、覆、𢔢、澓、腹、複、鍑、輹、馥、蝮、愎、𦢊、履、覆、履（履）
十一卷丙之一	91.	人	人	人、朲、魜、弘、𠆢、𠂉、⺈、亻、儿、𠆢、𡈼
	92.	大	大	大、吴、昊、馱、忕、达、鈦、杕、軑、舦、伏、奈、醂、淶、太、汏（汱）
	93.		夫	夫、妋、䏏、詄、肤、扶、趺、颫、鈇、砆（玞）、

				芺、枎、秩、規、闚（窺）、瞡、摫、㹢、輦、替
	94.	（夰）	夰	𠆭、夰、昦、奡、亦、奕（𡘋）、奝、𣸣、迹（跡）、奞、央、佒、泱、袂（殃）、鈌、鴦（鴦、鴦）、駚、秧、怏、英、霙、媖、瑛、碤、韺、映（暎）、快、詇、鉠、鞅、峡、坱、盎（㼜）、醠、㼜
	95.	（夭）	夭	夭、伕、妖（媄、袄、祅）、訞（䜈）、枖、宎、突、吠、趹、芺、殀、㚇、笑（笑、咲）、沃、鋈、飫
	96.	（夨）	夨	夨、𠅀、吴、鋘、㻍、娱、俁、悞（誤）、舟吳、虞、䴓、噳、齒虞、鸆、澞、婁、昊
	97.	夲	夲	夲、皋、臯、滜、鎳、禬、蓽、槔、翱、獆（嗥）、皞
	98.	仄	仄	仄、庂、昃、仄
	99.	㔾	㔾	㔾、丸、𢓴、弧、汎、𠁽、紈、𠛁、肒、𠙴
十二卷丙之二	100.	兀	兀	兀、仉（䏰、跪）、屼、矹、甈、扤、軏、舟兀
	101.	凡	凡	凡、九、帆、颿、颿（颿）、岦（嵐）、汎、芃、葻、梵、鳳、軓、釩、風
	102.	元	元	元、园、忨、抏、頑、飥、刓、蚖、蚖、㒺、窋、岏、沅、邧（阮）、黿（黿）、魭、朊、妧、玩、翫、完、晥、睆、莞、梡、綄、院、浣、蒝（晥）、捖、鋎、輐（剜）、俒、冠、鼋、寇、蔻、㓂
	103.	亢	亢	亢、吭（肮）、頏、伉、坑（䡉、阬）、斻（航、杭）、鴧（翃）、蚢、㐬、劥、秔、骯、𣃚、沆、紌、伉、抗、炕、砊、閌、䡉、犺、㐬、䢮、䢮、䢮
	104.	允	允	允、鈗、狁、沇、吮、荾（㝗）、夋、逡（趁、踆、竣）、俊、悛、捘、㕙、狻、酸、䨿、朘、唆、梭、俊、葰、浚、畯、稄、峻（埈、墬）、晙、餕、鵔（駿）、駿、焌、稄、傻
	105.	兄	兄	兄、怳、芫、祝（咒）、况（況）、貺、朊、䡇、柷、克、剋（勊）、尅、兢、競、競、竟（竸）、鏡、滰、境、獍
	106.	先	先	先、㫃（㚇、㚇）、侁、姺、詵、駪、硄、洗、跣、毨、銑（鍌）、冼、殧、兟、贊
	107.	旡	旡	旡（簪）、兓、替、晉、濳、潜（𣹜）、僭、偺、

				橬、鰽、鶱（鸑）、灊、鐕、蠶（蠺）、譖、熸、䨻、憯、𤻶、噆、撍
	108.	宂	宂	宂、冗、㲜、軏
	109.	冘	冘	冘、沈（㓤）、沈（沉）、扰、霃、忱、眈、耽、妉、煩、㓩、枕、牞、髧、紞、黕、醓、鴆、酖
十三卷丙之三	110.	仁	仁	仁、𡰥
	111.	从（從）	从（從）	从、辵、從、嵸、鬆、瞛、縱、蹤、瘲、㞞、䡮（驄）、豵、鏦、蠑、㙡、樅、磫、䆫、鏦、瑽、轗、熧、蓯、樅、稯、縱、潨、摐、慫、聳、褷、朋
	112.	（巫）	巫	巫、誣、筮、噬、遾、澨、撆、覡
		（夾）	夾	夾、俠、挾、峽、硤、陝（陜、㡾）、狹、郟、筴（梜）、裌、莢、匧、篋、頰、䐗（脥）、㛍（㥦、㥦、恢、㥦）、䀹、唊、𪗪（䶺）、鞅、綊、鋏、鋏、鵊、蛺、㾜、瘞
	113.	（坐）	坐	坐、侳、座、趖、痤、髽、銼、剉、脞、莝、挫、睉、㛗（葰）、矬
	114.	（旅）	旅	旅、膂、袨、篪、旎、张
	115.	㐺（眾）	㐺（眾）	㐺、𠂈（㐺）、眾（𥅽）、衆、潀、豵、螺、霢、闒、𠌶（衆、衆）
	116.	衣	衣	衣、依、袋、㡯、扆、㥢、裹（褒）、裊、儴、裔、滳、初
	117.	（卒）	卒	卒、焠、睟、倅、睟、啐、誶、顇（悴、瘁）、踤、崒（崪）、淬、焠、綷、䕜、綷、醉、萃、稡、粹、碎（𤬁）、翠、濢、䯿、捽、窣、猝（𤞞）
	118.	（哀）	哀	哀、裛、𧜿、繶、蓑、榱、㾕
	119.	袁	袁	袁、袁、媛、園、轅、榬（簑）、猿、遠、睘、嬛、擐、還、環、圜、寰、闤、鐶、澴、轘、鸛（翾、䴉）、䙴（檈）、癏、儇、鬟、譞、懁、獧、蠉、彋、褱
十四卷丙之四	120.	勹（包）	勹（包）	勹、包（句）、胞、咆、詾、抱、跑、皰、褒（袍）、庖、炰（炮）、泡、苞、匏、枹、鞄、鮑、飽、狍、鉋、砲、麭、颮、雹、骲、瓟、匀、勺、杓、芍、釣、約、豹、汋、灼、礿、酌、仢、妁、彴、肑（箹）、䧟、葯、瓝、弴、玓、旳（的）、罦、靮、葯、匀、均、鈞、昀、趵、袀、彴、𥊋、豿、莇、鈎、韵、句、勾、

				叫、响、煦、拘、跔、痀、劬、朐、昫、軥、絇、袧、鴝、駒、齁、夠、鉤、椈（椒、枸）、椒、姁、蒟、耇（耉）、玽、笱、皎、怐、欨、詾、酗、苟、猗（狗）、苟、敬、驚、撒（擎）、木敬（檠）、慜（憿、儆）、譤（警）、曒、旬、恂、詢、眴（眴）、洵、郇、珣、迿、狥、荀、筍、筼、笋、栒（橁）、絇（絢）、朐、殉、㝁（㥚）、婷、㥚、俘、訇、洵、鋾、輷、鞫（籥）
	121.	了	了	了、釘、舸、虰、乚、𠃊、糹（糹）、了了、孑（孓）、衦、紆、孒（孓）、子、仔、孜、耔（秄）、汙、屽、玗、芓、杍、李、好（㚥）、字（孛）、牸、季、悸、孖、晉、孨、孱、潺、僝（僝）、轏、春、孖孖、孫、蓀、喺、遜（遜）
	122.	𠫓	𠫓	𠫓、㐬、育、毓、鯍、疏、梳、醯、流、鎏、塗、硫、旒、裗、徹、轍、蹣、澈、撤、䡵、㤽、琉、茺、統、弃、棄、棄
	123.	厶	厶	厶、私、私、菘、玜、公、㕣、从、㕣、公、伀、鉐、妐、忩（忪）、訟、吂、頌、炂、鈆、玜、閦、厷、鴻、㕬、舩、芸、笇、㝐、松、菘、凇、淞、崧、鬆（鬆）、衳（袦、倯）、蚣（螉）、額、翁、滃、鎓、嗡、鰫、猺、嵡、鄒、蓊、篛、滃、塕、容（容）、容、溶、蓉、榕、傛、𨂅（鬠）、搈、簷、褣、鞛、鎔、瑢、寏
	124.	幺	幺	幺、么、紗、幻、刅、幼、纫、怮、黝、拗、呦、䱂、䠆、眑（窈）、抝、岰、泑、狕、詏、袎、勒、苭、筊、肴（胈）、胤、酳、後
	125.	丝	丝	丝、幽、茲、孳、慈、噝、濨、幾、僟、嘰、譏、饑、禨、鐖、璣、磯、韉、機、穖、耭、鐖、蟣、膱、撠、穖、趟、鱗、蕺、篾、蹝、𥚍、畿、畚、關、𢈪、幽、嘝、黯、樂、藥、櫟、濼、爍、鑠、瓅、礫、皪、躒、轢、㘭、嶬、繼、檵
	126.		玄	玄、伭、泫、弦、絃、誸、眩、慈、鉉、舷、幍、玹、詃、炫、袨、衒、蚿、鮌、玆、滋（滋）、嵫、磁、鎡、鶿、鴜（鷀、鶿）、鵜、鰦、畜、蓄、噝、滀、蓄、慉、稸、褔、牽、䍧、縴（𦏁）、膟、蟀、繂、宏
	127.		糸	糸、絲、緺（鷥）、素、傃、愫、嗉、溹、榡、㬎、顯、攝、韅、隰、溼、濕、溼、轡、聯、縂、鑾、玁、総、縊、攣、戀、圝、巒、欒（灤）、

				欒、鑾、鸞、羉、欒、彎、灣、蠻、鸞、灣、變、孌、孿、孿（孿）
	128.	系	系	系、係（繫）、緜（綿）、櫋、緐（緐）、鰯、奚（奚）、媄、傒、蹊（睽）、嵠（磎、谿、溪）、騱、豯、鷄（雞）、鸂、鼷、謑、徯、鞵、亂
十五卷 丙之五	129.	白（自）	白（自）	白、自、鼻、臬、洎（洎）、垍、詯、臱、郋、憩（憩）、息、熄、槐、蒠、瘜、眉、臭、齅、嗅、殠、糗、臯、闅（闃）、甈、寱、劓、嵲（臬）、鮠
	130.	白	白	白、白、臭、珀、碧、皎、皠、絈、皫、迫、苩（苩）、栢（柏）、鮊、貊（貊）、胉、䄸、皅、舶（舶）、鮊（帛）、帕、伯、怕、劬、皣、箔、泊、魄、拍（拍）、粕、皕、皁（皂）、萆、皕、畠、皛、藟、例、貌、邈、藐、䫜、皖、帨、皠、兜、篼、皃、皃、隙、虩、蟟、皛、皛、穆、寮（寮）、燎、寮（僚）、嫽、遼、瞭、憭、撩、嘹、鐐、璙、簝、橑、繚、蟟、鷯（膫）、鷯（雞）、獠（獠）、嶚、潦、蓼、蹽、橑、醪、鐐、療、墩、罽
	131.	百	百	百、佰、陌、駉（犻）、皕、絔、皕、爽、襫、藷
	132.	（丙）	丙	丙、晒、宿、宿、蹜、蓿、縮、艦、弻（弼）、丙
	133.	目	目	目、見、見、俔、哯、睍、晛、垷、絸、寬（寬）、涀、現、硯、苜、茵、莧、首、莧、寬、寬、髖、躐、莫（蔑）、夢、瘳、薔、瞢、矒（萅）、懵（懜）、儚、甍、鄸、瀎、薨（薨）、甍、瞢、鐃、萺、魚夢、顭（懜）、癮、旻、罢、夐、夐（夐）、憂、瓊、藑、蝜、矎、譞、艘、相、杲（罘、杳）、湘、廂、箱、緗、霜、孀、鸘、驦、湘、想、盾、楯、揗、循、遁、㡒、輴、鶥、腯、譐、戫、昊、哭、暭、淏、闃、闃（闃）、鶪、鶪、鶪、郥、鶪、蜀、蠋、歜、啒、燭（燭）、鐲、瓙、礪、檷、濁、覵（髑）、擉、躅（躅）、臅、觸、斶、鸀、獨、斣、屬、属、囑、矚、欘、鐲（斸）、矚、田、瞿、覞、奭（奭）、奭、衆、斞、斞、叟、瞑、叟、思、畀（畀）、謏、鼉、备、罒、嫚、顯、晶（皛）、罍（纍）、眉（眉）、湄、郿、嵋、楣、簡、媚
	134.	直	直	直、直、值、埴、置、植、櫃、犆、稙、犆、殖、矗、悳、德、聽、聼、檍、聽、聽（聽）、

				廳、真、貞、讁、瞋、嗔、填、磌、鎮、瑱、 縝、鬒、禛、寘、闐、瘨、傎（顛、巔）、蹎、 嵮、巓、滇、騙、黰、稹、寊
	135.	艮	艮	艮、恨、硍、珢、銀、垠、根、痕、齦、跟、 報、艱、狠（佷、很）、眼、限、貇（懇）、墾、 退、䨓、裉
	136.	耳	耳	耳、恥、耻、洱、餌、珥、紐（緝）、茸、媶、 髯（髥）、揖、躡、鞾、毦、蠷、狦、醋、筥、 楫、駬、麛、聏、耶、爺、弭、佴、耷、咡、 衈、毦、刵、鉺、娊、鬴（鬻）、耷、明、玑、 眲、聶、囁、讘、攝、躡、儡、懾、鑷、顳、 曡、欇、驪、壖、歃、咠、緝、諿、況（濈）、 葺、楫（檝）、輯（戢）、艓、揖、取、掫、娵、 設、趣、齱、棸、陬、叕、聚、冣、壂、驟、 熾（薞）、娶、菆（蔡、菆）、澰、濴、箃、叢 （藂）、爔、灇、最、嘬、蕞、齷、禶、爆、澸、 撮、鸁、禶、緅、敢、敢、澉、噉、豃（䜺）、 獥、鬫、瞰、譀、䤰、嚴、儼、嚴、巖、鹼、 巖（巌、壧）、巖、玁、曮
	137.	瓦	瓦	瓦、瓦、甂、瓦、甇、甊
十六卷 丁之一	138.	心	心	心、忄、小、心、峀、沁、杺、鈊、惢、蕊、 橤（蘂）、蕋、惢、必
	139.	囟（思）	囟（思）	囟、頤（顋）、伆、思、腮、偲（偲）、諰、鬆、 毸、颸、泅、腮、猳、葸、罳、崽、禗、絘（細）、 慮、蘆、櫖、攄、儢、讅、勴（勴）、濾、爈、 鑢、甾、腦、腦（腦）、惱（媱）、瑙、熘
	140.	由	由	由、鬼（鬼、鬼）、䰠、猤、魁、嵬、隗（隗）、 塊、磈、傀、瘣（廆）、瑰（瓌）、褢（槐）、騩、 蒐、愧（媿）、餽、髟、巍（魏）、魏、犩、讙、 畏、隈、渨、煨、鍡、緦、猥、艉、椳
	141.	囱	囱（窗）	囱、窻、牕、悤、忽（忩）、聰、憁、蔥（蔥）、 摠（總）、廄（廄）、璁、轗、驄、穗、幒、傯、 鬆、熜、謥、曾、曾、增、層、鬙、憎、矰（毲）、 繒、罾、僧、噌、橧、罾、鄫、蹭、嶒、鬙、 熷（羆）、蹭、贈、劊、甑（甑、鬻）、會、澮、 儈、噲、譮、獪、襘、繪、黵、膾、穭、廥、 鄶、檜、旝、髓、憎、璯、薈、鬠、襘、劊、 鱠、廥（䯤）
	142.	百	百（首）	百、腒、晉、首、䭫、頿、道（衜）、導（尊寸）、 藁、県、県、縣（縣）、懸、頁、傾、囂、囂、

			蕒（蘬）、湏、頙、顨、矗、戛、戞、嗄、憂、憂、優、嚘、擾、瀀、櫌（耰）、懮、懮、夏、厦、嗄、榎、寡、寡、夒、玃、嶩、瓔、夔、欉、躨、蘷
143.	面	面	面、靣、偭、勔、靦（愐、靤、靦）、湎、緬、麵、楄、謳、鞧、靨、醽、醽、靤（靨）
144.	身	身	身、傷、搗、鎷、髟、殷、慇、蔎、礅、溵、轗、戶、肩、肩、顧、覼、鶣、呂、𠳋、侶、莒、筥、梠、梠、閭、櫚、鋁、筥、絽、郘、竆
145.	牙	牙	牙、呀、齖、芽、枒、邪、釾（鋣）、琊、衺、谺、鴉、雅、穿、盂、蚜、穿、庌、訝、迓、砑
146.	肉	肉（脊）	冈（肉）、肉、月、腩、肭、焫（炙）、夃（炙）、碤、踤、奔、䪡、佮、肌、佾、屑、肸、肹、𠦝、𠦝、脊、瘠（膌）、蹐、塉、膌、昔、腊、措、醋、厝（錯）、焟、鯌、借、蜡（褚）、籍、鵲（睢）、皵、碏、猎、剒（斮）、踖、齰、惜、猎、耤、楮、肙、圓、育、娟、悁、睊、捐、削、剈、鋗、梋、涓、䠳（稍）、鵑（睢）、駽、蜎、弲、琄、狷、鞙、罥（羂）、絹、㯞、餇、焆、𡇒、胃、膶、媦、喟、謂、慣、渭、蝟、緭、熭、䏶、𣍟、胄、胄
147.	冎	冎	冎、剮、咼、萵、䯄、咼、咼、喎、過、窩（過、渦）、薖、窩、鍋、輌、媧、腡、緺、騧、蝸、篙（檛、楇）、撾、旤（猧、禍）、艄、諣、肎（肻）、肯、啃、骨、愲、搰、䯞、䯛、顝、髓、歆（䯫）、腡、縎、鶻、滑、磆、榾、猾、骨、骨、歺、歹、奴、飧、餐、叔、殅、粲、燦、璨、效（娎）、夗、死、殁、角（角）、觳、捔、斛、嘝、槲、桷、觷、确、埆、皐（觧）、角（角）、角、解、澥、嶰、蟹、獬、邂、廨、繲、懈
148.	卩	卩	卩（卪）、卩（卪）、弜、弜、卮、卹、㔾、印、抑、坰、卬（仰）、昂、迎、枊（枊）、馻（騵）、軛、卮、栀、屐、豝、女卮、色、邑、肥、絕（㡭）、蕝、鱻、产（危）、危、峞（峗）、浥、郶、佹、頠、婏、詭、恑、跪、祪、垝、硊、銪、邑、卩、邶、浥、俋、悒、挹、唈、裛（䘞）、𢀶、乡、郒（邕）、夗（夗）、夗、宛、宛、苑、智、䂴、豌、輐、帘、蜿、鴛、鵷、怨、惌、

				㼝（婉）、琬、晼、菀、踠、盌（椀、碗）、詑、惋、腕（捥）、肥、淝、蜰、巵、葩、卽、即、塈、唧、㖧（欪）、鄉、薌、膷、饗、響、嚮、鄉、蠁、響、闟
	149.	良	良	良、俍、娘、郎、廊、踉、鋃、琅（瑯）、浪、硠、閬、筤、簋、桹（榔）、稂（莨、蓈）、粮、㝗、狼、蜋、斲、朖（朗）、養、懩、癢、瀁、羕、埌、粮、哴、悢
	150.	食	食	㒸（食）、飤、湌、蝕、鬊、飾（餝）
	151.	（倉）	倉	倉、蒼、滄、鶬、愴、搶、創（瘡）、蹌、牄、熗、槍、滄、鎗、傖
十七卷丁之二	152.	口	口	口、訌（叩）、扣、吼、釦、唁、噫、日、凵、扣、曰、咀、吹、蛆、㫚、㽞、曷、号、靄（靄）、藹、偈、嵑（碣）、揭、愒、餲、褐、喝、鶡、謁、褐、髭、鞨、猲、堨、渴（瀲）、遏、楬、暍、竭、搨、羯、歇、蠍、葛、藹、轕（轕）、擖、堨、匃、昌、倡（娼）、菖、閶、唱、只、枳、軹、疻、䝨、伿、抧、䟡、胑、占、佔、姑、惦（怙）、拈、覘、痁、酟、黏（粘）、苫、檆、鉆、粘、阽、敁、鮎、黏、砧、沾（霑）、颭、玷、居、點、黗、蒧、刮、店、坫、帖、貼、呫、跕、砧、古、姑、鴣、蛄、酤（沽）、枯、盬、黏、辜（辠）、鎝、榛、詁、估、怙、罟、祜、牯、岵、苦、楛、居、故、故、固、錮、涸、涸、痼、鯝、箇（個）、胡、湖、箶、餬、翻（糊）、醐、瑚、鶘、舌、舌、恬、銛、筈、佸、舔、舔（蠹）、餂、昏、語、話、括、活、闊、濶、适、括、萿、姡、秳、刮、鴰、吉、吉、佶、姞、詰、髻、拮、趌、硈、劼、秸、黠、刮、結、頡、擷、纈、襭（袺）、真、喆（嚞）、告、哠、誥、晧、皓、浩、靠、郜、窖、捁、牿、梏、酷、觡、鵠、酷、嚳、硞、造、慥、糙、艁、蓈、簉、台、胎、咍、詒、眙、怡（怠）、貽、治、箈（箈）、笞、苔（菭）、瓵、跆、飴（粭）、耛（枱）、邰、炱（炲）、紿、殆、枲、冶、合、合、哈（欱）、頜、姶、恰、拾、跲、迨、帢、韐、鞈、敆、洽、郃、祫、桳、峇（峇）、匌、鴿（雒）、蛤、閤、盒、龕、匼、祫、給、答、荅、搭、嗒、褡、塔、䈀（閤）、弇（弇）、嗱、揜、渰、黭、翕、歙、蹹、滃、闟、含、唅、欱、頷、痻、酭、玲

			召、招、詔、佋、髫、怊、昭、齠、迢、超、鉊、卲（昭）、炤（照）、弨、苕（䒒）、船、軺、鞀、韶（鼗）、袑、劭、鼦（貂）、紹、沼、邵、卲、卻、名、洺、銘、詺、茗、鳴、各、路、璐、潞、露、鷺、簬（簵）、賂、貉、骼（觡）、駱、剳、格（恪）、閣、烙、零、珞、硌、洛、洛、酪、絡、落、略（畧、挈）、袼、詻、雒、鵅、客、茖、佫、觡、客、喀（咯）、挌、頟（額）、鵅、咎（各）、咎、䛭、䜌、䜌、㕡、諮、佫、譽、絡、咯、欲（峪）、后、听、詬、欣、郈、垢、鮜、姤、逅、司、伺、覗、祠、柌、呞（飼）、笥、嗣、飼、可、哿、苛、柯、舸、軻、訶、呵、㞹、珂、妸、娿、何、啊、荷、戓、䶗、疴、河、菏、阿、䋍、痾、笴、坷、哃、閜、杏、菩、叵、岠、洰、駏、奇、竒、攲、猗、漪、埼（隑）、崎（碕、徛）、旖、錡、琦、椅、騎、敧、猗、倚、掎、踦、攲、畸、觭、剞、蛴、齮、輢、綺、寄、哥（謌、歌）、戨、甎、抲
153.	甘	甘	甘、廿、邯、泔、柑、酣、蚶、甜（嵌）、甌、箝（拑、鉗）、磨、甜、玕、甛、甜、紺、靇（黮）、嗏、堪、勘、某、楳、梅、枏、呆、宲、厶、禖、煤、媒、䤈、喋（謀）、慄
154.	其	𠀠（其）	𠀠、其、箕、𠁁、碁（期）、祺、禥、基、淇（濝）、棊、欺、諆、䶞、踑、惎（惎）、惎、娸、俱（䫏、魌）、僛（儭、䫏）、唭、琪、璂（瑾）、錤、旗、㠱（綦）、棋、棊、萁（頂）、稘、綦、粸（蘪）、艉、甈、麒、騏、騏（驥）、猉、䱈、碁、斯、澌、凘、嘶、厮（廝）、撕、櫇、鶀、𧈹
155.	吅	吅	吅、嚾（讙）、雚、鸛、歡（懽）、觀、顴、趯、矔、勸、驩、䚯、貛、權、獾、灌、瓘、爟、爟、哭、咢、咒、僉、噞、譣、憸、匳（籢）、蘞、獫、醶、斂、檢、撿、瞼、臉、儉、險（嶮）、澰（瀲）、撿、劍（劍）、襝、驗、殮、醶、㠭、襄、㐮、攘、勷（襄攵）、孃、饟、纕、壤、禳、蘘、鄹、穰、瀼（瀼）、瓤、驤、壤、曩、膿、釀、釀、米襄、欀、讓、蠰、囊、灢、㶓、儴
156.	㗊	㗊	㗊、靁、𩂩、靈、爧、欞、䉖、酃、醽、蘦、櫺、艫、轜、鐳、䨩、靈、蠕、需、㜒、

				罡
	157.	品	品	品、偘、嵒、區、品、喦、碞、嵓（喦）、區、嘔、謳、歐、軀、傴、摳、毆（毆）、嫗、饇、嶇（阝區）、寚、漚、彄、甌、樞、驅、貙、鷗、軀、喿、噪（譟）、幧、臊、繰、褋、操、橾、鱢、鱢、懆、澡、藻、璪、燥、趮（躁）、喦、㗊、噐（噐）、器（噐、噐）、器、噩
十八卷丁之三	158.	乃（乃）	乃（乃）	乃（乃）、仍、訒、𦐄、艿（芿）、鼐、孕、扔、敢、朶、朵、㨤、垛、綵、剁（鍒）、秀、莠（琇）、誘、透、㽞
	159.	9	丂	丂、攷、巧、朽、丁（乚）、号、呺、號、枵、鴞、號、𧥄（饕）、璩、兮、醯、盻
	160.	（亏）	亏	亏、于、吁、訏、忓、盱、迂（迃）、迀、旴、邘、釪、玗、芋（芌）、竽、杅、紆、衧、尋、盂（盂）、軒、玗、杇、圬、汙（污、洿）、㤉、宇、雩、摴、譁（謣）、樗、𤦬、嫮（嫭）、鄠、夸、侉、荂、陓、㤿、胯（跨）、刳、誇、骻、絝（袴、㡎）、銙（𩊚）、崞、㧓、乎、呼、虖、乎、平、伻、評、抨、怦、枰、坪、砰、苹、萍、軯（駍）、閛、秤、秤
	161.	欠	欠	欠、吹（歑）、炊、掀、忺、杴、欲、款、款、窾、款、飲、坎、歡、芡、伙（饮）、𢾾、次、次、趑、咨、諮、姿、粢、餈、茨、恣、垐、瓷、桼、資、積、饋、澬、紋、羡、歍、粢、次、羨、羡、厥、綫、盜、盗
	162.	旡	旡	旡、既、墍、垩（墍、㮣）、餼、𦐄、抚（摡）、溉、槩、概、㮣（概）、嘅、慨、炁（懸）、愛、僾、暧、靉、薆
十九卷戊之一	163.	手	手	手、看、看、扌、拜、拜、湃、収（廾）、共、拱、供、恭、洪、共阝、䉔、哄（𡅏）、銾、烘、蕻、𩙣、哄、栱、洪、珙、拲、哄、閧、鬨、衖（巷）、港、𦩥、輂（樺）、弄、哢、硦、挵、筭、算、篹、篡、簒、篡、纂、選、纂、攥、纂、𣪞、潠、祘、蒜、弁、弁（絣）、拚、匥（笄）、畚（畚）、軬（輪）、旛、叁、昇、邦、閞（栟）、奔、奔（奐）、喚、煥、換、渙、奐、異、廙、僎、冀、𢥞、驥、糞、瀵、穓、龔（翼）、匰、巽、僎、譔、鐉、篹、火巽、撰、饌（月巽）、巽、選、潠（噀）、䙡、繏、暴、曝、瀑、㬥、儤、爆、𤘐、𢥞、襮、懪、纂、驝

	164.	（奉）	奉	奉、捧、菶、棒、唪、琫、蜯、俸、奏、湊、腠、楱、輳、泰、㤥、太、溙、㤥（㥏）、溙、蓁、榛、轃、臻、榛、春、椿、𢧐、𧢌
	165.	（丞）（亟）	丞（亟）	丞（丞）、拯（拯、承）、烝（烝）、脅（脀）、𩣡（𨌲）、巹、登、亟、極、極、殛
	166.	𦥑	𦥑	𦥑、匊（掬）、鞠（鞠、踘）、蘜（蘜、菊）、鞠（麴）、餉、蘜、陶、鶥（鵴）、勹、臾、兒、倪、唲、郳、絸、霓（蜺）、鯢、麑（猊）、齯、棿（輗）、視、婗、說、捝、閱（垷）、睨、鶂（鶃）、鬩（鬩）、舁、舁、舉（輿）、譽、與、歟、旟、譽、璵、瀩、鸒（鵛）、舉、擧、櫸、嶼、舉、趣、萸、鱮、礜、檝、興、嬹、釁（亹）、璺（璺、璺）、釁、虋、爨、亹
	167.	臼	臼	臼、旧、舅、舊、匶、齨、臬、毇（燬）、毀、燬、譭（諻）、檠、鑿、皇、隍（楻）、碨、楻、湟、篁（篁）、篁、臽、滔、槄、稻、舟、臽、慆、謟、臿、駋、幍、韜（縚）、蹈、瑫、搯、臽、窞（欿）、焰（燄、爓）、臘、閻、櫩、萏（閻）、淊、啗、惂、諂（讇）、輡、峪（埳）、餡、鋁、陷、掐、帕、蓓、臿、臿、插、鍤、唶（歃）、牐、硒、届、鼠（鼠）、癙、撮、竄、鼠（鼠）、獵（鬣、氍）、儠、擸、躐、獵、鼠、蠟、鑞、臘
	168.	㲋	㲋	㲋、㲋、毚、毚、毚、毚（驂）、毚、鑱、毚（癡）、毚、讒、毚、毚（嬾）、攙、瀺、毚、毚、嬾、毚、纔
	169.	丮	丮（執）	丮、執、瓡、摯、摯（贄）、鷙、鷙、幫、竊、墊、竊（竊）、熱、䵶、褺、慹、縶、蟄、讋、埶（勢）、蓺、藝、㝑、囈、摯（摰）、槸、襼（虉）、褻、蓺（爇）、厈、搨
	170.	尺	尺	尺、咫、局、梮、跼
二十卷戊之二	171.	又	又	又、ナ、馭、疚、閔、因、蛔、扇、茵、右、佑、祐、盍、有、蛕、盍、賄、洧、鮪、痏、蘸、宥、囿、侑（姷）、酭、郁、䫻、圣、怪、泾、硁、莖、烴、厶、厷、肱、弘、泓、弦、弦、軦（鞃）、強、勥、襁、繈、鏹、蔃、雄、竑（砿）、谹（㟫）、竑、紘、翃、軷（鞁）、宏、浤、鈜（鋐）、友、友、叒、若、若、惹、箬、鄀、婼、諾、蓋（蘸）、匿、惬（慝）、暱、桑、噪、磉、顙、鎟（轢）、叕、綴（裰）、敪、目

				叕、餟（醊、歠）、錣、啜、娺、𡡾、剟、掇、敪、輟、罬、啜、惙、腏、鵽、㝬、黜、丈、丈、仗、杖、𡰪、㽶、鼓、䜝、杸、支、枝、肢、誃、伎、妓、攱、技、跂、歧、𡔻、疻、汥、䓫（岐）、郊、䂔、雃（鳷）、翅、蚑、䗁、䜝、庋（庪）、庪、頍、㩿、忮、㔳、豉（菽）、芰、魃、屐、攴、攵、枚、牧、敕、汥、攸、攸、湚、悠、滺、㒡、鯈（儵、鰷）、條、㧓、鋚、修、脩、滫、絛、筱（篠）、篠、莜（蓧）、滌、倏、儵、及、伋、級、汲、笈、岋（圾）、扱、鈒、吸、芨、靸、跛、彶、馺、𨂇、岋、极、𩅹、衱、急（𢚩）、𢚩、㥯、隱、檃（櫽）、㥯、濦（濦）、轚、穩、禮、𢡋、夬（夬）、快、駃、袂、觖、缺（缺）、突、𧟂、决（決）、呹、訣、抉、趹、赽、翅、鴂、玦、蚗、陝、集、丑、丑、杻、忸、狃、猛、肚、鈕、紐、邢、汨、粗、岨、𢼸、羞、䍐、史（吏）、吏（吏）、使、駛（駛）、䇿、𧳫（䥂）、事、傳、剚、尹、頑、笋、笋、伊、洢、咿（咿）、君、頵、唔、涒、焄、宭、羣（群）、帬（裙）、麏、窘（𡨥）、捃、輑、郡、殳、殳（殳）、杸、骰、吺、投、祋、芟、股、羖、酘、設、疫、役、伇、椴、㚰（投、炈）、杀、杀、殺、殺、鎩、綱、撥、蔱（橃）、㡿、𣪩、刹、䫅、𡖅、𡖅、沒、𡖅、𩑓、𤣪、殁、設、𣪛、㲄、穀、轂、㲉、穀、轂、穀、𣪊、嗀、嗀、穀、㲉、𣪏、声、殸、磬、聲、馨、謦、䡰、罄、反、返（彶）、扳、眅、鈑、板（版）、昄、蝂、阪（昄、坂）、車反、飯、疲、販、汳、艮、服、蒎、簸、鵩、罷、皮、皮、詖、披、疲、菠、陂、波、䯋（鞁）、旇、鈹、狓、被、鮍、坡、䓣、頗、玻、婆、伎、骳、彼、坡、𢓜（跛）、簸、髮、鞁、帔、破、叚、假、徦、遐、瑕、霞、葭（蕸）、椵、𩑬、鍜、碬、𣜷、𤸰、猳（猳）、騢、鰕、蝦、𨫜、椵、暇、叚、䫗、煆、鰕、𣪑（緞）
廿一卷 戊之三	173.	爪	爪	爪、抓、笊、釽、𤓯、𤓰、（覛）、𠂢、𠂢、𠂢、叉、杈、扠、𠬪、汊、釵、𡉀、𡉀、叉、蚤（𧍫）、𢃌、騷、慅、搔、溞、颾、瑵、𥻨、瘙、𥅞（暙）、𧍑（𧍫）、𧍑、孚、俘、莩、稃、桴、罦、郛、孵、浮、烰、蜉、䘠（裦、

			褎)、保、苿(葆)、緥(褓)、堢(堡)、𢶍、宲、采、採、棌、彩、綵、髹、保(宲)、𢜩、菜、𠬪、𦫳、受、𤔔、授、綬、唆(誜)、爰、援、鍰、湲、煖、暖、諼、藼(蕿)、媛、㬈、楥、𣝐、蝯(猨)、緩、瑗、蝯、爭、諍、崢、錚、琤、䈴、箏、竫、淨、靜、䋫、亂、嬸、敿
174.	瓜	瓜	瓜、佤、窊、溛、瓝、罛(𡗶)、泒、弧、瓠、孤、苽(菰)、箛、柧、觚、𥴦、軱、呱、狐(𤞑)、瓟、瓜、蓏、窳
175.	釆	釆	釆、番、蹯、僠、潘、礄、𥷀、𦑝、燔(炙番)、膰、翻(飜)、蟠、䪛、璠、幡、繙、旛、𣸣、轓、藩、蕃、籓、墦、鄱、嶓、䪤(皤)、審、嬏、瀋、播、譒、悉、僠、蟠、𢍏、寀、寘、燠、噢、懊、襖、澳、饙、墺(隩)、薁、粵(噂)、卷、捲、婘、鬈、惓、棬、圈、蜷、裷、綣、菤、稀、勬(券)、倦(腃)、豢、睠(眷)、豢、豢、絭、弮、拳、桊、帣、豢(豢)、朕、倂、倭、眹、送、賸、勝、塍、塍(䑞)、騰(䲍)、騰、螣、藤、滕(㴨)、𤸫(𤺦)、滕、縢(絭、綣)、黱、䞓、騰
176.	寸	寸	寸、扐、村、忖、、疛、守、狩、肘、府、射、㕡、酎、射、躲、謝、榭、麝、對、譵、懟(轛)、𩆁、懟、薱、樹、奪、得、捋、将、杼、尋、潯、鄩、燖、襑、撏、鱘、寺、時、峕、詩、持、邿、涛、畤、莳、塒、鰣、恃、跱、庤、偫(痔)、等、侍(閌)、待(𠊊)、特、栫、付、泭、怤、跗、紨、柎、苻、符、粥、䏽、軵、弣、府、府、俯、腑、拊(㧗)、腐、𦕢、附、駙(駲)、鮒(鮒)、袝、胕、坿、孚、捋、脟、酹、箏、鋝、埒、𠞫、浮、𢪙、虢、𤔣、爵、醻、嚼、𣊼(爝)、燭、潲、穱、擣、𡱂、尉、熨、慰、罻、蔚、㷉、霨、𡰥
177.	聿	聿	聿、疌、捷、寁、唼、箑、萐、蜨、倢(婕)、諜、睫、緁、𧍝(鍵)、𧝐、𡧫、聿、筆、潷、硉、律、㟍、𢓜、𤩪、書、晝、畫、畵、劃、婳、嘒、𦘕、肀(𦘒)、津(𣶒)、肄、盡、蓳、建、揵、鍵、腱、騝、鞬、健、健、揵、闥(楗)、肁、𦘔、燼、儘、賮(賮)、藎(𦾐、𦾐)、藎、𧮂、隶、逮、𩑈(隸)、隸、埭(硋)、棣、隸、𤎫、𤎫、𩅦、隸、隸、隸、隸、㳽

				遝、鰥、瘰、瘝、褢（褁）、懷、懐、櫰、瀤、壞
	178.	（左）	左	𠂇、左、佐、𢓭、𧿶、旌、差、縒、嵯（嵳）、鹺、𩡧（鹾）、熔、磋、瑳、瞌、傞、搓、蹉、瘥（瘥）、瞌、䑘、艖、醝、鹺、鬐、鎈、槎、嗟、鹺、溠、隓、隋、鄗、隨、隋、墮（隳）、鬌、揹（擴）、𨻳、禟、獢、膌、髓（髓）、瀡、媠（㜲）、橢、陏（隋）、鰖、惰（㥩、憜）、鐫、𨻳、禟
廿二卷戊之四	179.	足（⻊）	足（⻊）	足、趕、促、齪（躅）、捉、鋜、浞、𧾷、疋、𤴓、疋、胥、蝑、諝、湑、稰、糈、醑、䱬、禑、蹻、壻（婿）、旋、淀（漩）、琁（璇）、楚、憷、礎、澿
	180.	疋	疋	疋（匹）、匸
	181.	止	止	止、趾、址（阯）、沚、祉、齒、芷、企、杫、朱、澀、澁、䆑、𡳿、少、此、佌、姕、呰（呰）、訾（訿）、髭（頾）、觜、胔、觜、鴜、雌、𦬗、貲、玼、鮆、疵、紫、茈、柴、祡、些、紫、泚、𩦍、𧊒、𣐈、跐、𧻚、眥、眦、㰣、砦、𡯁、走（𧺆）、陡
	182.	（卸）	卸	卸、御、𢔦、鋤、篽（籞）、禦
	183.	彳亍	彳（亍）	彳、亍、行、桁、珩（衎）、洐、䟰、衡、蘅、荇、衡、衍、愆（𢝎）、餰、辵、辶、逴、赴、徒、徙、蓰、簁、簁、蹝、縰、鞋（屣）、漇、廴、延、延、睚、涎、挻、埏、𨔝、梴、鋌、莚、筵、綖、蜒（蜑）、誕、娫、硟、步、踄、莎、騭、騭、陟、涉、頻、瀕、嚬、顰、矉、蘋、𣟅
	184.	正	正	正、政、征、鉦、胚、䳌、紅、竀、𤴓、整、証、定、綻（𥙳）、淀、頲、掟、錠、是、提、題、禔、偍、媞、瞍、題、踶、緹、鞮、瑅、鶗、騠、堤（隄）、諟、尟、醍、寔、湜、丏、沔、眄、紡、麪、宧、賓、賔、嬪、矉、擯、濱、繽、闠、鑌、蕒、蠙、臏、鬢、覿、殯
	185.		丏	丏、乏、砭、覂、泛、貶、窆、疺、髟、眨、尼
	186.	久	久	久、玖、美、羑、灸、𠻧、攵、疚（疚）、柩、畝
	187.	夂	夂	夂、夋、复、夎、廈、韄
	188.	牛	牛	牛、犓

	189.	夅	夅	夅、降、跭、洚、逄、綘、隆、霳、窿、瞀、癃（癃）、鏠
	190.	舛	舛	舛、僢、桀、榤、磔、蕣、傑、謋、舜、舜、蕣、瞬、蕣、鄰、嶙、潾、磷、瞵、粼、麟、驎、鱗、璘、轔、瞵、僯（遴）、蹸、箖、膦、蟒、乘、騬、剩、嵊、韋、圍、圍、違、禕、褌、韓、緯、湋、潿、鍏（鐧）、寷、韍、闈、韙、偉、愇、颹、暐、韙、瑋、葦、韡、椲、煒、許、衛（衞）、衞（讏）、衛、弟、苐、第、梯、稊、睇、銻、綈、罤、銻、鵜、蛦（䬾）、娣、悌、涕、鬀（剃）、拂、珶、弗、患（佛）、髴、咈、沸（潰）、茀、費、郙（鄮）、狒、佛、咈、怫、拂、跳、艴、颵、刜、奔、紼、坲、第（岪）、柫、第、瓜弗、𣓀
	191.		癶	癶、癸、暌、湀、鄈、侫、悸、睽、睽、揆、蹊、賧、鶟、騤、猤、鰶、蝬、葵、揆、篌、楑、鍨（戣）、闋、癹、發、墢、撥、蹳、襏、橃、鏺、劉、醱、鱍、潑、廢、癈、登、僜、瞪（覴）、憕、鐙、橙、澄、燈、墱、簦、登毛、撜、蹬、證、燈、靐、嶝（磴、隥）、澄、鄧、輊、驋、轂、嶝、凳、臺、聋、瓾、鐙、饚、祭、傺、瞭、際、幓、穄、蔡、縩（繺）、瘵、察（詧）、蔡、擦、礤
廿三卷己之一	192.	二	二	二、弍、貳、亻貳、樲、膩、樲、貳、刂、次
	193.	示	𥘅（示）	𥘅、示、祇、祈、祁、浾（坏）、視、狋、佘、罘、柰、祢（蒜）、宗、倧、婃、孮、悰（諒）、崇、崈、淙（漴）、郊、剬、琮、賨（棕）、餘、棕、粽、鬃、猔、綜
	194.	工	工	工、仜、功、紅、奼、叿、訌、瓩、忊、舡、疘、屄、阢、邛、茳、笻、渠、莊、郈、舡、缸、攻、刉、釭、玒、釭、粠、虹、泑、魟、江、矼、杠、缸、项、扛、雁（鳿、鴻）、項、澒、汞、玒（珥）、噐、貢、愩、幊、篢、金貢、碩、湏（頂、贛、灨）、豐、嗊、鵝、珏、褒、展、輾、蹍、龘、碾、驟、蹍、空、倥、悾、腔、腔、攷、崆、箜、硿、涳、埪、焢、戙、崆、磬、鵼、羫、蛂、茔、椌、箜（控）、稑、控、鞚、玔、拏（捆）、跫、倮、鍪、蛩、鏊、碧、恐、恐（忎）、愍、筑、築

	195.	（巨）	巨	巨、匸、コ、□、矩（柜、榘）、齟、詎、拒、炬、鉅、苣、䝣（秬）、駏、駏、岠、渠、磲、蕖、鸈、蚷
	196.	𦣞	𦣞	𦣞、頤、𩒐、姬、𤴓、洍、宧、𤦲、𥳑、𣐈、弫、𦡳、𤢶、𩷏、茝、巸、嫛、熙、嫛
	197.	臣	臣	臣、𧦝、挋、宦、臥、卧、𦣝、臨、嚚、𤦺、𦣠、𤕦、宦、宧、臤、賢、礥、掔、撁、腎、緊、䪘、堅、鋻（𥓓）、鏗、豉（鑿）、竪、監、監、鑑（鑒）、藍、籃、鑒、幱（襤）、濫、檻、艦、轞（䁪）、欒、璺、覽、覧、攬（㩜、擥）、欖、纜、（䁪）、尷、覽、鹽、塩
廿四卷己之二	198.	三	三	三、弎、𠀁、叁
	199.	王	王	王、皇、翌、湟、隍、堭、偟（徨）、軖、凰（𪂹）、騜、蝗、葟、鍠（諻）、䳨
	200.	（㞷）	㞷	㞷、枉（桂）、汪（洼）、迋、狂、往、䢵、恇（恇、迋）、逛、旺（暀）、㤢、誑、匚、匡、匩、筐、眶（䀁）、恇、徃（劻）、軭
	201.	（主）	主	丶、主、主（㞷）、炷、柱、拄、麈、黈、罣、妵、䵭、注、霔、住、姓、註、駐、軴、䡤、紸、鉒
	202.	全	仝（全）	仝、仝、全、佺、詮、拴、跧、痊、絟、銓（輇）、駩、牷、荃、筌
	203.	玉	玉	玉、王、頊、珏、班、班、斑、斑、珏
	204.	圭	圭	圭、珪、厓、涯、畦、䅅、烓、麈、眭、睚、哇、洼、街、袿、鞋、鮭、邽、閨、窐、奎、茥、䞨、封、罣、娃、黿（畫）、蛙、窪、挂（掛）、趌（跬）、觟、恚、桂、筀、䳦、卦、詿、絓、罣、佳、淮、崔、崖、催、摧、漼、藿、䃁、璀、巂、儶
廿五卷己之三	205.	彡	彡	彡、衫、杉、沴、釤、彭、䰍、彪、滮、尨、狵、厖、庬、浝、塳、哤、牻、硥、𤡬、𧲣、龍、嚨、朧、瀧、籠、礱、龐、蘢、櫳、籠、䆍、曨、聾、襱、鞴（𪔵）、瓏、蠪、聾、龔、龏、龔、寵、寵、隴、壟（壠）、攏、蠬（龍鳥）、𪚺、𪛊、龑（㜺）、讋（讐）、龖、龘、髟、䖈、須、鬚、湏、顡、𩒻、今、多、珍、砂、畛、軫、診、胗（疹）、眕、袗（紾）、沴、趁（趂、跈）、殄、飻、餮、參、叅、縿、槮

			襂、滲、篸、傪、鬖、毿、摻、驂、獉、慘、瞜、墋、糝、嫪、惨、黲、翏、飂、熮、嵺（𡾰）、漻、繆、寥（廖、廫）、憀、僇（戮）、嘐、膠、轇、醪、樛、繆、瘳、璆、鏐、璆、嫪、㗛、螑、蓼、郶、謬、鷚、穋
206.	羽	羽	羽、霸、詡、栩、珝、翅（翍、翄）、翟、翚、翌、羽、扇、搧、煽、傓、習、霫、飁、熠、謵、摺、慴、槢、褶、鰼、扇、塌、榻、緆、蹋、毾、鰨、弱、嫋、溺、愵、搦、弜、蒻、篛
207.	勿	勿	勿、笏、昒（曶）、颮、沕、岉、坸、忽、惚、吻（脗）、芴、芴、笏、物、歾、囫、匫、昜、陽、暘、霷、颺、崵、暘、揚（敭）、惕、腸、踼（逿）、傷、瘍、殤、餳、錫（鐊）、楊、湯、煬、場、塲、瑒、璗、碭、禓、鴋（䲳）、鬺、輰、戫、蕩、蕩、禓、䑗、簜、盪、錫、暘、暢、揚、昜、蝪（蟲）、偒、碭、鬄、敭、賜、潒、禓、暘、賜、愓、逷、鬄、剔、剔、埸、錫、緆、䁟
208.	毛	毛	毛、毬、毧、髦、旄、毢、秏、毦、芼、枆、秏（耗）、毫、眊、毷、毻、毛（毳）、撬、橇、毳、膬、竁、表、裱、俵、求（裘）、俅、捄、俅、逑、銶、球、賕、絿、鹹、毬、觩、蛷（蠽）、救（誺）、尾、娓、焜、颴、崛、犀、墀、言犀、遲（徲）、屘、穉、屖（墀、遲、譯）
209.	老	老	老、恅、姥、考、栲、耆、耆、嗜、愭、搘、蓍、榰、鰭、壽、疇、譸、翿（䎛）、儔、鑄、疇、籌、翿、穀、鑄、飀、濤、檮、幬、儔、擣、禱、壔、鑄、燾、璹
210.	（耆）	者	者、者、諸、渚、礸、著、箸、儲、豬、蠩、猪（豬）、瀦、櫫、踷（躇）、奢、觰、暑、陼、緒、楮、褚、堵、覩（睹）、睹、賭、赭、䰩（䰩）、捨、觰、署、曙、翥、鍺、礸
211.	而	而	而、髵、耏、耐、侕、姉、粫、聏、胹、鮞（㖇）、峏、陑（隭）、洏（濡）、袻、栭、鴯、輀、輭、蝡、剩、腝、稬、需、需、儒、懦、嚅、臑、濡、襦、繻、醹、麢、壖、擩、瑦、蠕、獳、䰭（鱬）、礝、劚、孺、穤（糯）
212.	冄	冄	冄、髯（頿、毦）、呥（訷）、聃（聃、舑）、掛、緋（袡、衻）、䎃（䎃）、蚺、苒（苒）、

				枏、冊、那、哪、姍（姍）、冉、痡、再（再）、洅、再、稱、偁
廿六卷己之四	213.	ㄨ	ㄨ	五（ㄨ）、伍、吾、齬、衙、浯、部、鋙、珸、梧、牾、鼯、語、峿、圄、敔、語、悟（悊）、寤、晤、俉（悟、逜）
	214.	爻	爻	爻、紋、砭、穀、悛、較、駁、肴（餚）、殽、倄、淆、峭、希、希、希、晞、絺、唏、唏（欷）、娣、郗、稀、桸、笄、狶、豨、脪、鵗、郗、絺、季、敎、教、敎、摩、鵓、孝、學、覺、攪、黌、鷽、鷽、嚳、嚳（嚳）、礐（澩）
	215.	叕	叕	叕、介、爾（伱）、尔、邇、彌（弥）、鑈、鼊、瀰（瀰）、璽（璽）、孏（妳）、襧、鑈、闟、鬍、欄、鬍（鬍）、闟、薾（苶）、籋、壐、壐、纏、獼、隬、爽、爽、鵊、騻、峽、塽、漺、甄（磢）、剌
	216.	丿 乀	丿 （乀）	丿、乀、門、門、彡、乂、刈、忞、艾（嬖）、虓、荻、文、旻、旼、雯、忞、紋、斌（贇）、玟、蚉（蚊）、紊、馼、閔（憫）、潣、簢、拉、吝（恪）、啥、麐、格、彥（彣）、彥、喭、諺、顏、產、産（産）、嵼、滻、簅、剷（摌）、鏟、摌、薩、虔、虔、碊、交（交）、姣、咬、詨、骹、鵁、較、鮫、液、郊、絞、茭、筊、㝔、窔、皎、佼、齩、狡、校、效（傚、効）、傚、捘、燩、鉸、較、胶、駮、嗷
	217.	父	父	父、㕮、斧、釜（釜、鬴）、滏、馭、布、佈、抪、怖、庯、鈽
廿七卷己之五	218.	女	女	女、汝、籹、肗、忞、皮、佞、詉、寰、妏、妄、姧、姦、蕸、妻、齎、霎、凄、淒、悽、棲、緀、萋、捿、妾、接、唼、霎、翣、菨、椄、萎、奴（伖）、孥、帑、砮、駑、笯、拏、絮、呶、怓、努、弩、如、茹、洳、帤、袽、挐、架、恕、晏、宴、匽、偃、軀、鷗（鷃、鴳）、鰋（鰋）、鼴、蝘、堰、郾、揠、安、侒、案、洝、鞍、晏、頞、委、稜、倭、棲、稜、覣、矮、痿、頹、踒、逶、飈、萎、蝼、鹿、委、捼、捼、矮、餧（腇）、諉、錗、捼、魏、妥、挼、浽、荽、桵、綏、餒
	219.	毋	母	母、姆、侮（侮）、拇、鴟、坶、每、莓、梅、毒、脢、酶、鋂、海、痗、悔、毎、晦、敏、

				誨、晦、緐（繁）、蘩、虌、毋、毒、毒、𧂓、毒、䈞（瑇）、蝳、纛（纛）、𣶒、碡、婁、婁、慺、膢、鏤、蔞、漊、氀、縷、僂（瘻）、摟、樓、廔、艛、螻、髏、鞻、寠（窶）、塿、褸、嶁、簍、數、藪、籔、甊、𨄔、屢、屨
廿八卷己之六	220.	立	立	立、粒、苙、笠、柆、颯、翊、翌、泣、湇、齒立、拉、位、泣、莅（蒞）、昱、煜、喝、並（竝）、偙、普（晉）、譜（譜）、晉、鬇、音、倍、培、陪、醅、毰、瓿（𥑮）、髺、涪、棓、部、蔀、稖、賠、剖、峼、𨑩（趦、踣）、焙、鞛、音、喑、諳、愔、瘖、歆、鷂、黯、闇、灂、揞、暗、窨、章、彰、嫜、璋、鄣、障（墇）、漳、樟、鞟、獐（麞）、䡽、幛、瘴、贛、啬、偣、意、意、憶、噫、譩、醷、薏、億、臆、繶、商、謪、商
	221.	（啻）（商）	啻（商）	啻、商、滴、鏑、嫡、謫、摘、擿、蹢、適、樀、甋、敵
	222.	亡	匕	匕、㐅、北、庀、疕、匙、牝、㐜、尼、泥、怩、呢、跜、昵、旎（旎）、秜、柅（抳）、迡、𠤏、旨、旨、恉、指、脂、詣、稽、詣、栺、鞊、頃、阝頃、傾、頣、穎、熲、潁
	223.	化	𠤎（化）	𠤎、化、訛、吪、囮、鋒、靴、花、鮀、貨
	224.	比	比	比、紕、𢶅、肶（膍、膍）、批（𢶅）、鈚、鎞、砒（磇）、蓖、枇、榠、箆（篦）、𣬈、紕、琵、蚍、魮、玭、妣、仳、吡、粃、䏘、祉、坒（陛）、瘞、狴、芘、梐、秕、媲、皆、皆、偕、偕、喈（諧）、揩、腊、湝、階（堦）、緒、楷、鍇、鍇、鞜、稭、昆、㬪、混、崐（崑）、琨、緄、棍（裩）、騉、鶤、鯤、蜫、焜、錕、硍、焜、棍
	225.	北	北	北、北、背（偝、㣁）、邶（鄁）、韭、輩、𣎴、冀
	226.	尸	尸	尸、屍、𠰷、鳲、屎、尻、屋、居、𡨋、据、裾、涺、椐、琚、鶋、腒、倨（踞）、鋸、屄、臀（臀）、殿、壂、澱
廿九卷己之七	227.	入	入	入、鈒、囚、从、夾、陝、㚒、內、汭、㴆、芮、枘（㭊）、㕯、豽、蜹、抐、㕯、吶（訥）、焫、衲（帓）、納、妠、盡、魶（鰨）

	228.	（丙）	丙	丙、昺（晒）、炳（㶭）、邴（鄸）、怲、抦、窉（寎）、苪、蛃、㑂、柄、病、㔷、陃、𦵹、㔷
	229.	（更）	更	更、哽、挭、晒、梗、稉、鯁（骾）、埂、綆、硬、鞕、便、楩、箯、鞭、緶、鯾
	230.	㒳	㒳（兩）	㒳、丙、裲、緉、掚、裲、脼、蛃（魎）、兩
	231.	（㒼）	㒼	㒼、𦱍、鬗、顢、瞞、慲、蹣、𣰰、璊、樠、滿、鏋
	232.	亾	亾	亾、亡、亾、邙、汒（茫）、忘、忙、肓、盲、盂、硭、峼、氓（甿）、虻（䖟）、鋩、莣、恾、䒽、巟、㠩、荒、㡆、駹、慌、曉、朚、望、望、朢、譠、乍、鲊、酢、祚、胙、阼、葄、飵、作、詐、詐（䛩）、榨（醡）、齚、柞、笮、筰、莋、怍（㤰）、昨、窄（厏、迮）、咋、舴、匃、害、罨、喪、喪
	233.	亼	亼	亼、今、妗、吟（唫、訡、訡、誇）、肣、扲（捦）、岑（崟）、岑、涔、衾（衿、䘳、紟）、靲、黔、琴（𤧗）、㑣、黅、芩、㸱（䶃）、魿（鯙）、含、戗、欦（飲）、酓（酓）、䤷、盦、鴒（雂、鵭、䧠）、貪、噴、鈐、玪、趻、㱃、欠、金、欽、廞、崟、嶔（硷）、鋡、痊、鋬、銜、衒、銛、錦、趛、釺、淦、念、念、諗、脸、淰、稔、唸、埝、敛、令、矜、苓、笭、零、澪、蘦、鴒、鷚、羚（𦍑）、泠、洽、昤、昑、伶、呤、昤、昤、伶、呤、齡、聆、怜、拎、磬、瘆、鈴、玲、瓴、軨、囹、於、翎、㡵、駖、柃、狑、號、魿、龕、蛉、紟、衿、領、嶺、欽、命
三十卷庚之一	234.	丨	丨	丨、扨、引、吲（訠）、釼、紖、蚓、朋、川
	235.	中	中	中、忠、忡、衷、衷、冲、沖（沖）、帘、节、节、种、狆、盅、神、仲、神、串、患、漶、庯、弗
	236.	上	上	上
	237.	下	下	下、苄、床、雨、甂
	238.		卞	卞、汴、忭、抃、犿、笇
	239.		卜	卜、卟、仆、𧾷、赴、訃、盀、刂（切）、汁、圤、砎、玓、釙、則、𦬆、芥、扑、朴、炑、

				外、㕚、揩、兆、佻（恌）、姚、覜、挑、跳（趒）、祧、庣、窕、銚（斛）、斢、珧、朓、洮、晁、兆、咷、逃、桃、鞉（鼗）、䠷、誂、眺、脁、頫、絩、旐、駣、䑬（羠）、鮡
	240.	卝	卝	卝、鉳
	241.	丱	丱	丱、卯
卌一卷庚之二	242.	十	十	十、什、計、圤、扐、汁、斟、斛、紒、肸、協、博、廿、卅、卌
	243.	千	千	千、仟、阡、㺯、芊、季、𨸏、汘
	244.	士	士	士、仕、志、鬥
	245	壬	壬	壬、任、妊、凭、𠫊、紝（絍、䋚）、恁、飪（餁）、衽（袵）、荏、賃
	246	世	世	世、呭（詍）、抴、跇、貰、勩、枻、泄、紲（緤）、齛、迣、枼、葉、苶、楪、箕、牒、偞、惵、喋（諜）、揲、蹀、牒、渫、藻、堞、蝶、屧、褋、艓、韘（䐑）、鰈
	247.	革	革	革、煂、靾、霸、霸、灞、壩、覇、霰（覈）
卌二卷庚之三	248.	丁 丁	丁 （丁）	丁、針、丁、釘、朾、玎、叮、行、赤丁、汀（平丁）、打、頂、訂、疒丁、酊、艼、圢、町、矴、飣、籵、亭、停、婷、渟、宁、貯（宁者）、䦭、坾、泞、佇（䍆）、眝、苧、紵、羜、䀉、㕚宁
	249.	午	午	午、杵、許、滸、仵、旿、迕（遻、忤、牾）
	250.	甲	甲	甲、鉀、呷、押、胛、狎、柙（椑）、匣、甲夾、翈、鴨、𪓰、卑、庳、崥、碑、郫、陴（䡟）、埤、裨、錍、剕、箄、椑、髀、脾、鞞、鼙、顰、㵒、渒、牌、廛（廱）、俾、徥、婢、諀、敕、捭、痺、粺、稗、萆
	251.	申	申	申、伸、神、呻、紳、坤、陣、柛、敒、蝀、電、奄、淹、閹、崦、醃（稚）、醃（腌）、瘖、菴（庵、蓭）、唵、晻、黤、掩、埯、郁、罨、鞥、奄、曳、曳、拽、詍、洩、栧、䄻、愧、玴、屐、絏、兜、吏、快、詄、腴、萸、楰、庾、瘐、斞、籅、寅、臏、蝱、戭、螾、縯、演（潫）、瞚
	252.	叟	叜 （叟）	叜、叟、廋（廋）、搜、溲（浚）、瞍、颼、風叜、鎪（鋑）、艘、騪、獀、醙（酸）、謏、嫂（姣）、䮟（駿）、瘦、單、觶、簞、嘽、

				彈、撣、幝、襌、磾、鄲、驒、鷤、殫、禪、燀、嬋、蟬、鱓（鼉）、癉、僤、潬、繟、樿、闡、憚、彈（囅）、戰
	253.	畀	畀	畀、淠、痹、睤、箅、鼻、濞、鼽、劓、彙
	254.	早	早	皁、早、皁（皀）、草、卓、掉、踔、逴（趠）、悼、倬、婥、韓（綽）、焯
	255.	車	車	車、硨、庫、陣、蟲、連、謰、𨒈、漣、蓮、鏈、璉、槤、摙、軍、暉、煇、輝、揮、楎、翬、輝、皸、葷、鶤、韗、𩏂、渾、緷、褌（幝）、倱、顐、嗶、惲、齳、運、暈、鄆、餫、革軍
	256.	舟	舟	舟、輈、匊、侜、鵃、霌、貈、彝、壽、前、湔、煎、媊、鬋、翦（揃）、剪、譾（譾）、箭、俞、艙、愈、媮、覦（闟）、揄、歈（廞）、踰（逾、隃）、偷、睮、喻（諭）、瘉、崳、渝、鄃、窬、堬、牏、瑜、羭、蝓、愉、褕、毹（毺）、輸、榆、瓵、鰅、貐、般、盤（槃）、嫛、鬆、擎、㜝、瘢、幋、縏、鞶、螌、瀊、磐
卌三卷庚之四	257.	亅	亅	亅、𠄌
	258.	刀	刀	刀、刂、刁、忉、忍、叨、釖、舠、魛、到、倒、刕、荔、珕、蛎、颲（飈）、利、硎、颲、梨、郴（𣏾）、棃、犁、璃、莉（蔾）、藜、黎、邌、黧、黏、分、雰、汾、邠、坋（坌）、份、頒、紛、氛、芬、枌、棼、攽、貧、帉、衯、紛、盼、盼、弅、鳻、豩（翁）、盆、湓、岔、扮、粉（粢）、颁（蚡）、魵、盼、方、汸、仿（彷）、髣、妨、肪、坊（防）、邡、衏、芳、枋、房、舫、旊、魴、趽、訪、昉、昉、紡、瓬、牓、旁（旁）、傍（徬）、捞、霶（滂）、磅、鄸、筹、榜（膀）、鰟、騯、謗、塝、放、倣、敖、敖（遨）、嗷（嗸）、謸（謷）、聱、摮、蹾、嶅（磝）、滶、獓、驁、獒、鼇（鰲）、螯（蟞、𩥂）、嗸、贅、鏊、傲（慠）、嚽、敫、傲（徼）、邀、曒、皦、璬、繳（檠）、敫、竅、嗷、䥞、霰（㪣）、檄、蔽、激、憿、徼
	259.	（𣃍）	𣃍	𣃍、斿、於、淤、菸、箊、棜、瘀、閼、斿、遊、游、蝣
	260.	太	刃	刃、忍、荵、訒（認）、仞、𥄂、肕（韌）、目刃、牣、杒、軔、汈

	261.	（刅）	刅	刅、創、刑、梁、粱、刱、刱、㓨
	262.	力	力	力、仂、扐、肋、筋、筋、笏、囫、劣、功、防、泐、艻、勒、劣、劫、刼、朸、鷊（鶒）、加、嘉、茄、笳、枷（枷）、珈、迦、迦、伽、駕、瘸、賀、䙡、架、駕、劦、協、愶、脅（脇）、噲、懀、拹（搚）、颬（珕）、蛠（荔）
	263.	斤	斤	斤、釿、岓（岓）、圻、沂、旂、頎、肵、蘄、芹、昕、炘、訢、听、邤、忻（欣）、斷、龠斤、近、莻、狾、㹿、赾、逝、劤、靳、㣂、斵、匠、趏、兵（乒）、折、浙、逝、哲（晣）、銴、䓕、鵟、狾、哳、晢、晢、哲、㪿、析、晢、晢、淅、斬、漸、慚（慙）、摲、蔪（蔪）、槧、嶄、塹、暫（蹔）、𩆶、塹（壍）、趣、斲、斷、斷（断）、鐁、躑
卅四卷庚之五	264.	厂 弋	厂（弋）	厂、戈、杙、妋、鈛、黓、忒、戊、弌、芅、笁、甙、殀、貣（貸）、岙（蟘、蟘）、酟、鳶（鳶）、代、岱、帒（袋）、岱、岱、式、試、栻、拭、軾、鳶、弒、伩、颩、貳、烒、必、盜、祕、泌、毖、閟、柲（鞑）、䩭、邲、宓、虙、佖、咇、怭、眍（窨、瞎）、鉍、珌、苾、馝（馝）、飶、駜、鮅、峃（密）、蜜（蜜）、溢、謐、瑟、璱、飋、瞌、覕、妼、柲、月必
	265.	戈	戈	戈、戊、划、找、戕、戟、戢、戭、戛、戫、戎、娀、㣶、㭒、茙、絨、狨、毧、駥、駴、域、賊（戝）、戒、裓、駴、誡、悈、械、武、武（武）、珷（碔）、鵡、陚、賦、我、俄、娥、睋、哦、誐、峨（硪）、涐、鵞（鵝、騀）、蛾（䖸、蟻）、皒、莪、騀、餓、手、義、儀、議、㕒、㩀、檥、驤、轙、艤、礒、羲、曦、犧、或、域、惑、掝、馘（惑）、𩠐（聝）、䓿、稢（彧）、棫、黬、箴、棫、減、淢（帑）、閾、緎、罭、蜮（蜮）、戚（烕）、觱、國、幗、蟈、槶、摑、膕、蟈、鰄、戋、哉、栽、栽、裁、㦲、戴、載、戴、戴、㦸、戥、㦳、鐵、鉄、驖、截（截）、巀、𢦔、𧢨、㦰、籤（殲）、攕、孅（纖）、襳、䜟、瀸、籤（懺）、釃、讖、織、膱（幟）、熾（織）、職、膱、蔑、蔑（蔑）、矆、懱、蠛、㒱、篾、蠛、韈（韤、韤）、幭、瀎、㩢、幾

	266.	（戉）	戉	戉、鉞、越、峸、泧、颰、眓、狘、絨、戕、鏚、城、感、顑（蹙、踧）、摵、縬（綮）、槭、碱
	267.	（戊）	戊	戊、茂、蔵、泧、誠、盛、峸、城（宬）、郕、郕、晟
	268.	（戌）	戌	戌、眓（晟）、珬、怴、颰、狘、歲、歲、鐵、濊、翽、顪、噦、譏、劌、薉（穢）、薉、濊、威、滅、娍、搣、威、隇、崴、蝛、葳、咸、鍼、箴、葴、瑊、諴、鹹、緘、椷、鹹、鷴、感、憾、喊、顑、撼（撼）、礙、轗、黬、減（減）、橪
	269.	戔	戔	戔（戈戈）、殘、賤、盞（盏、琖、艬）、戱、碊、箋、諓、錢、鑱、醆、棧、淺、殲、剗、俴、踐、巉、陵、帴、餞、綫、賤、濺
	270.	予	予	予、伃（好）、舒、紓、抒、芧（蕷）、杼、序、豫、野、墅、預、澦、汿、呼
	271.	矛	矛	矛、舒、长、矜、柔（蝥、孟、蝨）、髳、霿（霧、霧）、罞、茅、楙、䍪（瞀）、愗（怼、懋）、鍪（鍪）、敄、務、婺、敄、鶩、矝、鶩、袤、柔、稃、柔、腬、揉、蹂、鍒、瑈、煣、睬、糅、猱、蝚、鞣、輮、矞、譎、璚、氄、劀、驈、潏、遹、繘、鷸、驕、獝、鱊、蟜、瞲、鐍、萮、橘、觿、噊
	272.	弓	弓	弓、芎、穹、誇、愕、躬、竆、窮、窮、弜、粤、莇、弔、吊、盄、佛、祎、夷、夷、侇、徳、姨、恞、眱、咦、胰、跠、痍、痍、洟（漢）、峓、陕、荑、桋、銕、焼、駛、鞅、羠、蛦、霙、鮧、鮧、猿
卅五卷庚之六	273.	貝	貝	貝、浿、唄、跙、狽、敗、超、垻、贅、鵙、賏、嬰、攖、纓、罌（罌）、鸎、鸚、譻（嚶）、瓔、櫻、賏、瘿、郻、瀴、禊、贔、屓（屭）、員、負、貼、賓、鄖、賴、勛、圓、熉、緷、瘨、隕（磒）、塤、幀、愪、殞、損、韻、韻、腨、覞、貫、瓚、遺、慣、攢、讃、實、蕢（臾）、簣、貴、遺、僓、隤、遣、壝、潰、讀、聵、瞶、鬢、憒、嘳、醴、贖、饋、積、火貴、繢、闠、匱、鐀（櫃）、買、買、唄、賣、賫、禬、瀆、遺（僨、嬻）、竇、讀、牘、讟、續、蕢、贖、黷、匱、櫝、犢、賈、殰、覿、負、負、負（偵）、媜、蒖、實、賴、賴、孏

				（懶）、瀨、襰、籟、癩、藾、獺、瀨、賴、嬾、責、債、嘖、讀、蹟、積、漬、幘、簀、績、勣、賾、嫧、讟、磧、鰿、具、真、俱、椇、颶（颶）、鎮、棗、犇、鼎、鼎、貞、隕、禎、禎、楨、郞、偵、逍、則、厠（廁）、萴、惻（恖）、側、荝、賊、鰂（鯽）、鱉、墹
卅六卷辛之一	274.	宀	宀	宀
	275.	（穴）	穴	穴、岤、泬、窨、抗（穿）、狖（貁、貅）、窇、鴥（鴪）、突、堗、衦（紋）、空、罙（滖）、琛（睬）、探、棎
	276.	（宮）	宮	宮、窿、碚、营（莒）、殼
	277.	戶	戶	戶、昈、所、斵、蘆、帍、扈、嶇、搵、扉、鳸、顧、妒、启、啓、棨（棨）、綮、脊、肇（肈）、戺（巵）、戾、唳、悷、淚、綟、颬、棙、蜧、捩、戹、厄、阸、扼、軛、呃（詎）、餫
	278.	門	門	門、捫、聞、闇、閬、闖、閩、闒、閔、閂、閆、閃、閃、㵎、問、悶、閏、瞤、撋、潤、閒、間、閑、嫺、鬜、瞯（瞯、覵）、譋、憪、僩、蕑、鷳、鷴、驧、襇、簡、澗、鐗、燗、簡、遛、瘤、鶹、駵（騮）、榴、飂（飀）、畱、栁（茆）、瘤、窗、溜（霤）、塯、示留、籀、餾、貿（貿）、鎦（劉）、瀏
	279.	酒	酒	酒、廼、栖（槱、楢、禉）、逎（遒）、揂、醜、莤
	280.	（酋）	酋	酋、猶（猷）、緧、蕕（蕕、蕕）、輶、鞧、蹈（趙）、蝤、鰌、䲡、尊、罇（墫、甑）、樽、墫、蹲、遵、鷷、僔（撙）、噂、劕、繜、蕁、鱒、鐏、奠、鄭、厧、擲、躑
卅七卷辛之二	281.	西	西	西、卤、栖、恓、粞、毢、洒、哂、茜、垔、堙（陻、湮）、闉、歅、喠（諲）、甄、籈、禋（禋、甄）、黫、煙、甄、鄄
	282.	𠧪	𠧪	𠧪、𠟹、滷、鹵、覃、潭、鐔、撢、鱏、蟫、潭、鄿、譚、驔、蕁、瞫、嘾、禫、簟、橝、覃（潭）
	283.	卣	卣	卣、栗、慄、飃、凓、溧、縹、鷅、篥、粟、卣、逌、迺
	284.	覀	覀	覀、票、熛、僄（嫖）、嘌、慓、摽、趯、飄、剽、彯、縹、旚、幖、翲、漂（瀌）、鰾、標、

				瓢（𤔍）、藻（䔨）、蔈、瞟、膘、醥、褾、醥、磦、鰾、勡、驃
	285.	要	要	幽、要、腰（䙅）、葽、褄（緌）、㸺、喓
		䙳	䙳	䙳、遷、僊（𠐊）、蹮、韆、𧝈、䙴
卅八卷辛之三	286.	庚	庚	庚、賡、鶊、唐、塘（隚）、鎕、煻、螗、糖（餹）、醣、康、穅（糠）、甂、鱇、慷
	287.	用	用	用、庸、鏞、墉、鄘、傭、慵、鄘、鏞、鱅、甬、俑、通、蓪、筩、桶、恿（悀、慂）、捅、勇、㔝、踊（踴）、涌（湧）、埇、蛹、誦、痛、周、週、裯、裯、調、啁、錭（琱）、凋（彫）、雕（鵰）、蜩、舸、綢、翢、賙、輖、稠、𩰺、惆、𢯷、倜、葡、備、偹、精、犕、鞴、牑、憊（㿿）、犕、甫、鋪、郙、晡、誧、踊、痡、逋、匍、餔（䭅）、酺、浦、莆（蒲）、䔕（簠）、俌、輔（䩉）、酺、脯、圃、補（䋠）、黼、黹、甫、蜅、哺、専、憝、稙（稃）、鯆（鱄）、捕（搏）、蒱、傅、溥、榑、簿、薄、賻、縛、博、簙、膊、鎛（鑮）、磚、欂、煿、髆、髆、膞、鎛
	288.	叀（專）	叀（專）	叀、專、團、篿、溥、剸、鷒、蓴、摶、磚（塼）、甎、鱄、縛、膞、磚、竱、轉、囀、傳、惠、憓、嘒、譓、䳭、轊、繐、穗、𨍶、㦹、嚏、懥、嚔、叀、𣪊、擊、𩊚、繫、𡣗、𣀓、㲃、毄、㲄、磨、𡭆
卅九卷辛之四	289.	八	八	八、汃、扒、肌、叭、玐、矵、杌、馴、公、別、捌、𠛬（峢）、另、牌
	290.	个 介	个 （介）	个、介、㝏、价、妎、忦（悈）、𥝋、欣、齒介、𠇶、鴧（㚖）、馻、魪、閅、界（畍、堺）、芥、疥（蚧、蛶）、玠（琾）、岕、衸、紒、扴、圿
	291.	舍	舍	舍、舎、捨、𠆭、佘、余、𩪦、徐、徐、除、滁、篨、郐、蜍、畬、徐、鵌、雓、狳、蜍、荼（梌）、荼、稌、瑹、梌、稌、涂（途、塗）、悆（𢛖）、駼、𥎔、斜、𦈅、賖、𡩝、敘、敍、叙、悆、荼
四十卷辛之五	292.	冂	冂	冂、歺、冪、羃、𩇯
	293.	巾	巾	巾、衶、帥、帟、抻、佩、珮、帥、𠂤、𡚃、帀、帚、箒、蟳、靶、掃（埽）、歸、歸、止帚（婦）、皈、𩞳、歸、蒢、侵、寖（寑）、綅、

				鋟（稯）、梫、祲、駸（駸）、葠（蕿）、浸（寑、寑、寖）、㾛、市、紼、芾、帶、蔕（䝉）、蔕、諦、揥、蹛、遰（遰）、滯、滯、癠（䐑）、殢、螮、𧅗、鬄
	294.	帝	帝	帝、蒂、諦、啼、蹄、締、揥、禘、楴、啻、禘（禘）、膪
	295.	（㡀）（㡀）	㡀（㡀）	㡀、敝、弊、獘、蔽、幣、潎、鷩、鷩、猯（彆）、撇（擎）、鼈、鱉、㡀、襒、蹩、鷩、瞥、㡀卒、敝、㡀、蔽、蟞、示蔽、襒、襒、蔽
	296.	冃	冃	冃、冡、肯
	297.	冃	冃	冃、冒、帽、瑁、媢、瑁、帽、蝐、熩、艒、勖、勗、曼、𧁐、鄤（鄤）、馒、漫、鏝（槾、墁）、謾、趧、饅（鼆）、蔓、縵、鰻、僈（嫚、慢）、數、幔、輓、槾、蟃
	298.	罔	罔	罔、網、誷、惘、搁（輞）、蝄（魍、罔）、罵、岡、崗、堽、綱、鋼、犅、掆、堈（㽘）、罟、罰、罹、羅、儸、囉、蘿、欏、鑼、羅、饠、邏、曜
四十一卷 辛之六	299.	几	几	几、机、汎、凱、凥、飢、肌、虮、屼、麂、杌、且、柤、組、狙、沮、岨（砠）、趄、苴、菹（葅）、租、葙、徂、伹、疽、狙、胆（蛆）、鴡（雎）、耡（鉏、鋤）、粗、殂、査、查、楂、喳、相（樝）、齟、罝、咀、祖、組、駔、詛、珇、阻、姐、怚、助、筯、虘、矙（覷）、瀘、遽、鄘、禮、罿、磠、觑、艫、覷
	300.	豆	豆	豆、梪、斗、頭、豉、鋀、豎（豎）、襹（裋）、侸、逗、脰、餖、鬪、斲、豰、虘、戲、戲、譃、檝、巇、虩、覷、豈、愷、凱、隑、溰、剴、敱、暟、闓、豈、磑、顗、螘、萓、塏、鎧、覬、壴、尌、尌、侸、澍、樹、樹（尌）、廚、厨、躕、鼓、鼓、皷、瞽、喜、喜、憙、僖、嬉、嘻、禧、熹（熺）、螭、糦（饎）
	301.	鬲	鬲	鬲、獮、隔（膈）、甂、膈、鬷、翮、鷊（虉）、徽、鬳、獻、瓛、巘、瀗（讞）、甗、轙、钀
	302.	亞	亞	亞、亜、堊（埡）、掗、誣、婭、啞、稏、壺、晉（晉）、壼、檯、壹、噎、墻、撎、饐、烏壹、殪、壼、殪、噎、懿、懿（懿）、懿、壹
	303.	皿	皿	皿、盅、盂、艋、猛、蜢、盈、楹、盌、縕、益、溢、鐲、謚、縊、搤、隘、鎰、嗌、齸、

				艋、鷁、諡、盥
	304.	血	血	血、侐、恤（卹）、衄、邺、殈、洫、閪、昷、𥁕、氳、煴、緼、蘊、輼、温、蒀、慍、韞、醖、媪、榅、𩱋、䵈、盇、盍、蓋、葢、𥇒、磕（礚）、塧、豔、艷、灩、闔、嗑、搕、溘、郶、榼、饁、㝉、寍、寍（寗）、寧、儜、嚀、擰、薴、獰、濘、𡨴、寧頁、甯、寗（寗）
四十二卷 辛之七	305.	七	七	七、𠀁、叱、𪗋、切、眑、砌、㧗、沘、七阝、柒（桼）
	306.	屯	屯	屯、芚、迍、庉（㐇）、窀、忳、肫、訰、純、蒓、軘、囤（笆）、犻、邨、杶、奄、沌、頓、黗、飩、鈍、旾、萅、𦷶
	307.	乇	乇	乇、宅（厇、侂）、秅、厇、吒（咤、詫）、奼（姹）、託、托、馲、魠、汑、亳、飥、粍、㐲（㡯）、炨、頊、虴、之、芝、之欠、訨、㞢、妛、蚩、媸、䗖、嗤、滍、志、誌、鋕、生、𠤷、笙（甡、蕤）、笙、鉎、旌、甥、牲、狌（猩）、鼪、殅、䲼、星、惺、腥、醒、鯹、篂、瑆、眚、性、姓、胜、甡、丰、出、茁、朏、咄、詘、怞、聉、䶜、拙、柮、咄、䪼、𡷫、鈯、黜、絀（緬）、貀、屈、瘔、炪、欪、屈、倔（韷）、掘、𥜮（𧘂）、崛（崫）、淈、𠜾、窋（窟、堀、蹈）、祟、㲞、欻、㪀、𦆽、𡳿
	308.	帀	帀	帀、迊、咂（𠯗）、師、迊（𨑨）
	309.	𡳾	𡳾	𡳾、耑、樯（𣿪）、篅、稨、端、湍、
	310.	（𢼸）（微）	𢼸（微）	𢼸、𢼸、微（徵）、𢼸、㵟、𥌒、薇、𦾓、黴、徽、黴、㣲、懲、癥、瀓
	311.	長	長	長、𠑿、𠯅、镸、萇、粻、倀、張、漲、棖、㧏、鋹、脹（瘬）、帳、悵、韔、餦
	312.	侌	侌	侌、陰、蔭（檶）、癊、套
	313.	辰	辰	辰、晨、䢅、𣆶、振、震、宸、侲、娠、脣、唇、踬、裖、帪、漘、祳（脤）、桭、䢉、蜄（蠯）、賑、㫳、辱、𢧢、耨（槈）、鎒、嬬、鄏、溽、縟、褥、蓐、䢆、莀、農、儂、䢉、濃、醲、穠、襛、鬞、膿（癑）、齈
	314.	丰	丰	丰、玤、夆、逢、峯（峰）、烽（𤎋、𤒵）、棒、鋒（鏠）、髼（鬔）、摓（縫）、蜂、莑（蓬）、

				篷（艂、䑫）、韼、漨、譂、韸、邦、垹、玤（硑）、蚌、胖、彗、篲、嘒、嘒（嘒）、慧、繐、轊（轊）、鏏、槥、彗（彗、熭）、雪（雪）、豐、灃、酆、豐、豐、豔
	315.	豊	豊	豊、禮、禮、澧、醴、鱧、體
	316.	曲	曲	曲、苗（笛）、伷、髷、呥、軸、珀、蚰、麯
	317.	凹 凸	凹 （凸）	凹、屮、凸
	318.	韭	韭	韭、韮、薤、韱、𢾕、瀸
	319.	丯	丯	丯、㓞、契、絜（鍥）、㓞、挈、揳、瘛（瘈、瘈）、郟、契、禊、𦔻、鶪、趩、㓞、猰（猰）、偰、𧞥、楔、絜（潔）、㮚、挈（挈）、挈、契、喫、丯、害、割、湝、瞎、害、害、婧、䅣、犗、豁（䌈）、割、鎋（轄）、瞎、搳、碐、憲、蘦、幰、蟪、耒、耒、誄、眛
	320.	斗	斗	斗、㪷、料、料、蚪、斢、㪳
	321.	（升）	升	升、昇、陞、抍
四十三卷 壬之一	322.	屮 艸	屮 （艸）	屮、艸、草、茻、卉、奔、䟆、餴、栟、㷀、𣝗、𥬂、賁、蕡、濆、隫（墳）、噴、幩、歕、饙、䔾（蕡）、豶（豮）、獖、歕（韇）、憤、鐼、𦉦、莽（莽）、蟒、䁅、𡼏、漭、葬、莫、䵵、莫、暮、瘼、模、摹（摸）、謨（謩）、膜、墓、蟆（蟇）、鏌、慔、幕、募、鬘、幕（羃）、漠、鄚、寞、瞙、塻、貘、驀、驀、驀、寞、塞、簺、僿、寒、搴（攑、攓）、褰（襚）、騫、騫、謇（譾）、蹇、寨、賽、寒、匑、芻、蒭、犓、趨、騶、鶵（雛）、媰、謅、搊、鄒、豩、篘、㥮（鶵）、踻、縐、皺、齺
四十四卷 壬之二	323.	禾	禾	禾、床、穌（蘇）、麻、酥（蘇）、和、盉、科、鉌、黍、香、蓍、黍、秉、棅、兼（秝）、溓、濂、磏、傔（嫌、慊）、嗛、謙、顩、鬑、鰜、鎌、縑、幨、燫（熑）、廉、㢘、鎌、鹻、蘼（蘼）、簾、槏、鶼、鰜、㺌、䁠、歉、隒、賺、秝、厤（歷）、曆、靂、瀝、櫪、禾、稽、嵇
	324.	來	來	來（棶）、萊、勑、倈（徠）、騋、犛、賚（睞）、麥
	325.	齊	齊	齊、薺、齎、齋、齌、懠、擠、躋、臍、劑、齏、齎、蠐、儕、濟、癠、霽、穧（齎）、火

			齊（齎）、隮、嚌
	326.	朩	朩	朩、林、休、㭒、沐（沛）、霈、旆（施）、邟、伂、芾、肺、𣐈、朮、术、秫、術、述、怵、訹、沭（𣳚）、炢、林、散（㪔）、繖、鏾、𢿌、霰、厤、〇、磨、壓、縻、糜、靡（𪎭）、蘼、劘、麾、磨（礳）、摩、麼（𪐴）、攠、𥩈、魔
	327.	朩	朩	朩、孛、誖、悖、勃、哱、浡、焞、郣（敎、渤）、餑、梈、綍、𣝈、索、索（摍）、𠂔、姊、柹、秭、胏、第、沸
	328.	丩	丩	丩、𠃕、𦐇、糾、玔、糾、觓、朻、虯、抖、収、收、荍、赳、疒、叫（嘂）、訆
	329.	互	互	互、笠、柾、柾、冱、邳、𩐠、罡、魱
	330.	米	米	米、侎（敉）、眯、洣、絿、鮢、冞、𥻌、罙、迷、謎、麋、醾、蘪、蘼、寐、𥧌、粥（鬻）、类、粨、類、纇、𩓐、圖、穩、鬱、爩、鬱、𪓊
	331.	尗	尗（彔）	尗、茮（枚、菽）、椒（梀）、欶、淑、督、婌、踧、裻、琡、鮛（鯎）、惄、宋（誎、寂）、彔（录）、菉、綠（綠）、碌、琭、淥、睩、騄、醁、祿、箓（簶）、錄、籙、盝（盪）、剥、逯、娽、觮、邍
	332.	坙	𠂹坙	𠂹、坙、陲、𨘌、𩬊、錘、倕、腄、厜、垂（甀）、郵、涶、捶、騹、箠（棰）、菙、埵、崜、硾、諈、睡
	333.	華	華	𠌶、華、崋、譁、驊、鏵、韡、曄、燁（爗）
	334.	𢎘	𢎘	𢎘、𠰵、𢎘、㔾、氾、𥁕、砈、犯、軓、范、𧂵、笵（範）、函、腼（䤹）、涵、涵、鋡、菡、㴠、梒
四十五卷 壬之三	335.	𥫗 竹	𥫗 （竹）	𥫗、巾、竹、竺、筞（築）、篤、𨪚
	336.	矢	矢	矢、雉、薙、鴙、知、踟、賀、痴、智、蜘（鼅）、智、覴、眣、欤、短、昳、疾、蒺、㑵（嫉、愱、㑵）、矣、俟（竢）、欸（唉）、埃、娭、涘、誒、騃、𠤕、疑、儗、癡（䰯）、嶷、礙、凝、譺、擬、薿、礙、矦（侯）、帿、緱、篌、喉、鍭、糇（餱、餱）、猴、瘊、堠、候、郈、族、鏃（鏃）、嗾、蔟（簇）、瘯（𥞊）、
				鷟、医、殹、堅、醫、瑿、翳、鷖、黳、緊、

				醫、豎、蘙、嫕、蠮
	337.	失	失	失、佚、怢、眣、抶、跌、迭、昳、泆、帙（袠）、柣、秩、祑、㹮、紩（袟）、軼、𤝞、瓞、苵、䟢、魼、氐失
	338.	冊	冊	冊、笧（𥬠）、冒（㬅）、刪、𠛎、姍、跚、𦙶、柵、珊、狦、恖、𣢃（𢻹）、𠬝（匌）、刷、𥫱、𣪤、郙、𤞣、鉚、侖、崘、倫、論、掄、腀、淪、綸、輪、艌、錀、棆、蜦、陯、睔、稐、龠、籥、𨗨、顖（籲）、歈（龥）、瞮、瀹（瀹）、爚（爚）、鑰（闟）、褕、䲐、躍、鶣、扁、媥、瑦、鍽、偏、揙、蹁、諞、翩、猵、蝙、鯿、編、篇、楄、艑、甂、鶣、腷、惼、褊、匾、輻、騙、鶣、徧、遍、典、𥳑、惧、拺、䟕、腆、敟、錪、琠、賟、蚺、淟
四十六卷 壬之四	339.	才	才	才、材、財、豺、鼐、㦳、釮、䶕、閉、在、茬、恠、存、䠠、荐、栫、洊、䢘、袸
	340.	木	木	木、沐、霂、蚞、杰、訹、休、庥、茠、烋（烌）、髤（髹）、咻、貅、鵂、傌、宋、本、笨、鉢、体（躰）、夲、未、味、寐、頛、佅、昧、韎、沬、妹、眛、魅、制（利）、製、㘄、淛、掣、𡊙、𥽬、猘、𢪡、𦮝、𤯎、䔑、𦮝、𥊉、氂、𦤊、𣫚、𧓍、末、妺、佅、眛、抹、沫、帓、秣、朱、株、侏、姝、咮、誅（𢧵）、跦（趎）、袾、袾、邾、洙、𤬷、蛛、銖、珠、殊、茱、𦯓、朿、刺、諫、𥾸、𡩃、策（𦬫）、𣸬、棟、棗、𣐊、𣛻、𧈌、束、捒（㨶）、練、涑（漱）、悚、竦、騻、速（遬）、餗（𩟗）、棟、觫、剌、辣、瘌、䓞、敕、鷘、欶、撖、蔌、嫩、嗽、藗、槭、柬、揀、暕、湅（瀾）、𨌲、諫、練、鍊（煉）、堜、𢒔、楝、闌、𨶚、蘭、欄、讕、躝、㜮（襴）、孄、瓓、爛、灡、糷、孏、閑、東、𢓜（倲）、崠、𩭤、㥫、𢮜、𩂓（涷）、凍、䨾（鶇）、𤡮（𤟹）、騋、鯟、蝀、𧖻、崠、埬（睞）、蝀、𧖯、㴬、䰤、餗、鍊、陳（𣪊）、𨻍、𨼧、曹（𨍏）、慒、傮、嘈、遭、褿、艚、熷、螬、嶆（糟）、嶆、漕、蓸、槽、杲、杳
	341.	片	片	片、牕、胼、洴、𤗋、拼
	342.	爿	爿	爿、丬、牀、𤕰、𤵸、壯、𤘽、奘、𦾔、莊、妝（粧）、𧜟、牆、薔、牁、牫、戕、狀、𤘺、臧、藏、贓、臟、將、㸕、漿、槳、蔣、蹡、

			鏘、蠥（𤠔）、㢡、奬（𤇾）、醬（𤔎）
	343.	丫（不）	丫（不）	丫、𣎴、不、丕、否、伾、岯、邳、頛、荅、胚、坏、𤘽、阫（坯）、杯（桮）、秠（秠）、罘（罟）、鈈（銔）、炋（炋）、髤、頯（頯）、怌、苤、駓、狉、狉、豾、魾、抔（掊）、紑、芣、鴀（䳊）、䣙（𨚗）、痞、否、否、果、菓、輠、窠、倮、婐、躶（裸）、裹、顆、堁、髁、踝、剿、夥、蜾、彙、祼、課、騍、巢、繅、譟、勦、巢、漅、轈、罺、縔、巢、勦（樔）、薻、操、璪、林、霖、淋、琳、棽、綝、琳、郴、鄰、彬、霖、焚、蘣、啉、婪、禁、襟、澿（澿）、噤、僸、森、棥、樊、礬、鐢、樊頁、攀、襻、森、𣘗、𣟄
	344.	（無）	無（橆）	無、廡、舞、僢、膴、幠、蕪、羆、撫、憮、嫵、潕、甒
四十七卷 壬之五	345.	干	丨（干）	干（丨）、旱、杆、幹、竿（丨）、簳、忓、肝、汗、奸（姧）、邗、玕、軒、刊、犴、豻（豣）、虷、年（秊）、姩（姩）、軒、飦、悍、睅、戰、罕、罕、澣、駻（騂）、奸（䢴、䵐）、䵐、秆（稈）、阡（阡）、旰、盰、洐、扞（捍、𢻫）、骭、銲、矸、閈、衎、衦、厈（岸）、訐（訢）、开、汧、岍、研、妍、麓、鈃、麗（麛）、豣、雃（鳽）、笄、枅、栞、開、開、䒹、羿（䍾）、刑、形、鉶、硎、荊、型、邢、幵、并、併、迸（𨔝）、頩、跰、餅、胼、屏、駢、洴、荓（蓱）、邢、缾（瓶）、帡、絣、栟、餠（𩛿）、鉼、庰、屛、𩩓、姘、箳、倂、拼、屰、逆、席、斥（厈）、蔦、蹄（跅、𨑻）、愬（謝、訴）、遡、塑、溹（泝）、㯞（柝、㯞、㡿）、朔、槊、縌、塝（坼）、㨆（拆）、罣、蕚（蕚）、諤、齶（噩、腭）、愕（㦍）、遌（遻）、𡾍（𡴯）、堮、鄂、剽（鍔、剽）、鶚、䪉、鰐（𧉢）、噩、蘁、譚、壥、鱷、欮、厥、嶡、撅、蹶（蹷）、劂、橛（橜）、鱖、闕、蕨、𠢿、鷢、蟨、儮（獗）、幸、倖、婞（悻）、㚔、涬、言幸、執
	346.		𢆉	𢆉、㚔、圉、報、瓡、盩、敹（盭）、南、楠、喃（喃）、繭、湳、萳、䈲、罱、睪、澤、澤、襗、鐸、斁、䗙、懌、譯、擇、𢷾、擇、檡、釋、釋、釋、襗、繹、醳、嶧、墿、驛、鸅、圛、睪（斁）

	347.		辛（辛）	辛、辛、莘、榟、崣、垶（墶）、鋅、觪（觲）、騂（騂）、屖、梓、皐、瘁、辠、辭（辞）、亲、新、漸、薪、親、婞、嬈、儭、櫬、藽、櫬、䁠、宰、滓、縡、綷、辟、僻、擘、譬、臂、邀、薛、辟（檗）、䢃、擘（擗）、甓（躃）、癖、霹、璧、壁、襞、劈、甓、澼、檗（蘗）、糪、鼊、闢、薜、蘗、薜、蘗、蘗（躃）、孼、孽、蘗、孽、譬、言、訚、信、詈、衍、譽、㗊、詹、噡、澹、瞻、詹（檐）、儋（擔、甔）、蟾、瞻、襜、幨、憺、膽、礸、韂（韂）、贍、詰、譶、音、音、音、辡、辯、辦、辩、辮、辮、瓣、辨、辮
	348.	丵	丵	丵、僕、撲、樸（樸）、幞（樸）、纀、醭、濮、墣、轐、驜、鏷、璞、業、䑑、鄴、嶫、㯶
	349.	（畢）	畢	丵、畢、罼、滭（颼）、僤（譁、蹕、趯）、韠（鞞）、滭、縪、彈、燁、禪、華、篳、樺、饆（饆）、棄、冓、構（搆）、篝（籍）、溝、褠（幯）、覯、講、耩、傋、媾、購、遘、冓見、斠
	350.	乖	乖	乖、乖、乖、乖（乖）、乖
	351.	傘	傘	傘、傘（奀）、傘
四十八卷 癸之一	352.	隹	隹	隹、萑、惟、唯、維、潍、頧、倠、帷、雖、琟、淮、匯、雉、㕈、睢、誰、推、椎、魋、騅、錐、碓、堆、脽、萑（蓶）、趡（）、㹸（蜼）、鳴（鷕）、稚、闍、藺、進、璡、遲、雖（鵻）、雁、雁、鴈、鷹、鳫、贗、㕏、鷹（雁）、應、蠯、鷹、膺、隼、隼、淮（準）、准（準）、崔、隼、隺、鶴、鶴、寉、傕、搉（擢）、確、潅、確、榷、熣、瞿（矐）、推、靃（霍）、藿、籗、矐、翟、嬥、曜、耀（燿）、皭、糴、糶、藋、櫂、濯、擢、躍（趯）、鸐、籊、嚁、雋、膗、槜、鐫、儶、巂、嶲、酅、攜、攜（携）、鑴、觿、蠵、蠵、觿、讗、崔、奞、倠、奮、奮（奮）、巂、奪（奪）、隻、隻、慢、蒦、護（矱）、護、濩、護、穫（䨼、劐）、膢、艧、擭、獲、鑊、嬳、鑊、鑊、鑊、韄、䨼、蠖、嚄、瞿、衢、癯（臞）、鸜、趯（躍、氍）、癯（臞）、鸜、趯（躍、氍）、钁（戳）、瞿斤、懼、鑺、㩴、矍、攫、攫、躩、钁、籰、玃（蠼、玃）、彏、隻、焦、䳢、蕉、膲、䳺、嶕、樵、僬、噍、嫶（顦、

				憔、瘯）、譙、鐎、瀵、醮（襍）、蘸、穛、雔、讎（讐）、售、犨、雙（䨇）、慅、艭、摟、巙、雥、雜（襍）、集（雧）、緁、潗、嗼、鏶、𨿗
	353.	鳥	鳥	鳥、蔦、裊、（隖、島）、島、鴇、鮑、鵭、鵃、梟、樢（螐）、溴、塢、嗅、鳳、烏、鳴、鄔、隝（塢）、瑦、舃、碣、潟、寫、瀉、槝、焉、嫣（嗎）、蔫、鄢、傿、鶯、燕、鄢、醼（讌）、曣（嚥）、嬿、嚥、
	354.	飛 非 卂 几	飛 （非、卂、几）	飛、飞、騛（騑、騤）、非、俳、腓、悲、誹、霏、緋（緋）、厞、扉、痱、馡（馡）、菲、裶（裴、裵）、鯡（鯡）、匪、篚、闝、悲、斐、靡、劘、蘼、婓、背、陛、翡（翡）、排、徘、陫、悱、棐、斐、棐（榧）、悲、琲、扉、剕（跳）、猆（翡）、啡、罪、嶵、輩、緋、輩、犇、卂、迅、汛、阠、訊、杋、軓、扟、蝨（蝨）、虱、几、凫（凫）、殳
	355.	至	至	至、胵、咥、、輊、致、緻、鑿、桎、荎、桎、郅、蛭、挃、秷、姪、銍、耋（載）、国、軽、絰、垤、室、韓、窒（庢）、庢、屋、渥、剭、楃、偓、喔、握、幄、臺、臺、儓、薹、籉、跮、（晉）、普、鄑、晉、戩、瑨、縉（搢）
四十九卷 癸之二	356.	虎	虎	虍、虎、虎、虎、虑、篪、虤、琥、虓、虒、禠、褫、縨、箎（鯱）、滮、虓、嗁（謕）、蹏、幰、鯱、鷈、搋、艉、遞、虢、虜、贙、虐、虐、謔、虧、瘧、虖、摢、槴、滹、歑、嘑（謼）、嫭、婷（哼）、虖、虛、虛（墟）、嘘、歔、嘘、歔、驢（猛）、魖、虡、簴、虛、虧、虧、處、處（處）、豦、遽、鐻、璩、醵、蘧、篆（籧）、懅、勮、據、劇、臄、噱、劇、虘、虜、虜、擄、艣、鑪、艣、虜、鑪（甗）、盧、鑢（爐、鑪、壚）、驢、臚、膚（皾）、蘆、籚、顱、鬣、顱（艫）、矑、獹、艫、瀘、瓐、纑、轤
	357.	（去）	去 （灋）	去（厺）、笁、呿（敊）、佉（胠）、祛、袪、阹、麮、弆、法、灋、灋、层、怯、狂
	358.	鹿	鹿	鹿、麀、鏕、簏、摝、騼、麗、轆、漉、麓、麤、簏（麈）、麤、麈（塵）、麃、鄜（鄜）、瀌、儦、臕、蔗、穮、鑣、嚦、爊、鏖、麗、丽、儷、籭、釃、驪、麗、纚、鱺、孋、曬（覼）、驪、㰚（麗）、鸝、欐、灑、躧、韉、邐、欐、

			欐、攦、曬、酈、龐、慶
359.	能	能	能、能、能、能、態（能）、罷、蘢、羅、擺、熊、羆
360.	廌	廌	廌、薦、韉（韉）、薦、薦
361.		豸	豸、豸、豸、豹
362.	馬	馬	馬、碼、禡、傌、罵、馬（馬）、馬（馬）、馽（馬）、蜀（羈）、驫、桑
363.	彑	彑	彑、彖、瑑、彖、彖、錄、祿（綠）、椽、蝝、盝、篆、瑑、腞、喙、掾、鵎、蠡、劙、攭、蠢、欚（鱶）、彖、彖、彖
364.	豕	豕	豕、豚、㤖、遯（遂）、圂、溷（豱）、橐、慁、豩、豳、幽、燹、豕、逐、逐、篴、蓫、瘃、啄、琢、涿、諑、掾、椓（剢）、錖、硺、家、宋、嫁、稼、幏、冢、蒙、曚、朦、朦、矇、濛（濛）、幪、饛、艨、蠓、塚、豪、毅、豬、豬、豕、遂、豬、隊（隧、墜、墜）、襚、燧、邃、燹（燧）、鐩（鐆）、碌（礈）、璲、繸、襚、燧、檖、穟、亥、侅、頦（胲）、賅、咳、孩、骸、該、晐、痎、峐、硋、垓（晐）、陔（閡）、荄、核、絯、劾、劾、駭、豥、欬、刻、象、像、橡、勨、襐、嶑、潒、橡、蟓、豫
365.	爲	爲	爲、爲、嬀、潙、隝（鄬）、譌、撝、鰞、寪、寪、碼、蔿、矈、僞
366.	𠘧	𠘧	𠘧、兕、䚭
367.	𦍌 羊	𦍌 （羊）	𦍌、羊、羊、洋、祥、庠、詳、佯、徉、翔（鴹）、姜、牂、咩、美、美、羔（美）、餻（糕）、窯、羹（鬻）、溠（渼）、恙、祥、米、善、善、膳（膳）、僐、嫸、鄯、繕、𦍌、幸、達、蓬、澾、撻（虘）、闥、犇（羶）、羼、奎、希
368.	牛	牛	牛、牛、牢、牟、侔、恈、革（犨）、蛑、件（牪）、吽、犇、半、胖、拌、柈、袢、伴、衅、泮（頖）、畔、靽、絆、叛、判（牉）、跘
369.		非	非、𠂔
370.	犬	犬	犬、犭、畎、吠（犻）、犷、猌、憖、伏、跋、垘、器、犮、獄、嶽、鸑、哭、猋、飆（飆）、驎、旋、犮、犮（犮）、拔、犮（废）、枝、祓、軷、沷、皷（瞂、紱、袚）、翇（帗）、炦、盇、

				鮁、妭、跋、胈、魃、鈸、戭、髮、玻、坺、肰、肰、然、燃、嘫、撚、橪、嫐、猒、饜、懕、厭、壓、禰、黶、檿（橛）、魘、醫、擪、尤、訧、肬（疣）、就、僦、鷲（鷲、鷲）、蹴、蹴（蹵）
371.	兔 龟	兔 （龟）	兔、兎、菟、冤（寃、冤）、鵵、逸、㕙、瑰、免、勉、俛、娩（嬎、䳺、挽）、莬（葂）、晚、浼、冕（絻）、龟、㲋、儳、讒、嚵（饞）、攙（欃）、巉、瀺、鑱、纔、䂁、魯、㕙
372.	九	九	九、勼、頄、馗、阞、仇、艽、虓、尻、旮、鼽、扏、犰、釚、訄、杌、梵、鳩、骩、宄（術、边、寂）、氿、軌、沆（漸）、甌、染、媣、究、旭、阬
373.	厹	厹	厹、禹、禹、寓、瓗、偊（踽）、猦（齲）、聥、鄅、萬、楀、瑀、䎛、獸、禺、喁、顒、愚、愚、腢（髃）、齵、嵎、隅、寓、偶、耦、藕（藕）、遇、萬、禹、离、籬、籬、离、離、儺、慯、摛（攡）、謧、鄜、漓、熵、璃、褵、縭、䍦、糲、穲、黐、樆、醨、籬、蘺、魑（离）、膟、黐、驪、䴡、蠕、魑、禽、擒、檎
五十卷 癸之三	374.	巳	巳	巳、以（㠯）、厶、台、佀（似）、妃（姒）、祀、戺（戺）、汜、苡（苢）、秄、枱（耜、耜）、圯
	375.	己	己	己、紀、起、杞、屺（岂、峼）、圮、玘、芑、邔、妃、配、記、忌、改、异、曡、䢳
	376.	巴	巴	巴、蚆、吧、爬、皅（葩）、芭、笆、杷、琶、鈀（靶）、舥、豝、把、跁、祀、靶、弝、帊、耙、耙、戹、妃
	377.	它	它	它、蛇、馳、佗（他）、陀（岮、阤、陁）、詑、拕（拖、拖）、跎（跑）、酡（酏）、沱（沲、沲）、鮀、駝（駞）、紽、鉈（鉇、鍦、䄻）、䪘、栬、柁（柂）、袉、㐌
	378.	也	也	乁、也、匜、池（沲）、訑、貤、迆（迤）、馳、杝、笹、酏、施（岐）、暆、葹、椸、絁、旇、謻、弛、衪（袘）、炧、髢、地、庡、乜
	379.	黽	黽	黽、黽（鼅）、僶、鼂、澠、繩、憴、譝、目黽、鼃（鼁）、蠅、鱦、黽、竈（竈、竈）、奄、卵、黲
	380.	龜	龜	龜（龜）、𪚧、龜、鬮、龜

	381.	魚	魚	魚、䲆（䁣、䲨）、魰（[illegible]、漁）、[illegible]、魝、薊、葪、[illegible]、[illegible]、鰞、䲜、鱻、鮮、[illegible]、廯、蹮、鱻、蘚、癬、魯、[illegible]、櫓、[illegible]、穭
	382.	虫	虫	虫、[illegible]、鉵、融、瀜、風、渢、楓、諷、飍、飝、蚀、[illegible]、蟲、爞、爞、蠱、[illegible]、蠆、蠆、萬、譪、贎、厲、勵（礪）、濿、禲、癘、蠣、糲、糲（糲）、犡、邁、万、[illegible]、卍

附錄三　明代字書部類表

一、《六書正義》部類表

卷次	類別	部首	部首數量
一	數位	一、二、七、九、正、百、十、廿、卅、釆、丨、川、小、丄、卜、兆、凶、示、丿、乂、爻、㸚、[illegible]、亼、人、㒳、亼、[illegible]、凡、[illegible]、○、[illegible]、□、乚、亾、□、冂、匚、凵、冃、勹、非、卌	43
	天文	天、日、東、是、黃、旦、倝、月、夕、多、晶、辰、農、气、風、雲、靁、雨、文、彣、仌、䨏、火、炎、焱、炙、𤇾	27
二	地理上	水、平、清、く、巜、川、永、𠂢、泉、谷、鹵、土、堇、圭、王、珏	16
三	地理下	金、丘、𠂤、山、屾、嵬、屵、阜、厂、石、危、氏、氐、丹、井、田、里、㔾、邑、𨛜	20
四	人倫	人、匕、比、尸、㞑、己、卯、北、从、㐺、兂、垚、色、禿、老、臥、㕟、㐱、大、夭、夨、尢、夾、夫、夲、厺、奢、立、竝、男、女、母、父、子、孖、巳、兄、弟、王、臣、民、士、工、㠭、巫、辛、䇂、罪、由、鬼、異	51
五	身體上	身、我、心、思、長、髟、囟、巤、首、面、頁、皃、眉、目、盾、苜、䀠、見、覞、𡗗、鼻、耳、口	23
六	身體中	曰、白、甘、丙、只、司、㕯、古、句、可、喜、吅、品、㗊、言、音、誩、丂、丂、亏、兮、㠯、欠、旡、次、齒、身、圅、叵、須、而、亢、户、乑、呂、尻、血、肉、肙、力、劦、筋、冎、骨、肖、図、厷、尺、又、爪、妥、隶	52
七	身體下	叏、聿、夂、放、奴、殳、反、寸、肘、支、𣪘、丩、収、臼、𦥑、𦦻、𦦓、手、𢱭、𠃨、鬥、止、𣥂、足、䟫、此、㞮、步、彳、廴、延、辵、行、夊、夋、舛、夅	37

八	飲食	白、皀、食、米、毇、糳、鬯、秬、炙、亯、爨、鬧	12
	衣服	弁、冃、襾、兂、皃、衣、求、蓑、巾、帛、㡀、黹、市、履、幺、玄、𢆶、糸、系、素、絲、率、𢇇、叕、㡀、𣏟、麻	27
	宮室	宀、广、宂、戶、門、丣、囪、囧、亼、舍、㐭、嗇、畕、亞、宁、高、京、𩫏、冋、巢、穴	21
九	器用	鼎、彝、鬲、𩰲、爵、斝、卮、匜、壺、西、酋、俎、豆、豊、䖒、豐、勺、亡、几、茵、牀、主、圭、𠄔、予、串、丰、㓞、巴、印、聿、冊、侖、耒、槈、杵、臼、舟、方、車、网、率、㸚、彔、戈、矛、乂、希、戉、弓、弜、矢、刀、斤、刃、勿、㫃、彡、樂、庚、用、声、琴、籥、壴、豈、鼓、甶、开、互、斗、冉、𠦒、叢、瓦、缶、甾、皿、匡、臾、壬、勾、箕、帚	84
十	鳥獸	鳥、鳳、隹、奞、崔、萑、雔、雥、燕、焉、乙、乳、卤、𠘧、羽、習、飛、卂、非、至、不、卵、冒、禺、廌、師、象、虎、虍、虤、㲋、鹿、能、熊、豸、夒、爲、萈、龟、兔、鼠、牛、馬、豕、彖、彑、彔、羊、犬、㹜、角、毛、毳、尾、叉、蹯、内、殳、𠬝、革、韋	61
十一	蟲魚	虫、䖵、蟲、龜、貝、買、它、巴、黽、易、萬、蠆、魚、龍	14
	艸木上	屮、艸、𣎳、㞢、生	5
十二	艸木下	甲、乙、申、耑、出、丫、𠂹、𡳾、𠌶、𠌶、𠂹、辛、丵、叒、惢、𢎘、來、麥、朩、秝、黍、香、卤、尗、韭、瓜、爿、𣎳、朩、竹、木、𣱵、片、桼、束、禾、林、桀、東、㯻、戊、癸、亥	43
部首總計：536			

二、《說文長箋》部類表

卷次	聲類	部首	部首數量
一	上平一	東、工、豐、風、蟲、熊	6
二	上平二	弓、宮、从、龍、凶、囪、支、卮、乑、皮、乚、虘、危	13
三	上平三	隹、尸、ム	3
四	上平四	夂、奞、龜、眉、㞢、甾、而、恖、絲、司、匠、箕、丌、非、飛	15
五	上平五	衣	1
六	上平六	月、韋、□	3
七	上平七	魚、𩺰	2
八	上平八	亼、且、走、舁、亏、雩、夫、毋、巫、須、几、取、麤、壺	14
九	上平九	虍、烏、齊、西、禾、稽、嵬、𠂤、來、才、申、辰、農、臣	17
十	上平十	人（平、上聲）	1
十一	上平十一	人（去、入聲）、儿	／〔註 1〕
十二	上平十二	辛、頻、民、蠡、寅、巾、屾、文、彣、雲、斤、筋、堇、㹜、吅	15
十三	上平十三	言（平、上聲）	1
十四	上平十四	言（去、入聲）	／
十五	上平十五	䖵、門、豚	3
十六	上平十六	干、奴、丹、凡、萑、莧、毌、華、耑、丮、山、虤	12
十七	下平一	先、田、幵、玄、次、羴、延、辛	9
十八	下平二	宀	1
十九	下平三	泉、川、叀、員、卣、県、幺、垚、爻、交、包、勹、犛、巢、高、毛	16
二十	下平四	刀、本、戈	3
二十一	下平五	禾、多、它、麻、巴、奢	6
二十二	下平六	車	1
二十三	下平七	牙、華、瓜、羊、方、匚、長、香、畕、王、	15

〔註 1〕「人部」所從文字依平上去入四聲分爲二卷，但部首數量仍爲一部。

		倉、亢、尣、黃	
二十四	下平八	庚、行、明、冥、生、京、卯、兄、臤、晶、青、丁、冂、仌、能、丘、叀、牛、酋、舟、雔、矛、丝、丩	17
二十五	下平九	牛、酋、舟、雔、矛、丝、丩	7
二十六	下平十	心（平上聲）	1
二十七	下平十一	心（去聲）	/
二十八	下平十二	心（入聲）	/
二十九	下平十三	壬、先、林、音、㐺	5
三十	下平十四	金（平聲）	1
三十一	下平十五	金（上、去、入聲）	/
三十二	下平十六	夾、男、三、甘、鹽、彡、髟	8
三十三	上聲一	收、只、氏、豕、是、沝、此、惢、豸、㸚、毀、旨、矢	13
三十四	上聲二	水（上平聲）	1
三十五	上聲三	水（下平聲）	/
三十六	上聲四	水（上聲）	/
三十七	上聲五	水（去聲）	/
三十八	上聲六	水（入聲）	/
三十九	上聲七	死、㒸、黹、攵、履、厶、癸、几、匕、止、齒	11
四十	上聲八	耳、史、士、子、巳、里、喜、己、尾、豈	10
四十一	上聲九	虫（平上聲）	1
四十二	上聲十	虫（去、入聲）、鬼、鼠、黍、宁、呂	5
四十三	上聲十一	女（平、上聲）	1
四十四	上聲十二	女（去、入聲）	/
四十五	上聲十三	予、羽、雨、[illegible]	4
四十六	上聲十四	土	1
四十七	上聲十五	鹵、虎、古、鼓、㠯、戶、五、午、米	9
四十八	上聲十六	氐、豊、匚、鹰、亥、乃、廴、乚、㫃、㯻、丨	11
四十九	上聲十七	厂、卵、丙、犬、く、舛、弄	7
五十	上聲十八	甇、辡、珡、鳥	4
五十一	上聲十九	了、小、受、卯、爪、丂、夰、冃、老	10
五十二	上聲二十	艸（上平聲）	1

五十三	上聲二十一	艸（下平聲）	/
五十四	上聲二十二	艸（上聲）	/
五十五	上聲二十三	艸（去聲）	/
五十六	上聲二十四	艸（入聲）、可、我、丩	3
五十七	上聲二十五	火	1
五十八	上聲二十六	馬（平、上聲）	1
五十九	上聲二十七	馬（去、入聲）	/
六十	上聲二十八	象、兩、弜、亯、网、二	6
六十一	上聲二十九	茻、丙、皿、永、囧、奄、井、竝、鼎、王	10
六十二	上聲三十	有、九、久、韭、臼、酉、缶、不	8
六十三	上聲三十一	阜、𨸏、首、百	4
六十四	上聲三十二	手（平、上聲）	1
六十五	上聲三十三	手（去、入聲）	/
六十六	上聲三十四	内、丑、𣅀、后、口（平聲）	5
六十七	上聲三十五	口（上、去聲）	/
六十八	上聲三十六	走、斗	2
六十九	上聲三十七	品、亩、歙、㯮、ㄢ、弜、广、凵	9
七十	去聲一	㝱、用、重、共、𨛜、朿、至、示	8
七十一	去聲二	二、四、自、白、𦣻、鼻、比、異、未、气、旡、去、句、𠙹、瞿	15
七十二	去聲三	壴、步、素、兔、瓠、弟、系、毳、彑、厂、㡀、大	12
七十三	去聲四	貝、會、巜、辰、林、丰、耒、隶、刃、舜、盾、朩、囟、干、寸、印	16
七十四	去聲五	丮、半、爨、旦、釆、見、燕	7
七十五	去聲六	片、面、覞、教、皃、号、告、冃、左、臥、襾、匕、放、䀠	15
七十六	去聲七	誩、正、又、䀠、冓、戊、鬥、豆	8
七十七	去聲八	欠	1
七十八	入聲一	哭、谷、卜、攴	4
七十九	入聲二	木（平聲）	1
八十	入聲三	木（上、去聲）	/
八十一	入聲四	木（入聲）	/
八十二	入聲五	禿、彔、鹿、畐、目、赤	6
八十三	入聲六	肉	1

八十四	入聲七	竹（平、上聲）	1
八十五	入聲八	竹（去、入聲）、六、𦥑、業、束、蓐	5
八十六	入聲九	足、曲、玉（上平聲）	3
八十七	入聲十	玉（下平、上、去、入聲）	/
八十八	入聲十一	角、珏、丵、日	4
八十九	入聲十二	率、七、桼、一、壹、乙、出、戌、聿、勿、由、市、月、戉、曰、㬰	16
九十	入聲十三	亅、𠫓、骨、屵、歺、亣、癶、朮、㓞	9
九十一	入聲十四	乙、八、殺、㕯、卩、苜、頁	7
九十二	入聲十五	穴、血、丿、舌、屮、叕、蝶、龠、勺、叒	10
九十三	入聲十六	辵、㲋、谷、𩫖	4
九十四	入聲十七	白、帛、乇、丮、麥、冊、疒、革	8
九十五	入聲十八	畫、夕、尺、赤、炙、石、彳、亦、易、辟	10
九十六	入聲十九	糸（平、上聲）	1
九十七	入聲二十	糸（去、入聲）、冂、秝、鬲、䰜	4
九十八	入聲二十一	食、仌、色、嗇、力、茍、畐、北、黑、亯	10
九十九	入聲二十二	習、亼、十、入、㗊、立、邑（平、上聲）	7
一百	入聲二十三	邑（去、入聲）、𠂤、廾、帀、龘、聿、劦、甲	9
部首總計：527			

三、《字彙》部類表

集別	筆劃	部首	部首數量
子集	一畫 二畫	一、丨、丶、丿、乙、亅、二、亠、人（亻）、儿、入、八、冂、冖、冫、几、凵、刀（刂）、力、勹、匕、匚、匸、十、卜、卩、厂、厶、又	29
丑集	三畫（前）	口、囗、土、士、夂、夊、夕、大	9
寅集	三畫（後）	子、宀、寸、小、尢（兀）、尸、屮、山、巛、工、己、巾、干、幺、广、廴、廾、弋、弓、彐（⺕、彑）、彡、彳	22
卯集	四畫（上）	心（⺗）、戈、戶、手、支、攴（攵）、文、斗、斤、方、无	11
辰集	四畫（中）	日、曰、月、木、欠、止、歹、殳、毋、比、毛、气、氏	13
巳集	四畫（下）	水、火（灬）、爪（爫）、父、爻、爿、片、牙、牛、犬	10
午集	五畫	玉、玄、瓜、瓦、甘、生、用、田、疋、疒、癶、白、皮、皿、目（罒）、矛、矢、石、示、禸、禾、穴、立	23
未集	六畫（前）	竹、米、糸、缶、网、羊、羽、老、而、耒、耳、聿、肉、臣、自、至、臼、舌、舛、舟、艮、色	22
申集	六畫（後）	艸、虍、虫、血、行、衣、襾	7
酉集	七畫	見、角、言、谷、豆、豕、豸、貝、赤、走、足、身、車、辛、辰、辵、邑、酉、釆、里	20
戌集	八畫 九畫	金、長、門、阜、隶、隹、雨、青、非、面、革、韋、韭、音、頁、風、飛、食、首、香	20
亥集	十畫至 十七畫	馬、骨、高、髟、鬥、鬯、鬲、鬼、魚、鳥、鹵、鹿、麥、麻、黃、黍、黑、黹、黽、鼎、鼓、鼠、鼻、齊、齒、龍、龠	28
部首總計：214			

四、《正字通》部類表

集別	筆劃	部首	部首數量
子集	一畫 二畫	一、丨、丶、丿、乙、亅、二、亠、人（亻）、儿、入、八、冂、冖、冫、几、凵、刀（刂）、力、勹、匕、匚、匸、十、卜、卩、厂、厶、又	29
丑集	三畫	口、囗、土、士、夂、夊、夕、大、女	9
寅集	三畫	子、宀、寸、小、尢（兀）、尸、屮、山、巛、工、己、巾、干、幺、广、廴、廾、弋、弓、彐（彑、彑）、彡、彳	22
卯集	四畫	心（忄）、戈、戶、手、支、攴（攵）、文、斗、斤、方、无	11
辰集	四畫	日、曰、月、木、欠、止、歹、殳、毋、比、毛、氏、气	13
巳集	四畫	水、火（灬）、爪（爫）、父、爻、爿、片、牙、牛、犬	10
午集	五畫	玉、玄、瓜、瓦、甘、生、用、田、疋、疒、癶、白、皮、皿、目（罒）、矛、矢、石、示、禸、禾、穴、立	23
未集	六畫	竹、米、糸、缶、网、羊、羽、老、而、耒、耳、聿、肉、臣、自、至、臼、舌、舛、舟、艮、色	22
申集	六畫	艸、虍、虫、血、行、衣、襾	7
酉集	七畫	見、角、言、谷、豆、豕、豸、貝、赤、走、足、身、車、辛、辰、辵、邑、酉、釆、里	20
戌集	八畫 九畫	金、長、門、阜、隶、隹、雨、青、非、面、革、韋、韭、音、頁、風、飛、食、首、香	20
亥集	十畫至 十七畫	馬、骨、高、髟、鬥、鬯、鬲、鬼、魚、鳥、鹵、鹿、麥、麻、黃、黍、黑、黹、黽、鼎、鼓、鼠、鼻、齊、齒、龍、龜、龠	28
部首總計：214